Christian Malégol

Une Vie sans Racines

Roman

© Christian Malegol, 2024
Édition : BoD · Books on Demand GmbH, In de Tarpen 42,
22848 Norderstedt (Allemagne)
Impression : Libri Plureos GmbH, Friedensallee 273,
22763 Hamburg (Allemagne)
ISBN : 978-2-3225-1676-6
Dépôt légal : Novembre 2024

Mon existence … c'est la déambulation d'une vie sans racines.

Chapitre I

Bordeaux Mai 2014

Place Charles Gruet, Mélanie descend du tram. Elle ajuste son cabas sur l'épaule gauche et positionne ses lunettes de soleil. Il fait beau ce mercredi 21 mai, c'est agréable de passer sous les arbres de la place. La jeune femme s'engage dans la rue Lafaurie de Monbadon et s'arrête devant les Saveurs d'Ho Chi Minh. Devant la petite boutique des traiteurs vietnamiens il y a déjà la queue alors qu'il n'est pas encore dix heures du matin. Mélanie se dit qu'elle a bien fait de passer hier pour commander. Son tour arrive, tout est prêt, elle prend son sac, paie et remercie la patronne toujours souriante qui lui dit :

—Vous donnerez le bonjour à madame Bertrand ! Comment va-t-elle ?

— Oui, bien-sûr, je n'y manquerai pas, Oh, elle va très bien, toujours bon pied-bon œil, et la tête est toujours très bonne à son âge!

Mélanie repart. Au bout de vingt mètres, elle se rend compte qu'elle a oublié de passer à la boucherie un peu plus bas, de l'autre côté de la place. *Et voilà,* se dit-elle, *quand on a pas de tête il faut avoir des jambes, heureusement que je me suis rappelée à temps, je n'ai pas été trop loin. Allez, hop, demi-tour.*

Quelques instants plus tard, elle entre dans le magasin.

— Bonjour Monsieur Moirand, ça va par ce beau temps ?

— Ah, bonjour Mademoiselle, lui répond le boucher, ça va, ça va, il y a du boulot, donc ça va, n'est ce pas ?

—Tout à fait dit Mélanie

— Bon alors, qu'est-ce que je vous sers ?

— Et bien rien pour l'instant, je viens juste vous commander pour le week-end, de la blanquette de veau et un petit rosbeef pour dimanche.

— Pas de problème, je note cela sur mon cahier. Je dépose la marchandise chez Madame Bertrand vendredi si vous voulez ?

— Non, non, c'est gentil mais ce n'est pas la peine de vous déranger. Je passerai samedi matin après avoir pris le pain. Ah ! Et puis mettez aussi du gratin dauphinois pour aller avec la viande, pour deux. Je vais manger avec elle dimanche ! Bon allez, j'y vais, à samedi !

— C'est noté, à samedi, Mademoiselle, bonne journée !

Mélanie prend vers le sud, face au soleil et marche une centaine de mètres pour arriver devant le numéro 60. Elle cherche les clés dans son sac, évidemment elle ne les trouve pas, fouille encore et finalement met la main dessus. Elle ouvre la porte et s'engage dans le hall de l'immeuble qu'elle traverse pour arriver dans la cour couverte, face au deuxième bâtiment de la propriété.

C'est un joli coin, tranquille, pense-t-elle, *et en plein centre ville. J'ai vraiment eu de la chance de trouver ce travail quand j'ai décidé de quitter la maison de retraite. J'y ai fait deux ans et je n'en pouvais plus, ici ça fait déjà trois ans et j'ai l'impression que c'était hier. C'est vrai que Simone est assez extraordinaire, toujours contente, loin d'être bête et elle s' intéresse à tout, on ne croirait pas qu'elle va avoir bientôt quatre vingt seize ans, on lui en donnerait quatre vingt. Bon, il ne faut pas que j 'oublie de lui dire que je pars en vacances début juin ,il faudra tout préparer avant de partir de toute façon pour qu'elle soit tranquille.*

Arrivée devant la porte de l'appartement trente trois, *c'est bien pour elle qu'elle soit au rez de chaussée,* pense Mélanie, elle sonne et entre :

— Bonjour Madame Bertrand, c'est Mélanie !

— Bonjour jeune fille, répond une petite voix, je me doute bien que c'est toi, je n'attends personne d'autre ! Alors, comment vas-tu aujourd'hui, il a l'air de faire beau ?

— Oui, il fait beau, il y a du soleil et il doit faire dans les vingt deux-vingt trois degrés, c'est correct pour une mi-mai. Bon, je mets vos courses dans le frigo, je suis passée chez le vietnamien pour récupérer les rouleaux de printemps. C'est l'époque ! On va se régaler ce midi, ils sont toujours très bons chez eux.

Mais d'ailleurs, comment se fait-il que vous mangiez ce genre de nourriture ? Sans vous vexer, c'est quand même assez rare de voir une personne de votre âge aimer ça !

— Oh, tu sais ma pauvre enfant, tu serais étonnée de savoir tout ce que j'aime encore manger ! Toute ma vie j'ai été curieuse de goûter les saveurs du monde dès que je le pouvais, tu sais, j'ai tout de même vécu une bonne partie de ma vie à l'étranger, plus de la moitié même !

— Oui, je sais, Madame Bertrand, vous m'avez dit que vous étiez en Tunisie, mais je n'en sais pas plus, vous ne m'en avez jamais dit davantage.

— Mélanie, je t'ai dit plus d'une fois que tant que tu m'appellerais Madame Bertrand au lieu de Simone, je ne te raconterais pas mon histoire !

— Mais, j'ai du mal . . . Simone ! dit la jeune femme avec un sourire, mais je vais faire un effort, rien que pour savoir votre histoire, je ne suis pas curieuse, mais j'aime bien savoir ! Et puis maintenant que vous m'avez augmenté mes heures, on aura plus de temps pour discuter, jusqu'ici j'arrivais juste à faire votre ménage, les courses et les repas. D'ailleurs c'est gentil de me faire manger avec vous, pour moi aussi c'est plus agréable que toute seule.

— C'est vrai dit la vieille dame, c'est pour ça également que j'ai voulu que tu viennes davantage, tu sais, à mon âge le temps se fait long, j'arrive sur ma fin tout de même et pourtant les journées ne passent pas si vite. J'ai beau lire mon journal, ou un roman, dieu merci j'y arrive encore, je fais mes mots croisés, une petite promenade en fin d'après midi mais la solitude me pèse tu sais. Les quelques personnes du quartier que je connais encore se font rares, je les ai toutes enterrées, fit-elle avec un demi-sourire en coin, mais bon, c'est la vie, maintenant que tu es là, on pourra discuter, enfin, si tu m'appelles Simone bien sûr !

Les deux femmes se mirent à rire, et Mélanie passa dans la chambre pour faire le lit et commencer le ménage.

— Dites donc, Madame, euh, Simone, l'infirmière est passée ce matin ? Vous aviez une prise de sang ? Il faudra lui dire la prochaine fois de ne pas laisser traîner ses cotons sales, je ne suis pas sa bonniche, et qu'elle fasse attention en vous piquant de ne pas mettre, encore une fois, du sang sur vos draps, je suis bonne pour les changer une fois de plus après elle ! A chaque fois c'est la même chose.

— Pourtant je lui ai dit de faire attention, mais elle est toujours pressée, toujours à la va vite ! Tu veux que je te donne un coup de main ?

— Mais non, mais non ! De toute façon je devais les changer en début de semaine prochaine, ce n'est pas trop grave, mais j'aime bien râler ! dit Mélanie en éclatant de rire.

— Bon, râle dans ton coin, moi je vais finir de lire mon journal, je me mets dans mon fauteuil dans le salon.
Préviens moi quand nous passerons à table.

L'aide-soignante change donc les draps du lit, puis elle passe l'aspirateur dans la chambre, le couloir de l'entrée et la salle à manger.

Je ferai le salon tout à l'heure quand Simone aura fini de lire son canard, pense-t-elle, *je la laisse tranquille un petit peu.* Mélanie sourit en entendant la musique venir du salon, de la musique arabo-andalouse. *Voilà, ça y est, Simone est repartie en Tunisie* se dit-elle.

Puis elle se dirige vers la cuisine et fait la vaisselle du repas d'hier soir et du petit déjeuner. *C'est marrant* se dit-elle, *finalement je fais le travail d'une aide ménagère alors* que j'ai fait mes petites études d'aide soignante et ça ne me dérange pas. Je préfère de loin faire ce que je fais ici que ce que je faisais à l'EHPAD. C'est inadmissible de s'occuper des personnes âgées comme ça, elles n'ont pas mérité ça. Mais tant qu'il n'y aura pas davantage d'embauche de personnel, ça ne pourra pas s'améliorer. Les filles font ce qu'elles peuvent, ce n'est pas de leur faute, mais ce n'est pas normal dans une société comme la notre, les anciens ont le droit à un peu plus d'égards. De toute façon ils ne trouveront personne pour faire ce boulot tant qu'ils ne revaloriseront pas les salaires.

Mais bon, en tout cas, moi j'ai réussi à partir et maintenant j'ai vraiment une bonne place, enfin, en espérant que Simone vive le plus longtemps possible. Parce qu'en plus c'est plutôt bien payé, je gagne bien plus qu'avant, je n'ai pas à me plaindre de ce côté là non plus. Evidemment, on voit bien qu'elle est à l'aise financièrement, mais elle n'est pas radin et ne méprise pas les autres et elle n'étale pas son argent. J'ai hâte qu'elle me raconte son histoire, elle a dû vivre des choses assez incroyables. Depuis trois ans que je viens chez elle, nous n'avons jamais eu le temps de discuter de nos vies. Enfin, moi, je n'ai pas grand-chose à dire, à trente ans, finalement je n'ai pas beaucoup de vécu, surtout par rapport à elle.

La cuisine est propre et maintenant bien rangée, Mélanie revient dans le salon où la musique joue toujours, elle jette un regard attendri sur Simone qui dort dans son fauteuil, le journal sur les genoux, les lunettes un peu de travers.

La mélodie l'a bercée, elle est repartie en Afrique du Nord songe la jeune femme. *On ne se rend pas compte finalement de ce qu'ont pu vivre ces personnes, certes leur* aspect physique a changé, mais leur tête pas tant que ça, l'intellect ne vieillit pas si vite, ni autant qu'on le croit. Pour certains oui, bien sûr qui perdent la mémoire, mais beaucoup comme Simone gardent toutes leurs facultés si elles sont un peu stimulées. Et bien je vais la stimuler moi Simone ! se dit Mélanie, *je l'aime bien, moi cette petite grand-mère, je veux la garder encore et lui donner un peu de joie si je peux dans sa fin de vie. Je me suis attachée à elle. Elle va me raconter son histoire, ça lui fera du bien de se souvenir de tout ce qu'elle a vécu, enfin j'espère qu'il n'y a rien de dramatique non plus, mais bon, même si c'est le cas, ça peut aussi la soulager d'en parler. Et puis, a moi aussi ça fera du bien, je n'ai pas connu mes grand-mères ni mes grand-pères. Eux aussi auraient eu des choses a raconter !*

Mélanie repasse dans la salle à manger, met la table et va dans la cuisine chercher le repas. Au bruit des assiettes qui succède à la musique qui s'est arrêtée, Simone se lève et rejoint sa place.

— Je crois que je me suis assoupie !

— Je crois bien, oui, mais pas si longtemps que ça, vous êtes à l'heure pour le repas ! Allez, à table !

Les deux femmes commencent leur repas et discutent de choses et d'autres, des gens du quartier, des nouveaux commerces.

— Ah ben tiens, justement, puisque l'on parle des nouveautés des environs, j'ai vu il y a quelques temps dans Sud Ouest qu'un nouveau restaurant italien c'est ouvert dans le quartier, plutôt haut de gamme, Tentazioni je crois qu'il s'appelle, ou quelques chose d'approchant, et bien ma chère enfant, nous irons y manger à la fin du mois de juin pour mon anniversaire, décrète Simone tout à coup. Mélanie, tu as interdiction de me dire non et tu téléphoneras tout à l'heure pour réserver. Pour le midi, hein, le soir ce sera un peu trop tard pour moi. Je sais, c'est dans un mois et demi, et bien tant pis, comme ça nous serons sûr d'avoir une place. Et ne me dis pas que tu ne peux pas à cause de ton petit ami ou quelque chose comme ça, pour une fois il se passera de toi.

— Oh, ça, ce n'est pas un problème, je n'ai pas de petit copain pour l'instant, le dernier, je l'ai quitté il y a trois mois, il se fichait de moi, il travaillait, pas trop, et pas souvent, il était au chômage la plupart du temps. Je le trouvais devant la télé quand je rentrais le soir, le repas n'était pas prêt, il ne faisait rien à la maison, il profitait de moi, c'est tout, alors je l'ai mis dehors, je lui ai dit de chercher quelqu'un d'autre qui accepterait son comportement. Et tant pis si je finis vieille fille, il ne faut pas se moquer de moi tout de même. Donc pour le vingt neuf juin, je serai disponible, Madame Simone, sûr !

Le visage de Mélanie s'est empourpré lorsqu'elle a sorti sa tirade, tout d'un bloc, sur un ton saccadé. Puis, semblant soulagée, elle s'excuse auprès de la vieille dame de s'être emportée.

— Simone, pas Madame Simone ! Tu avais sans doute un peu de sentiment pour ce jeune homme puisque tu avais décidé de vivre avec lui, mais tu as eu entièrement raison de le mettre dehors. Il ne faut pas se laisser faire par des hommes qui n'en valent pas la peine, ni par les autres non plus d'ailleurs. Tu sais, moi j'ai attendu l'âge de trente neuf ans avant de me marier, je n'avais pas trouvé le bon avant, aucun d'ailleurs, et si j'avais fini vieille fille comme tu dis, et bien tant pis. Comme le dit le proverbe, il vaut mieux être seule que mal accompagnée. Voilà, donc c'est bon pour aller faire la fête le vingt neuf juin !

Les deux femmes éclatent de rire encore une fois, visiblement, le courant passe bien entre elles. Simone pensa qu'elle avait bien fait de proposer à Mélanie de travailler davantage pour passer plus temps avec elle, et Mélanie se disait qu'elle avait vraiment de la chance d'avoir une telle relation avec cette petite grand-mère qui semble avoir toute confiance en elle.

— Trente neuf ans, vous aviez trente neuf ans quand vous vous êtes mariée ? En Tunisie ? Il valait sûrement le coup d'attendre !

— Oui, en Tunisie. Il valait le coup oui, comme tu dis, René. Il était beaucoup plus vieux que moi, il avait cinquante six ans, mais ça, nous nous en moquions complètement. Nous nous sommes toujours très bien arrangés, et respectés jusque sa mort en 1979. Nous avons été marié pendant vingt deux ans. Ah, bien sûr, nous n'avons pas eu d'enfant, nous ne l'avons pas voulu du fait de cette différence d'âge, et puis c'était un peu trop tard, mais bon... Et après son décès, je suis venu m'installer à Bordeaux. J'aurais pu aller en Bretagne, mais j'ai préféré venir ici.

— En Bretagne ? Mais c'est chez moi ça, vous savez que je suis née là-bas ?

— Ah oui ? Où ça donc en Bretagne ?

— Dans le Morbihan, à Vannes. D'ailleurs je vais y aller en vacances la première quinzaine du mois de juin. Enfin, pas à Vannes, mais en Bretagne. Mais j'arrangerai tout pour vous avant de partir, je vous ferai les menus, passerai les commandes et vous serez livrée, et j'ai demandé à une copine de passer voir si tout va bien. Si vous êtes d'accord évidemment, c'est quelqu'un de bien, elle est en congé maternité mais elle pourra passer de temps en temps.

— Bien sûr que je suis d'accord, elle pourra passer avec son bébé, je te fais confiance. Tu vas où en Bretagne alors ?

— Je vais avec une amie à Loctudy, nous avons réservé un mobil-home dans un camping pas très loin de la mer, il y a des belles plages par là-bas il paraît !

Simone posa sa fourchette et regarda Mélanie.

— Tu vas à Loctudy ! Elle laissa passer un silence. Mes parents sont nés à l'Ile Tudy. Un petit bras de mer sépare les deux communes. Ils ont quitté leur village au moment de la première guerre mondiale, avec mon frère, pour aller en Tunisie. Puis ils se sont installés en Algérie et ne sont jamais revenu en métropole. Moi-même, je n'ai jamais pu y mettre les pieds à l'Ile Tudy. Mais bon, c'est l'histoire de ma famille, une histoire pas toujours facile.

— Ça alors dit Mélanie, son couteau suspendu en l'air, bouche bée. Elle avala sa bouchée et dit à Simone : Vous avez vraiment beaucoup de choses à me raconter.

— Allez, on fini le repas, on discutera cette après-midi.

Chapitre II

Ile Tudy, années 1900

Le repas s'est terminé dans le silence, puis, Mélanie a débarrassé la table et fait la vaisselle. Simone est retournée sur son fauteuil dans le salon. Elle somnole malgré elle, mais quand la jeune fille revient, elle lève la tête et lui sourit, un peu tristement.

— Ça remue un peu tout ça, n'est ce pas ? demande-t-elle à la vieille femme.

— Oui, un peu, mais ça remonte à tellement loin ! Je vais commencer à te raconter ça, installe toi bien. Ça sera peut-être un peu confus tu sais, mais c'est l'histoire que mes parents m'ont racontée.

Mélanie s'installe dans le canapé en cuir qui fait face au fauteuil de la vieille femme, puis, Simone commence son récit :

— La vie n'était pas facile à cette époque au sud de la Bretagne. L'Ile Tudy, c'est le pays Bigouden, tu vois, c'est le coin qui représente un peu toute la Bretagne maintenant, un peu partout avec les grandes coiffes. Je te dirais les dates de mémoire, je pense qu'elles sont assez justes tout de même, depuis le temps que je les ai en tête. Je n'ai jamais parlé de tout cela à qui que se soit depuis la mort de mon mari, et même avec lui, nous n'en parlions pas tous les jours.

Mon père s'appelait Dominique Gouzien, Dominique comme son oncle qui était son parrain. C'était comme ça à cette époque, les garçons prenait souvent le prénom de leur parrain et les filles celui de leur marraine. Mon père est né au début du mois de juillet 1886 à l'Ile Tudy. Son père était marin, comme les trois quart des hommes de la commune.

Ma grand-mère était ménagère, ce qui veut dire qu'elle n'avait pas de métier bien particulier. Ce n'est pas pour autant qu'elle ne faisait rien, je te rassure. Elle s'occupait de sa maison, des enfants, mais cela ne l'empêchait pas de faire un peu de pêche aux coquillages pour arrondir les fins de mois ou bien d'aller travailler à l'usine durant la période d'activité.

A la fin du 19ème siècle, l'Ile Tudy était assez prospère, la pêche à la sardine marchait bien et il y avait des conserveries qui transformaient le poisson. La pêche à la sardine se faisait du mois d'août jusqu'à la Toussaint, et au printemps, c'était la pêche au congre. Jusqu'au début des années 1900, il y avait une telle activité liée à la sardine que l'odeur du poisson imprégnait l'air ambiant de tout le village, les vêtements et même les cheveux des habitants sentaient la sardine. Les poissons, autres que les sardines qui allaient toutes aux conserveries, étaient vendus aux halles de Pont L'Abbé et de Quimper ou même transportés dans les autres ports du sud de la Bretagne.

Les conserveries avaient été montées par des industriels venant de Nantes ou de Douarnenez, et les femmes qui y travaillaient avaient délaissé en majorité, la coiffe bigoudène, pour celle de Douarnenez, la Penn Sardin, qui était bien plus commode à mettre et plus pratique pour le travail.

Ma mère, elle, était un peu plus jeune, cinq ans je crois et s'appelait Marie Clarisse Keralum. Clarisse comme sa marraine, et c'est ainsi que tout le monde l'appelait. Elle est née au début de l'année 1891, pas à l'Ile Tudy mais à Quimper. Mais sa mère était de l'Ile Tudy et elle y est revenue ensuite pour accoucher de ses deux enfants suivants, mais pas uniquement pour cela, tu vas voir !

Mon grand-père maternel était aussi marin, à Quimper, mais il était souvent à l'Ile Tudy chez ses beaux parents parce qu'il avait eu des problèmes à Quimper avec ses collègues. Il avait même été condamné deux fois à de la prison avant son mariage pour le vol de poissons à ses camarades pêcheurs. Alors même s'il était devenu honnête par la suite, enfin je le présume, sa réputation n'était pas très bonne à Quimper, tu le penses bien !

C'est pourquoi les Keralum sont venu habiter à l'Ile Tudy pendant quelques années et les premiers enfants ont passés davantage de temps chez leurs grand-parents Halbert, c'est le nom de ma grand-mère maternelle, qu'avec leurs propres parents. Même lorsque la famille est retournée sur Quimper, les trois filles aînées sont restées. Il y en eu d'autres des enfants, douze en tout, huit filles et quatre garçons, et ma mère était la première.

En 1903, mon grand-père Gouzien est mort, il n'était pas vieux, tout juste quarante trois ans. La famille Gouzien était à Bénodet à cette date, le père occupant la fonction de pilote du port. C'est lui qui accompagnait les différents bateaux qui arrivaient ou qui repartaient, il connaissait bien la plupart les pièges de la côte, tous les rochers qui pouvaient représenter un danger. Mon père allait avec lui de temps en temps, à partir de ses douze ans, c'était l'aîné, il apprenait le métier en quelque sorte, la transmission se faisait ainsi.

Dès 1904, mon père était inscrit maritime, il avait 18 ans, c'était obligatoire pour aller à la pêche, puisque évidemment il sera marin lui aussi, comme quasiment tous les hommes de l'Ile Tudy. Les familles avaient beaucoup d'enfants, mon père avait dix frères et sœurs, tu te rends compte, onze enfants en tout, et douze chez ma mère comme je te l'ai déjà dis.

Les habitations n'étaient pas très grandes en plus, basses, avec deux pièces seulement où toute la famille s'entassait, et un petit jardinet avec des poteaux de bois pour mettre les filets de pêche à sécher. Les aînés contribuaient aux frais de la maison tant qu'ils n'étaient pas mariés, et même parfois encore après, surtout que dans le cas présent, les derniers n'étaient pas bien grands quand le père est mort.

Eh tiens, je crois qu'une de mes tantes s'appelait Mélanie, comme toi ! Enfin, je dis que je crois, mais j'en suis sûre évidemment, même si je ne l'ai jamais vu.

— Ah oui ? C'est drôle ça ! dit Mélanie l'air étonné. Elle s'appelait comme moi, ou plutôt, c'est moi qui me prénomme comme elle ? Et vous ne l'avez jamais vue ?

— Oui, oui, ben non, je ne l'ai jamais vu. Tu verras plus tard répondit Simone, attends, je continue.

Donc, euh, je ne sais plus où j'en suis, ah oui, en 1903. La conjoncture économique a changé. La sardine s'est faite rare cette année là, et malheureusement, les années suivantes aussi. Les pêcheurs étaient soumis au bon vouloir des conserveries qui fixaient les prix et la misère a fait son apparition.

Cependant, une activité annexe s'était développée à cette période : la dentelle. Il s'agissait de la dentelle avec le point d'Irlande dont la technique avait été apprise par les femmes de la commune. C'était assez lucratif au début du moins, tant que cela restait une activité d'appoint pratiquée seulement par quelques personnes, mais quand la sardine s'est raréfiée, de plus en plus de monde s'est tourné vers la dentelle. Même les hommes pour qui ce n'était plus rentable d'aller à la pêche, se sont mis massivement à faire de la dentelle, c'est pour te dire ! Mais bien sûr, plus il y d'offre, moins il y a de demande ! Et les prix là aussi ont baissé.

Puis les conflits sociaux sont arrivés avec les industriels des conserveries qui diminuaient leur activité et les salaires des ouvrières. La population ne s'est pas laissé faire, il y a eu des grèves, la petite ville était à gauche puisque c'était un monde ouvrier, en dehors de la pêche. Il y a eu rapidement une section du parti de la SFIO, l'ancêtre du parti socialiste. Mon père s'est mêlé de ça, il était très revendicatif et ne supportait pas l'injustice.

En 1906, il est parti faire son service militaire. Comme il était marin, il a été affecté dans la Marine nationale, à Brest évidemment, et là, il a suivi une formation de guetteur sémaphorique. Il avait déjà de bonnes notions de ce métier depuis qu'il avait été avec son père au port de Bénodet.

    Après avoir passé un an sous les drapeaux, il a été placé en dispense car il était soutien de famille et il est revenu à l'Ile Tudy où il a repris son métier de marin pêcheur, mais ce n'était pas facile. La sardine qui faisait vivre la petite ville n'était pas vraiment de retour, ou de manière très aléatoire. De plus, plusieurs tempêtes ont fait des dégâts, des marins ont régulièrement été portés disparus. Les maisons étaient vulnérables aussi, il fallait faire des barricades et des amarrages solides pour éviter autant que possible que l'eau de mer ne rentre dans les bâtisses ou que les quais soient envahis.

    Ma mère, elle, était restée à l'Ile Tudy alors que ses parents vivaient à Quimper. Elle restait chez ses grand-parents et s'adonnait à la pêche aux coques, aux palourdes, aux berniques, aux moules et aux huitres dans l'estuaire de la rivière de Pont L'Abbé. Et souvent, c'est sa mère qui vendait le produit de la pêche aux halles de Quimper, ce n'est pas très loin, en bateau en remontant la rivière Odet. Tu verras bientôt pendant tes vacances dans le coin quand tu visiteras un peu. Car tu auras sûrement quelques jours de pluie en Bretagne, c'est réputé pour cela, donc il faudra s'occuper si vous ne pouvez pas aller à la plage.

    Bon, je parle, je parle, mais je prendrais bien un petit café, je commence à avoir soif.

    — Attendez, Madame, euh, zut, Simone, je vais à la cuisine préparer le café. Ou peut être préférez-vous un thé ?

    — Non, non, un café me convient tout à fait, sans sucre comme d'habitude s'il te plait.

    Mélanie quitta le salon, Simone en profita aussi pour aller se dégourdir les jambes. Elle fit un petit tour dans l'appartement, ouvrit la fenêtre de la salle à manger pour profiter un peu du soleil qui tapait fort maintenant au milieu de l'après midi. Le petit jardin était magnifique à cette époque de l'année. Puis elle revint s'assoir sur son fauteuil et Mélanie réapparut, portant un plateau avec deux tasses de café fumant et quelques petits biscuits. Les deux femmes s'installèrent à nouveau confortablement pour prendre leur collation. Mélanie la première rompit le silence.

— Ça va Simone, tous ces souvenirs ?

— Oh, ce n'est que ce que l'on m'a raconté, ce ne sont pas vraiment mes propres souvenirs, moi, je n'étais pas encore née.

Allez, je continue encore un peu, et nous irons faire un petit tour aussi tout à l'heure, il serait dommage de ne pas profiter de ce temps ensoleillé. Nous irons jusqu'au jardin public, ce n'est pas très loin, et, au printemps la végétation est très belle. Tu pourras partir de là-bas pour rentrer chez toi quand ce sera ton heure, je pourrais rentrer toute seule tranquillement après.

— Vous êtes sûre, ça ira ?

— Mais oui, bien sûr, je suis encore capable de rentrer chez moi, ne t'inquiète pas.

Bon, je te disais donc que mon père était revenu à l'Ile Tudy, il avait repris son activité. Il connaissait évidemment ma mère depuis longtemps, depuis toujours même, tout le monde se connaissait sur l'Ile. Ils avaient l'âge de se fréquenter maintenant comme on disait alors, ils sont vraiment tombés amoureux, ils se recherchaient tout le temps, il était évident qu'ils étaient fait l'un pour l'autre. Je te dis ça, je n'y étais pas, mais lorsque j'ai vu moi-même comment ils étaient après que je sois née, cela sautait au yeux. Ils ont toujours été très proches et complices. Ils se sont mariés le trente et un mai 1910 à l'Ile Tudy, en présence de leurs parents respectifs.

Pourtant, Pierre Keralum et Marie Halbert, mes grand-parents maternels, n'étaient pas très favorables à ce mariage, ils espéraient que ma mère épouse quelqu'un de plus riche, enfin, surtout mon grand-père. Mais rien n'aurait pu empêcher les deux tourtereaux de convoler. En fait, mes grand-parents avaient rêvé d'un meilleur parti pour leur fille, en espérant en profiter un peu aussi, surtout depuis qu'il y avait des gens aisés qui fréquentaient la commune et Loctudy en face. C'est à cette époque que le tourisme a commencer à se développer avec des régates.

Des plaisanciers sont venus pour ces compétitions de voiles, des courses de bateaux. Ils logeaient à Loctudy où d'ailleurs ils ont construit des villas en bord de mer. Tu pourras sûrement les voir quand tu iras par là. Les pêcheurs aussi participaient aux courses de voiliers, comme équipages des Parisiens, c'étaient essentiellement des Parisiens, mais il y avait aussi des compétitions entre eux. Et comme pratiquement tous les marins étaient de l'Ile Tudy, les vainqueurs avaient un certain prestige dans le village. Parce que à ce moment là, Loctudy n'était pas une commune maritime importante malgré sa longue façade au bord de l'eau, c'était une ville rurale et agricole. Il y avait des pêcheurs évidemment mais l'activité première de la commune c'était les pommes de terre qu'ils exportaient vers le Pays de Galles et l'Angleterre.

Et donc, mes grand-parents avaient espéré que ma mère rencontre un Parisien avec une belle situation, ou du moins avec un compte en banque bien garni. Mais peine perdu, c'est mon père, qui était presque dans la misère qui eut sa préférence. Le père Keralum avait essayé de convaincre sa fille depuis ses quinze ans au moins, qu'elle aurait été bien plus heureuse avec un homme aisé, d'autant qu'elle aurait eu l'embarras du choix car elle était plutôt jolie, et les prétendants ne manquaient pas. Mais ma mère était têtue, et surtout, elle était déjà amoureuse de Dominique.

Puis, mon frère Louis est né, en mars 1911, le treize exactement, et la vie a continué ainsi. L'atmosphère était parfois pesante car en plus des parents Keralum, les tensions avec l'Allemagne se faisaient de plus en plus présentes et mon père qui n'avait pas fait l'intégralité de son service militaire pouvait être rappelé à tout moment.

Lorsque la guerre a été déclarée en 1914, il a effectivement été mobilisé, mais n'a pas été obligé de partir au front ou sur mer dans la Marine Nationale. Il a pu resté encore à l'Ile Tudy pendant quelques temps car il était soutien de famille, son père étant décédé, ça comptait encore. Cela lui a permis d'enterrer sa mère qui est morte à la fin de 1915. Son dernier frère n'avait que quinze ans, mais c'était l'âge auquel il pouvait déjà naviguer.

Dominique Gouzien, mon père, avait reçu son ordre de mission avant le décès de sa mère, il devait aller sur un cuirassier, mais il ne lui avait rien dit, il savait qu'elle allait mourir car elle était très malade et alitée depuis pratiquement six mois. Il avait obtenu un délai pour son incorporation. Il en a alors profité pour faire une demande afin d'être affecté dans un sémaphore le long de la côte française. Tu te rappelles, il avait fait une formation en 1906, pendant qu'il était à Brest.

C'est ainsi que mon père laissa Clarisse et son fils Louis derrière lui et partit pour l'île d'Oléron, au poste de vigie de Saint Trojan comme guetteur sémaphorique. Ce n'était pas par lâcheté qu'il avait demandé cette affectation, mais il avait charge de famille et pensait qu'il était aussi utile pour son pays dans ce travail et puis, il avait déjà trente ans. Ma mère resta à l'Ile Tudy, pratiquement sans nouvelles, tu sais, il n'y avait pas les téléphones portables comme maintenant, et le courrier était lent. Ils s'écrivaient bien sûr mais c'était une lettre tous les deux ou trois mois au mieux.

Mes parents se languissaient l'un de l'autre, certes, mon père se disait qu'il avait tout de même de la chance de ne pas être au front, ma mère encore plus car elle voyait, elle, les mauvaises nouvelles arriver à l'Ile Tudy. Les morts étaient de plus en plus nombreux parmi les soldats qui avaient quitté la commune. Le courrier n'était pas clément pour tout le monde. C'était le maire qui avait la délicate mission d'aller apporter les douloureuses missives aux familles touchées par la disparition d'un des leurs. Il se livra une douzaine de fois à cet exercice rien que pour l'année 1915 d'après ce que ma mère nous avait rapporté. Et en 1916, il y eut a peu près autant de morts. Pour une petite ville d'un peu plus d'un millier d'habitants, ça faisait beaucoup.

En plus, mon grand-père Keralum harcelait sa fille en lui disant que son mari était parti se planquer plutôt que d'aller au front. Un de ses fils, mon oncle René, y était, lui, dans les tranchées face aux Allemands, c'était un courageux. Ma mère savait pourtant que son frère aurait certainement préféré avoir une autre place, il n'était pas parti le coeur léger en janvier 1916 alors qu'il n'avait que dix neuf ans. La guerre avait déjà commencé depuis deux ans et tout le monde savait ce qui se passait en première ligne : une boucherie.

C'est ainsi que ma mère se fâcha avec son père définitivement, sa mère ne disant trop rien, bien assez occupée avec tous les enfants que lui faisait son mari. Pour te dire, ma dernière tante, Anna, est née en 1912, après mon frère Louis. La tante était plus jeune que le neveu. Et pour couronner le tout, le père Keralum dit même à sa fille qu'il ne pardonnerait jamais à Dominique, mon père, si son fils mourait à la guerre alors que lui s'en sortirait. Clarisse garda cela pour elle dans un premier temps, mais n'oublia pas.

Sur l'île d'Oléron, Dominique devint un excellent guetteur et une opportunité se présenta à lui à l'été 1916. La Marine cherchait des volontaires pour partir en Afrique du Nord. Mais il fallait s'engager pour trois ans. Mon père réfléchit un petit moment, il était seul pour prendre une décision qui allait malgré tout conditionner la vie de sa famille, il ne voulait pas se tromper. Mais personne ne pouvait dire combien de temps la guerre allait encore durer. Il pouvait y en avoir encore pour des années au rythme actuel, c'était une guerre de position, dans les tranchées de part et d'autre. En plus, la situation à l'Ile Tudy n'était pas réjouissante non plus, et après la guerre, cela ne serait sûrement pas fameux. Un poste dans un sémaphore ne lui déplaisait pas, finalement, il restait au bord de la mer, peu importe où il aurait été muté. Mais ce qui lui fit accepter l'offre, c'était que s'il acceptait de partir en Afrique du Nord, sa famille pouvait le rejoindre, avec effet immédiat !

Et voilà comment mes parents sont partis de métropole en septembre 1916. Mon père a signé un engagement de trois ans et il a été promu quartier-maître. Dominique, Clarisse et le petit Louis qui avait maintenant cinq ans sont arrivés en Tunisie, mon père allant prendre son poste au sémaphore du Cap Bon.

Simone ne put retenir un bâillement et dit :

— Bon, eh voilà, nous allons nous arrêter ici pour aujourd'hui mademoiselle. Allons faire notre petit tour.

Mélanie se releva de son fauteuil et répondit :

— Déjà ? je n'ai pas vu le temps passer. Mais et vous alors Simone, dans tout ça ?

— Moi, mais je ne suis pas encore née ! dit Simone en souriant.

Elle se leva à son tour et se dirigea vers le couloir pour se chausser et prendre sa veste.

— Eh bien, vous êtes pressée on dirait. N'oubliez pas votre canne et vos clés, si vous voulez rentrer chez vous tout à l'heure.

— Dites donc, jeune fille, tu crois que je n'ai plus ma tête peut être ! Tu ferais mieux d'aller chercher ton sac que tu as oublié dans la cuisine.

Simone titilla Mélanie avec sa canne et cette dernière se mit à rire et fit un aller-retour vers la cuisine.

Les deux femmes quittent l'appartement et passent alors dans le jardin de la résidence. Mélanie regarde autour d'elle la végétation. Le jardin n'est pas très grand mais il est très joli et très bien entretenu.

— Ce n'est même pas utile d'aller ailleurs ! C'est drôlement beau ici, et calme, même les bruits de la ville ne nous parviennent pas.

— Oui, c'est vrai, répondit Simone, j'y viens souvent, presque tous les matins avant que tu arrives, enfin, s'il ne pleut pas. C'est très agréable. Mais c'est bien d'aller voir la vie urbaine, et puis j'ai besoin de voir un peu de monde aussi. Allez, en route.

Simone et Mélanie traversent le hall de l'immeuble donnant sur la rue, ouvrent la porte, et se retrouvent sur la chaussée. Elles prennent sur la droite vers la place Gruet et arrivent à la rue Fondaudège. Le conducteur du tram qui s'approche actionne la cloche pour prévenir les piétons de son passage, elles attendent un peu et traversent pour attraper la rue de la ville de Mirmont.

— Ah, vous passez par là pour aller au jardin public ? demande Mélanie.

— Oui, tu ne connais pas ce passage ? Tu vas voir, c'est plus court et la rue a un trottoir assez large, c'est beaucoup plus tranquille et plus sûr, même s'il n'y a pas trop de voitures par là. Ah, ah, tu vas connaître le quartier avec moi.

— C'est vrai que finalement je ne connais pas très bien le coin, je viens toujours directement de chez moi avec le tram et je vais tout de suite chez vous. A moins que je ne fasse quelques courses en passant, mais je ne suis jamais venue au jardin public, je l'avoue.

— Tu habites toujours du côté de l'hippodrome ?

— Oui, oui, j'y suis très bien dans ma résidence, c'est assez neuf, j'ai tout ce qu'il faut à proximité pour faire mes courses, que demander de plus ? En plus il y a le parc du Bouscat juste à côté où je peux faire des courses aussi, mais là c'est du sport, je vais y faire mon jogging deux ou trois fois par semaine, il faut que je garde la forme pour pouvoir vous suivre Simone ! Et puis c'est assez pratique finalement pour venir chez vous, la ligne de tram est directe. Par ici c'est drôlement bien aussi et c'est vrai que c'est sympa de passer par là, c'est joli et nous sommes déjà arrivées, ça n'a pas été bien long. On marche encore un peu pour trouver un banc ?

— Allons vers la gauche vers le muséum, il y a une aire de jeux pour les enfants donc nous y trouverons des bancs. En plus, nous sommes mercredi et il y aura des gamins un peu partout. J'aime bien les regarder s'amuser, ils sont joyeux et plein de vie, dit Simone.

Elles trouvèrent une place pour s'installer, une maman se décalant aimablement pour leur permettre de s'assoir.

— Merci dit Mélanie, c'est gentil. Puis, s'adressant à Simone : C'est fou tout de même que votre grand-père ait eu ce comportement, c'était sa fille tout de même, et elle avait un enfant, c'était son petit-fils !

— Oui, répondit la vieille dame, mais tu sais, apparemment, il buvait pas mal et ma mère se demandait même s'il n'était pas violent avec sa femme. Et ce serait pour ça qu'elle n'osait pas dire grand-chose. Bon, je continue encore un petit peu.

Chapitre III

Ferryville 1916

— Mon père est revenu de l'île d'Oléron sans prévenir, pour annoncer la grande nouvelle à ma mère. Elle n'était pas au courant évidemment puisque la proposition d'aller en Tunisie était toute fraîche. Il est rentré rapidement car il restait peu de temps pour préparer le départ de toute la famille. Ils firent leurs adieux à leurs familles respectives, les frères et sœurs, hormis le père Keralum bien entendu car ma mère lui avait raconté la promesse prononcée à son encontre.

Il avait signé son engagement pour trois ans à la mi-septembre 1916. Deux jours plus tard il était à l'Ile Tudy et pour le vingt du mois, tout le monde était en route pour Marseille afin de prendre le bateau qui devait les transporter de l'autre côté de la Méditerranée. Ils ne se doutaient pas qu'ils ne remettraient jamais les pieds à l'Ile Tudy et qu'ils ne reverraient plus les leurs.

Ah si, mis à part Joséphine, ma tante Phine, une sœur de ma mère qu'ils reverront quelques années plus tard. D'ailleurs ma mère lui écrira régulièrement, c'est la sœur avec qui elle s'arrangeait le mieux, elles étaient très complices. Phine devait se marier à la fin octobre, un mois plus tard, mais mes parents ne pourront pas assister à la cérémonie. Ma tante s'était entichée d'un militaire de Quimper qui venait la voir à chaque fois qu'il avait une permission, il était au front, donc il ne pouvait pas venir très souvent non plus tu penses bien.. C'était un garçon très vif, qui n'avait peur de rien, tellement téméraire que cela lui avait causé des problèmes avec un supérieur. Il avait fini plusieurs fois en prison pour avoir désobéi à ce gradé prétentieux qui lui donnait des ordres ridicules et qui cherchait à l'humilier. C'est du moins cela qu'il avait raconté à Phine.

Mais le mariage était devenu impératif car Phine était tombée enceinte. A cette époque c'était très mal vu et la seule solution pour réparer la soi-disant faute, c'était le mariage. Et tu penses bien que le père Keralum, avec son bon caractère, ne laisserait pas passer ça ! Alors certes, ma mère écrivait à sa sœur mais celle-ci ne pouvait malheureusement pas lui répondre facilement. Mes parents changeaient souvent de logement au début de leur arrivée en Tunisie et ne pouvaient pas lui communiquer une adresse correcte pour recevoir du courrier. De plus, la poste n'était pas très efficace vers les colonies, et puis, c'était la guerre !

— Elles se reverront comment alors ?

— Attend un peu, nous allons y arriver, mais pas tout de suite, ne soit pas trop pressée, si je ne vais pas dans l'ordre, je vais être perdue.

— Mais c'est triste tout de même de tout quitter et de ne plus revoir sa famille. Jamais ?

— Oui, c'est triste. C'est même quelque chose que tu traines avec toi toute ta vie. Mais non, ils ne reverront jamais personne, mis à part Phine.

Donc le voyage a duré deux ou trois jours, c'était assez long durant cette période car il fallait pouvoir avoir un train pour Paris au départ de Quimper et puis ensuite un autre pour Marseille. Le matériel ferroviaire était en priorité pour l'armée évidemment. Nous étions en temps de guerre. C'était une vraie aventure pour le couple qui n'avait pas encore bougé de son pays bigouden. Mais bon, ils sont arrivés au bord de la Méditerranée et du quai de la Joliette je crois, à Marseille, ils ont embarqué sur le paquebot « La Ville d'Alger », direction Bizerte en Tunisie. C'était un voyage d'un jour et demi à deux jours suivant l'état de la mer.

Je ne sais pas combien de temps exactement ils ont mis, mes parents ne me l'ont pas dit, ou je ne me souviens plus. Mais cela n'a pas beaucoup d'importance.

Il y avait un autre avantage encore pour Dominique d'avoir signé son engagement pour la Tunisie pour aller dans un sémaphore. Cela a permis à mon père d'éviter une affectation sur un navire de guerre, ce qui se serait avéré bien plus dangereux. Finalement, il a eu beaucoup de chance de vivre les deux dernières années du conflit mondial relativement en sécurité. Le danger le plus important était durant les traversées de la Méditerranée qui était infestée de sous-marins allemands. Tandis que tant d'autres familles ont subies des années terribles de souffrances, de privations et de deuils, lui a pu être avec sa femme et son fils et vivre sûrement parmi les plus belles années de leur existence jusque là.

Bizerte était le port le plus au nord de l'Afrique, sur la route la plus directe entre Gibraltar et le canal de Suez. Enfin, je dis « était », mais c'est toujours ! C'était un port stratégique, et donc militaire, à peu près identique à l'époque, à Brest et Toulon. Après l'instauration du protectorat français en Tunisie à la fin du dix neuvième siècle, le gouvernement français a fait de très gros travaux pour aménager le port. Eh oui, la France avait décrété que ce pays avait besoin de protection, alors que les autochtones n'avaient jamais rien demandé ! Mais bon, c'était en plein essor du colonialisme, ça ne pourrait plus être comme cela maintenant, heureusement !

Mélanie leva la main pour interrompre Simone et dit :

— Oui, j'espère, quoique je me demande parfois ! Quand on voit ce qui se passe un peu partout dans le monde. Et le plus souvent au nom des religions extrêmes et avec les intolérances qu'elles provoquent chez des gens incapables de réfléchir un minimum. Quand vous pensez que au début du vingtième siècle vous pouviez encore aller dans beaucoup de pays où il est impossible aujourd'hui de mettre un doigt de pied. Remarquez que chez nous on ne veut plus trop non plus de gens qui viennent d'ailleurs alors que c'est par l'échange que tous les peuples s'enrichiraient et se comprendraient mieux. Espérons que cela change un jour, pas trop lointain si possible, mais bon, on peut toujours rêver.

— Belle et bonne réflexion jeune fille, si tous les peuples pouvaient penser comme toi et avoir un peu de tolérance pour les choses qu'ils ne connaissent pas et essayer de comprendre les autres, effectivement, le monde tournerait peut être un peu plus rond. C'est bien que des personnes de ton âge prennent conscience de la réalité mondiale et ne restent pas cantonné à leurs petites vies finalement si peu importantes. Mais bref, retournons en Tunisie :

Mes parents ne sont pas restés à Bizerte bien longtemps, seulement quelques jours puis ils sont descendus à Ferryville, de l'autre côté du lac de Bizerte. Il y avait en effet un grand lac entre les deux villes qui a servi de base militaire lorsque les travaux ont été entrepris pour faire communiquer le lac avec la mer plus au nord. Il a fallu creuser un chenal d'un kilomètre, ce qui a permis aux bateaux d'avoir un abri très sûr. C'est donc là que s'est développée la ville de Ferryville. Elle s'appelait comme cela en souvenir et en l'honneur de Jules Ferry qui était chef du gouvernement au moment de la mise en place du protectorat. Elle a changé de nom depuis l'indépendance.

La ville a grandi avec son arsenal au bord du lac de Bizerte. Et il y avait aussi un aérodrome, c'était les débuts de l'aviation, c'est même là que Rolland-Garros a atterri quand il a réussi la première traversée de la Méditerranée en avion en 1913. Nous avons appris toutes ces choses lorsque je suis allée à l'école, mais c'était bien plus tard, il y a eu d'autres aventures entre temps.

Lorsque nous sommes arrivés en 1916, enfin, mes parents, parce que moi je n'étais toujours pas là, Ferryville était la plus française des villes de Tunisie. Il y avait près de quatre vingt pour cent de Français, presque vingt pour cent d'Italiens, et pratiquement pas de Tunisiens. L'Italie n'est pas très loin, les premières îles de Sicile sont à quatre vingt kilomètres, pas plus. Mais l'arsenal réclamait beaucoup de main d'oeuvre et petit à petit, la population musulmane devint majoritaire.

Le changement était tout de même brutal pour mes parents, surtout pour ma mère qui n'avait jamais quitté l'Ile Tudy, sauf pour aller à Quimper. Ils ont donc souhaité rester à Ferryville pour ne pas être trop dépaysés, malgré que le sémaphore du Cap Bon où devait travailler mon père se situait à environ soixante dix kilomètres vers le sud-est. Mais celui-ci est rapidement parvenu à s'arranger avec ses camarades. Avec l'aval de ses supérieurs, il a réussi à travailler avec un roulement d'une semaine sur deux plutôt que de faire deux jours de travail puis deux jours de repos comme cela était la règle. Cela lui permettait d'être avec sa femme plus souvent, de profiter de son fils qui avait maintenant plus de cinq ans, et de s'acclimater à sa nouvelle vie.

A leur arrivée à Ferryville, ils se sont d'abord installés dans une chambre d'hôtel. Puis ils ont trouvé un petit logement à Tindje, c'était un quartier habité surtout par des ménages bretons, situé à trois kilomètres du centre de Ferryville mais d'accès facile par un petit chemin de fer à vapeur. Etant habituée à vivre chichement, ma mère fit rapidement des économies qui leur permirent d'acquérir ce dont la famille avait besoin. Du mobilier de cuisine, de la literie convenable tout d'abord. Puis, au bout de six mois environ, mon père alla acheter deux bicyclettes. Quel évènement ! Surtout que ma mère ne savait pas faire de vélo, dit Simone en se mettant à rire de bon coeur. Mais ne t'en fais pas, elle a appris très vite, ce qui a permis à mes parents de faire de belles balades à la campagne, de découvrir des paysages si différents de la Bretagne, en particulier les oliveraies si nombreuses et qu'ils trouvaient magnifiques.

— Ils n'étaient pas trop mal on dirait par rapport à la métropole.

— Oui, la vie à Ferryville était finalement assez facile, et sûre. Les logements étaient confortables surtout lorsque l'on venait d'une pauvre petite maison de pêcheur où toute la famille vivait entassée. Les marchandises étaient nombreuses et bon marché sur les marchés tunisiens. Les Gouzien découvraient de nouvelles choses, des denrées qu'ils ne connaissaient même pas, les dattes par exemple mais aussi des animaux inconnus comme les dromadaires. Avec leurs bicyclettes, ils pouvaient aussi aller au bord de la mer, pratiquer la pêche à pied en se souvenant des années passées.

Pour aller à son travail tout au bout du Cap Bon, mon père devait prendre le train pour Tunis puis trouver une carriole à cheval pour faire les trente derniers kilomètres. Il en avait pour plus d'une demi journée, tant à l'aller qu'au retour, quand tout allait bien et c'était particulièrement éreintant. Il était donc bien content d'avoir réussi à travailler sept jours d'affilée.

Au bout d'un moment, deux ou trois mois, il a fait la connaissance de marins à Bizerte qui allaient pêcher juste devant le village de El Haouaria, à l'extrême pointe du Cap Bon. Il partait parfois à la pêche avec eux, c'était son ancien métier, rappelles toi, et ils sont devenus amis. Beaucoup étaient des Bretons qui travaillaient à l'arsenal et qui avaient une barque pour leurs loisirs. Donc, Dominique partait avec eux jusqu'à leur lieu de pêche, et descendait à terre tout près du sémaphore. Il lui restait ensuite à monter le promontoire où se trouvait le bâtiment par un chemin d'accès qui avait été ouvert au moment de la construction en 1895. Le chemin était raide, il fallait monter à près de quatre cent mètres d'altitude. Pour le retour, il faisait la même chose, et bien souvent, il pouvait en profiter pour ramener du poisson frais à la maison.

C'était une excellente idée qu'il avait eu de passer par la mer plutôt que par la terre pour aller de Ferryville au sémaphore. Car en 1917, un gisement de lignite fut découvert et mis en exploitation sur le Cap Bon. C'était un bon gisement qui permit de remplacer partiellement, et à moindre coût, le charbon qui était importé de métropole. La lignite pouvait faire du gaz également mais servait surtout pour les trains et les tramways de Tunis. Le problème, c'est que ce fameux gisement était sur la route qu'empruntait mon père pour aller à son travail et l'obligeait à faire un détour d'au moins dix kilomètres, la route habituelle ayant été barrée. La Tunisie n'avait pas de minerai exploitable, à part le phosphate que la France a pillé allègrement. Et c'est plus tard que l'Algérie voisine a découvert d'immenses réserves de gaz naturel.

Mélanie écoutait attentivement la vieille dame qui était intarissable et qui visiblement prenait un grand plaisir à parler de la vie de sa famille.

Mais la maman qui leur avait cédé de la place sur le banc, ne perdait pas une miette non plus du récit de Simone. Son fils est venu lui demander s'ils allaient partir bientôt, souhaitant rester encore car il avait trouvé des copains pour jouer au foot.

— S'il te plait, maman, dit oui, implora l'enfant, on ne fera qu'une partie, il n'est pas tard, il y a six garçons et trois filles, ça fait neuf, il faut qu'il y ait encore un autre pour faire deux équipes pareilles. C'est pour ça qu'ils m'ont demandé. Dit oui, insista le petit garçon.

— Ils ont quel âge tes camarades ? demanda la mère.

— Ils ont dix ans, comme moi, mais il y a une fille qui a onze ans. Et puis il y a un gars de ma classe aussi, c'est Rémi.

— Bon, Ok, va-y, oui, nous avons encore un peu le temps. Une demi-heure pas plus hein, quand je t'appellerai tu viendras tout de suite, c'est d'accord ?

— Oui, oui, merci maman, dit le bonhomme en s'éloignant en courant pour rejoindre ses nouveaux copains.

Mélanie sourit en le voyant s'éloigner. Elle jette un regard furtif sur la maman et remarque que la revue de celle-ci est toujours ouverte à la même page depuis un bon moment, c'est la même publicité pour un parfum Chanel.

Et bien, se dit-elle, il me semble que cette dame fait sa curieuse et écoute notre conversation. C'est pas étonnant non plus, je ferais la même chose à sa place. Je suis vraiment épaté de voir comment Simone se souvient de tous les détails, elle garde une mémoire phénoménale et son récit est tellement intéressant que je ne suis pas surprise que la maman d'à côté laisse sa revue à la même page. En plus, elle hoche la tête de temps en temps comme si elle connaissait un peu de quoi parle Simone. J'ai bien envie de lui poser la question.

— C'est assez grand le Cap Bon alors ? dit Mélanie

La jeune femme à côté de Simone acquiesça d'un hochement de tête. Mélanie sauta sur l'occasion :

— Vous connaissez, peut être ? demanda-t-elle à la jeune femme.

Celle-ci, surprise, fit un petit bond et en rougissant un peu. Elle répondit :

— Je suis vraiment désolée, je ne voudrais pas passer pour une impolie, je vous prie de m'excuser. Je ne vous écoutais pas mais j'ai entendu parler du Cap Bon, alors mon attention a été attirée.

— Ce n'est pas grave ! dit Simone, de toute façon si je ne voulais pas que quelqu'un m'entende, nous n'avions pas à venir sur le même banc que vous, et je ne vais pas chuchoter non plus, sinon Mélanie ne m'entendrait pas.

— Comment ? dit cette dernière.

— Ah, vous voyez, elle n'entend pas bien, c'est pour cela que je suis obligée de parler assez fort, il n'est donc pas étonnant que vous m'entendiez.

Les trois femmes se mirent à rire, Mélanie faisant semblant de bouder. Simone reprit :

— Le Cap Bon vous a fait réagir, pourquoi, vous connaissez ?

— Oui, un peu. Sûrement moins que vous mais nous y sommes aller en vacances l'année dernière mon mari, mon fils Alexis et moi. Je m'appelle Dominique, c'est ce qui m'a fait réagir, lorsque vous avez prononcé ce nom, j'étais absorbée dans ma lecture et j'ai cru que vous vous adressiez à moi. Mais c'est le prénom de votre père aussi je crois. Après j'ai entendu parler du Cap Bon, et je vous avoue que j'ai tendu l'oreille.

— Vous étiez à Hammamet sans doute en vacances ? C'est au pied de la péninsule du Cap Bon.

— Non, non, nous n'allons pas où il y a trop de touristes, ce n'est pas les vacances que l'on recherche. Nous préférons les coins plus tranquilles et plus authentiques. Nous avions trouvé un hôtel à Mrissa, l'hôtel Chiraz, tout à fait charmant et calme comme il nous faut. Ce n'est pas très loin de Tunis, au début du Cap Bon, au nord, alors que Hammamet est au sud. Nous avions loué une voiture aussi, ainsi nous avons pu nous promener dans toute la région qui est magnifique et la population est très sympathique et accueillante.

— Oh là là, dit Mélanie, je ne vous suis plus, moi je ne connais pas la géographie de la Tunisie, il va falloir que je regarde ça ce soir sur mon ordinateur lorsque je vais rentrer chez moi. Mais continuez, j'essaierais de me souvenir pour aller voir ça de plus près.

— Vous savez, Dominique, il y tellement longtemps que j'ai quitté ce pays, qu'il a certainement beaucoup changé depuis. Et vous avez circulé un peu partout en voiture, donc vous avez un souvenir bien plus récent et meilleur que le mien. Et puis c'était mon père qui y était au sémaphore, pas moi. J'y suis allée bien sûr mais trois ou quatre fois, pas davantage. Vous l'avez trouvé comment alors le Cap Bon ?

La jeune maman regarda en direction de l'endroit où jouait son fils et dit :

— Nous avons trouvé l'endroit superbe, très tranquille. C'est une grande région agricole, un vrai jardin. Il y a des orangers, des citronniers, des vergers, des forêts, des collines. Ça monte pas mal dans certains coins et les routes ne sont parfois que des chemins de terre, mais c'est très agréable de se perdre dans ces beaux paysages. C'est une alternance de plaines et de plateaux, et au bord de la mer, des criques avec des rochers et des plages de sable fin qui doivent être parmi les plus belles du pays et pourtant elles restent confidentielles, tant mieux. Les villages sont charmants, c'est la Tunisie paisible sans la foule de touristes. Cela reste authentique, c'est ce qui nous a plu.

Nous avons été à Nabeul aussi, ils fabriquent des céramiques et des carreaux de faïence très colorés qui sont vraiment très beaux. Et bien évidemment nous sommes allés nous perdre tout au nord, jusqu'aux grottes que nous avons visitées, pas très loin de El Haouaria. C'est un très joli petit port, un peu figé dans le temps, à proximité du sémaphore que nous avons vu, perché sur son promontoire. C'est là que votre père était alors, il y a longtemps ?

— Oh oui, soupira Simone, très longtemps maintenant.

— Visiblement vous avez passé de superbes vacances, enchaîna Mélanie, à vous écouter toutes les deux, on est tenté d'y aller.

— Ah oui, dit Dominique, je vous y encourage si vous en avez l'occasion.

— Et bien ce ne sera pas pour cette année en tout cas puisque je pars en Bretagne au début du mois de juin, mais dans les années futures pourquoi pas en effet.

— Et moi je n'irai plus nul-part, ajouta Simone avec un sourire triste, j'ai déjà bougé beaucoup au cours de ma vie, c'est à votre tour les jeunes, il faut parcourir le monde, il y a tellement de belles choses à voir et des gens sympathiques à rencontrer.

— La Bretagne aussi est très belle, enfin, lorsque le temps est au beau. C'est sans aucun doute parmi les plus beaux endroits au monde, je n'ai pas peur de le dire. Les plages de sable fin n'ont rien à envier aux plages qualifiées de paradisiaques des pays tropicaux. Je le dis en toute objectivité évidemment puisque je suis Bretonne moi-même. Dit Dominique.

La jeune maman regardait Mélanie tout en gardant difficilement son sérieux, son œil malicieux précédant son grand sourire qui fut communicatif et les trois femmes rirent à nouveau ensemble.

— Et voilà, encore une Bretonne, il y en a partout, ou plutôt, nous sommes partout. Il y a des Bretons aux quatre coins du monde, j'en ai rencontré partout où j'ai été durant ma longue vie. Nous sommes un peuple de grands voyageurs, et en général nous aimons tout de même revenir sur notre terre natale. Et bien pas moi, je n'ai jamais pu y retourner, c'était trop dur pour moi après tout ce que mes parents m'ont raconté. Je n'ai pas réussi à dépasser cela, mais ce n'est pas grave, puisque finalement je ne suis pas une vraie Bretonne non plus contrairement à vous, puisque je n'y suis pas née. Je suis née à Ferryville, donc je suis une Tunisienne ! dit Simone d'un air très sérieux. Puis elle reprit : Mais non, bien sûr, je me sens tout à fait Bretonne, je ne renie pas mes origines, même si elles ne sont pas spécialement glorieuses. En fait, je n'ai pas vraiment de terre d'origine.

— Mais vous n'y êtes pour rien de toute façon, lui dit Mélanie. Bon, et alors, votre père et ses navettes en bateau pour aller sur le Cap Bon ?

— Oui, et bien il a continué comme cela pendant son séjour là-bas. Finalement mes parents ont encore déménagé à la fin de l'année 1917, avant la rentrée scolaire, pour aller au centre de Ferryville car à Tindje il n'y avait pas d'école pour mon frère Louis. Il fallait que ma mère fasse trois kilomètres avec lui pour l'envoyer en classe. Ils ont trouvé un logement très agréable dans une petite copropriété très récente, pas très loin de la rue Jules Verne où se trouvait l'école. Le grand marché était aussi à proximité, ce qui était bien pratique. D'autant plus que ma mère était enceinte à l'hiver 1918. Ce n'est pas un hiver bien rigoureux comme il peut y en avoir en métropole évidemment, mais dans son état, il était tout de même préférable d'avoir tout à côté.

— Votre mère était enceinte de vous ou bien vous avez eu encore une autre sœur ou un autre frère ?

Cette fois, c'était Dominique qui posait la question. Elle avait complètement intégré le petit groupe et n'avait plus besoin de faire semblant de lire sa revue.

— Oui, j'allais demander la même chose. Rajouta Mélanie.

— Eh oui, c'est moi que ma mère portait cet hiver là. Je suis née le 29 juin de cette année. C'est donc mon anniversaire dans un peu plus d'un mois. D'ailleurs, Mélanie, tu as oublié de téléphoner au restaurant en début d'après midi pour réserver. Il faudra y penser samedi quand tu reviendras.

— Heureusement que vous avez plus de tête que moi, je n'y pensais plus.

— C'est ce que je me disais aussi, lui répondit Simone, malicieusement. Mais c'est normal, moi, c'est mon anniversaire et il ne m'en reste plus beaucoup, toi, tu en as bien davantage à venir.

Dominique s'agitait un peu et visiblement, voulait intervenir, mais sans couper les deux interlocutrices. Elle prit la parole et annonça :

— C'est vraiment une drôle de coïncidence, moi aussi je suis née le 29 juin !

— Et bien nous sommes jumelles alors ! s'esclaffa Simone, ça c'est drôle effectivement. Comme quoi, le hasard, hein !

— Ah, reprit Dominique, moi aussi il faudra que je rappelle à mon mari de réserver un bon restaurant, puisque vous en parlez. J'ai bien envie d'aller dans un nouvel établissement qui a ouvert au début de l'année et qui fait déjà un peu parler de lui, donc il vaudra mieux que Jean, mon mari, téléphone assez rapidement si l'on veut avoir une place.

Ce n'est pas très loin d'ici d'ailleurs, un restaurant italien, Tentation, je crois, ou quelque chose comme ça.

Mélanie et Simone se regardent et éclatent de rire.

— Quoi, qu'est ce que j'ai dit ?

Mélanie se lève, fait quelques pas et revient vers le banc,les deux mains sur le crâne en disant :

— Non, mais je rêve, dites moi que ce n'est pas vrai, c'est complètement dingue ce truc, ce n'est pas possible ! Dites moi la vérité, vous êtes de connivence toutes les deux ? Vous vous connaissez ?

Dominique ne comprenait rien, ne savait pas quelle attitude adopter, visiblement elle devenait mal à l'aise. Simone, elle, avait énormément de difficultés pour reprendre son sérieux. Quand elle y parvint enfin, elle s'adressa à Dominique :

— Oh, ce n'est pas contre toi, tu permets que je te tutoie j'espère, entres jumelles ! Non, c'est le fait qu'il s'agit du restaurant dans lequel nous avons prévu de nous rendre nous aussi pour fêter mon anniversaire. Alors tu comprends notre surprise. En plus, tu te prénommes Dominique comme mon père, tu connais le Cap Bon, ce qui n'est pas si courant, tu es Bretonne, ça, visiblement ça l'est davantage, tu es née un 29 juin comme moi, et maintenant tu nous annonces que tu as prévu d'aller manger dans le même restaurant que nous ! Tu avoueras qu'il y a de quoi être étonnées.

Après un petit silence, Simone continua :

— Moi, j'offre ça à Mélanie car c'est la seule personne qui me reste. Je n'ai plus de famille depuis très longtemps, et je la considère comme la petite fille que j'aurais pu avoir. Cela fait un peu plus de trois ans qu'elle prend soin de moi, je ne suis même pas certaine que si j'avais eu des enfants, ils se seraient occupés de ma pauvre personne comme elle le fait, et toujours avec le sourire en plus. Alors ce jour là j'ai l'impression que je vais en retrouver une, de famille !

Mélanie revint s'assoir, toujours ébahie et très émue, en disant :

— Merci beaucoup Simone, c'est extrêmement gentil, ça me touche énormément.

La jeune fille essuya une petite larme au coin de ses yeux, embrassa Simone tendrement sur les deux joues puis elle reprit en hochant la tête :

— Mais c'est pas vrai, hein, c'est pas vrai ! Je n'y crois pas. Un hasard pareil, même au cinéma on dirait que c'est trop gros ! Ça alors, j'ai vraiment du mal à y croire. Vous êtes certaines que vous ne vous connaissez pas ? Vous ne seriez pas en train de me faire une blague ?

Et les trois nouvelles amies de repartir dans un nouvel éclat de rire. Alexis, le petit garçon de Dominique revint à ce moment là, le visage écarlate, les cheveux collés sur le front par la transpiration et encore tout essoufflé après son match de foot. Etonné, il regarda les trois femmes qui riaient à gorges déployées.

— Qu'est ce qu'il se passe maman ? Demanda-t-il.

— Je te raconterai, lui répondit sa mère. Alors tu as gagné au foot ? Tiens, prends un peu d'eau et remets ton sweat. Nous allons y aller maintenant avant que nous ne découvrions encore quelque chose d'extraordinaire.

— Non, j'ai perdu dit Alexis en enfilant sa veste mais j'ai marqué un but.

— Donne moi ton numéro de portable dit Dominique en s'adressant à Mélanie, que l'on garde contact.

— Oui, bien sûr, répondit cette dernière en prenant elle même son téléphone, je te recontacte très bientôt.

— Ah oui, dit Simone, il faut que l'on se revoit. Disons mercredi prochain, le petit garçon aura sûrement un autre match de foot à jouer, non ? Comment t'appelles tu déjà ? Demanda-t-elle à l'enfant.

— Alexis, madame, lui répondit-il, et j'ai dix ans.

— Dix ans ! Tu es grand alors, moi j'en ai un peu plus !

— Beaucoup plus même ! dit Alexis.

— Oui, tu as complètement raison, beaucoup plus. La vérité sort de la bouche des enfants. Dit Simone en regardant ses voisines.

—Et au moins, eux, ils disent les choses comme elles sont, c'est très bien comme ça. Bon, je ne vais pas tarder non plus, je vais rentrer maintenant. Je vais m'arrêter prendre un peu de légumes et des fruits et rentrer dans mon appartement, chauffer le potage que tu m'as préparé hier, Mélanie. Un peu de télévision et au lit. Je crois que ce soir je vais très bien dormir.

— Ah oui, dit Mélanie, il est dix huit heures déjà, on a pas vu le temps passer avec vous, Simone, c'est passionnant votre histoire. Je vais y aller aussi, je vous accompagne jusqu'à mon arrêt de tram si vous voulez ?

— J'espère bien, répondit la vieille dame, allez, en route. Au revoir mon garçon, à très bientôt Dominique, ma jumelle. Nous nous revoyons donc mercredi prochain, nous sommes d'accord ?

— Ah oui, avec énormément de plaisir. Mélanie, je te rappelle demain dans la soirée si tu veux bien ? J'ai quand même manqué un peu de l'histoire de madame, euh, madame ?

— Simone Bertrand. répondit rapidement Simone, mais je préfère que tu m'appelles Simone, comme Mélanie.

— Je ne pourrais pas, dit Dominique, et puis il n'y a pas de raison, enfin, on verra ça plus tard. Bonne soirée à vous en tout cas, et à mercredi prochain. J'ai déjà hâte d'y être.

Simone et Mélanie s'éloignèrent ensemble pour retrouver la rue Fondaudège où cette dernière allait prendre le tram qui allait la ramener vers son domicile, tandis que la vieille dame passerait chez le marchand de fruits et légumes avant de regagner son appartement. Dominique, elle, accompagnée de son fils, partit dans l'autre direction. Elle se retourna pour faire un petit signe de la main. Puis, elle raconta à Alexis la curieuse histoire qu'elle venait de vivre. Celui ci l'écouta très attentivement, ouvrant de grands yeux à chaque rebondissement tellement étonnant.

— C'est drôle ça, maman, dit le petit garçon, tu ne la connaissais pas avant, la vieille dame ?

— Non bien sûr, c'est ça qui est surprenant. Tu vois, parfois la vie nous fait des clins d'oeil comme ça. Mais c'est vrai que là, franchement, je crois que ça dépasse tout ce que j'aurais pu imaginer. Allez, allons raconter toute cette histoire à ton père.

Chapitre IV

Cap Ferret, années 1920

Le samedi suivant, Mélanie se leva de bonne heure, elle était très impatiente de retourner chez Simone. Depuis deux jours, ses deux jours de repos, elle s'est repassée toute l'histoire de la vieille femme qui l'emploie depuis quelques années et pour qui elle s'est prise d'affection.

Mélanie pensa : *Je suis tout de même étonnée de la déclaration qu'elle m'a faite l'autre jour. Bon d'accord, nous nous arrangeons bien, mais là, visiblement ça va plus loin pour elle aussi. J'en suis bien contente car pour moi également elle compte beaucoup, je me suis vraiment attachée à elle. Finalement cela s'est fait doucement au fil des années, c'est vrai qu'au début, pour moi c'était un travail avant tout. Même si, il faut bien l'avouer, c'est quand même un sacré bon boulot. Tu passes huit heures d'affilée avec une seule personne, ce n'est pas la course en permanence, c'est plutôt cool. Au début je voyais surtout aussi la bonne paie et le moyen de quitter l'EHPAD. Remarques bien que passer huit heures avec la même personne, il vaut mieux bien s'entendre avec elle et là je dois dire que j'ai touché le gros lot avec Simone. Dès le début elle m'a bien accueilli, elle a toujours été très agréable, jamais exigeante comme peuvent l'être certaines personnes âgées. Ou bien acariâtres aussi, j'en ai vu quelques unes comme ça à la maison de retraite. Ah, mon dieu, heureusement que je n'y suis pas restée.*

Et puis avec Simone, j'ai l'impression d'avoir une grand-mère, je n'ai pas eu le plaisir de connaître mes vrais grand-parents mais c'est comme cela que j'aurais voulu qu'ils soient. Elle est toujours contente et pourtant elle sait ce qu'elle veut et ne se laisse pas faire non plus, mais, je ne sais pas, elle arrive à tout faire passer en douceur. C'est vraiment un plaisir d'aller chez elle, je n'ai absolument pas la sensation de travailler. En plus l'autre jour, elle a réussi à me faire pleurer, mine de rien, ça m'a beaucoup touché ce qu'elle a dit. Pas grand-chose finalement mais tout était dit.
Voilà, les larmes me remontent aux yeux maintenant. Bon, il vaut mieux y aller que de larmoyer. Allez, en route ! il est quelle heure au fait ?

Mélanie regarda l'écran de son portable où s'affichait neuf heures. *Oups, c'est un peu tôt quand même, oh, tant pis, j'y vais quand même, j'ai hâte de la revoir, et puis j'ai les courses à faire avant. Allez, j'y vais.*

Elle regarda par la fenêtre et vit des nuages, le temps était incertain aujourd'hui. Elle prit sa veste grise, de la couleur du temps, pensa-t-elle, qui irait bien avec son jeans. Elle récupéra son petit sac à dos dans lequel elle rajouta un plus grand sac pour mettre les courses de Simone et quitta son appartement.

Au bout de cinquante mètres sur la rue, elle était déjà arrivée à l'arrêt du tram. *Et voilà, c'est vraiment pratique, un arrêt de tram tout à côté de chez moi et un autre presque aussi proche de chez Simone. Pas besoin de faire de changement en plus, c'est parfait, pas de perte de temps dans les transports, que demander de mieux ?*

Un quart d'heure plus tard, Mélanie était arrivée à destination, place Gruet. Elle se dirigea tout d'abord vers la boulangerie pour acheter le pain. *Bon, elle est un peu gourmande Simone, je vais lui prendre un gâteau. Ah, mais non, nous sommes samedi, je vais en commander pour demain matin, elle sera contente.* Mélanie réserva donc deux tartes aux fraises pour le dimanche matin puis se rendit chez le boucher. Elle prit la blanquette et le reste de ce qu'elle avait fait mettre de côté le mercredi précédent. Le boucher était étonné de voir la jeune fille si matinale :

— Vous êtes de bonne heure aujourd'hui, il n'est rien arrivé à madame Bertrand j'espère ?

— Non, non, rassurez vous, tout va bien. J'ai le grand ménage aujourd'hui, c'est pour ça que je suis un peu plus tôt.

Ils sont bien sympathiques et serviables, mais ils n'ont pas besoin de savoir que je suis surtout pressée de la retrouver, Pensait Mélanie, *je ne vais pas leur raconter pourquoi.*

— Ah, d'accord, tant mieux. Vous lui donnerez le bonjour de notre part ajouta la femme du boucher qui était à la caisse, comme tous les samedis.

— Pas de problème, dit Mélanie en mettant les marchandises dans son cabas. Merci beaucoup, à bientôt.

Elle reprit son chemin vers sa destination qu'elle atteignit rapidement. Elle traversa le hall du premier immeuble de la résidence et se retrouva dans le jardin, à l'arrière. Elle se dirigea vers l'appartement de Simone, mais au moment de sonner et d'entrer comme elle le faisait d'habitude, une petite voix l'appela. Mélanie regarda vers sa gauche et aperçu la vieille dame qui se promenait tranquillement dans le petit jardin et lui faisait signe de la main.

— Je suis là Mélanie, viens donc par ici voir les superbes azalées qui sont en fleurs. C'est magnifique.

— J'arrive ! dit la jeune fille.

Elle déposa son petit chargement sur le paillasson de l'entrée, puis rejoignit Simone qu'elle embrassa sur une joue.

— Eh bien, lui dit cette dernière avec un grand sourire, quelle familiarité !

— Vous m'avez dit l'autre jour que j'étais comme votre petite fille. Alors, une petite fille, et bien ça embrasse sa grand-mère ! Non ?

— Bien sûr, répondit la vieille femme en caressant la joue de Mélanie de sa main gauche, tandis qu'elle lui tenait fermement l'épaule de sa main droite. Tu sais, cela me touche beaucoup, il y a très très longtemps que plus personne ne m'embrasse ainsi.

Mélanie détourna la tête pour masquer ses yeux qui s'embuaient et dit, l'air embarrassé :

— Bon, promenons nous dans ce beau jardin, alors, avant de pleurer toutes les deux. C'est un très bon paysagiste qui l'a aménagé en tout cas, parce que la surface n'est pas immense entre les deux immeubles et pourtant il paraît très spacieux lorsque l'on se balade dedans. Le petit chemin sinueux avec ses tours et ses détours nous fait perdre la notion de distance, surtout avec la végétation comme maintenant au printemps. Il est vraiment très beau.

Les deux femmes, que de nombreuses années séparaient, marchèrent en silence, main dans la main pendant un bon quart d'heure parmi les arbustes et les plantes fleuries. Puis elles regagnèrent l'appartement. Mélanie déposa les victuailles dans le frigo et les placards et commença le ménage. Elle entama également la discussion :

— Donc, Simone, vous êtes née le 29 juin 1918 alors, pour reprendre votre histoire où nous en étions l'autre jour, c'est ça ?

— C'est exactement ça, répondit Simone. Mais attends, je vais faire mes mots-croisés maintenant. Je vais m'installer dans mon fauteuil dans le salon. Termines ce que tu as à faire dans la cuisine et dans la chambre et viens me rejoindre ensuite. Je sais que tu es impatiente de savoir la suite mais je continuerai mon histoire à ce moment là. Je ne vais pas crier à travers l'appartement, tu ne m'entendras pas de toute façon avec le bruit de l'aspirateur.

— D'accord, on fait comme vous dites, c'est vous la grande cheffe.

— Mais non, mais non, il n'y a pas de cheffe ! Je vais finir bien tranquillement la lecture du journal aussi, ce matin je n'ai fait que ma toilette et jeté un coup d'oeil sur les gros titres rapidement.

— Quoi rapidement ? demanda Mélanie d'un ton moqueur, la toilette ou la lecture du journal

— Et bien la toilette évidemment ! rétorqua Simone malicieusement.

La vieille femme se plongea dans sa lecture pendant que Mélanie se dépêchait de faire son travail. *Bon, ça ne va pas être très long de toute façon. Simone ne salit pas grand chose et même si je ne suis pas venue depuis deux jours, son appartement n'est pas sale. Je suis même sûre qu'elle fait son ménage quand je ne viens pas. En tout cas elle fait son lit, ça j'en suis certaine. Je pense qu'elle a davantage besoin de moi pour lui tenir compagnie qu'autre chose, le temps doit lui paraître long toute seule. C'est assez incroyable d'ailleurs de voir comment elle est encore alerte alors qu'elle va avoir quatre vingt seize ans. Elle n'utilise même pas sa canne dans son appartement, et dehors je suis persuadée qu'elle pourrait s'en passer aussi, c'est juste pour se rassurer. Enfin, tant mieux pour elle.*

Au bout d'une vingtaine de minutes, la jeune fille arriva dans la salle à manger contiguë au salon où Simone s'affairait très sérieusement à réussir la grille de mots croisés du jour. Les lunettes sur le bout du nez, le crayon de papier au coin des lèvres, elle réfléchissait aux dernières définitions qui lui échappaient encore. Mélanie passa derrière elle pour ranger les revues sur la table basse et faire les poussières autour de la télévision.

— Et voilà, cria tout à coup Simone en se redressant, c'est fini encore pour une fois. Ah tu es là ? Je ne sais pas pourquoi je crie, la victoire sans doute, parce qu'ils n'étaient pas faciles aujourd'hui ! Le samedi, ils sont toujours un peu plus durs, ce n'est pas le même auteur que dans la semaine.

— Vous m'avez fait peur, dit Mélanie qui venait de sursauter. C'est bon, terminé ? Bravo. Eh bien je ne sais pas comment vous faites. Je suis incapable de faire ces jeux, c'est trop compliqué.

— Excuse-moi si je t'ai fait peur. Oh, tu sais c'est surtout de la pratique, à force d'en faire on trouve cela moins difficile. Il faudra que tu t'y mettes un jour, c'est bon pour les neurones. Regardes moi ! dit-elle en riant.

— Ah ça, c'est certain, vous m'épatez avec votre esprit et votre mémoire. Bon, eh, j'ai fini moi aussi ! Alors, nous retournons en Tunisie ? J'attends la suite moi !

— Ah là là, tu as de la suite dans les idées toi ! Allez, installes toi. Tu as fait vite aujourd'hui dis donc. Ah mais oui, c'est vrai que tu étais en avance aussi ce matin.

Bon, je vois que tu as bien retenu ma date de naissance ! oui, le 29 juin 1918 à Ferryville et baptisée rapidement après à Bizerte. Mes parents ont continué leur vie, avec moi en plus. Ma mère s'était fait quelques amies qui lui ont rendu bien service à cette époque pour conduire mon frère à l'école et le reprendre. Surtout quand mon père était absent durant sa semaine au sémaphore. Ils avaient une assez belle vie finalement, sûrement meilleure que s'ils étaient restés en France. Surtout que maintenant, la guerre était terminée. Même s'il faut bien le dire, leurs familles respectives leur manquaient, naturellement. Sauf les méchantes humeurs du père Keralum, tu t'en doutes bien.

A la fin de l'été 1919, les trois années prévues dans la contrat de mon père étaient terminées. La famille devait réfléchir à nouveau à son avenir. Ils pouvaient rester en Tunisie mon père n'aurait eu aucun mal à trouver du travail, en tant que Français en plus. Ou bien ils pouvaient revenir en métropole, plus près du reste de la famille. Ils ont bien réfléchi et finalement ils ont décidé de rentrer, la France avait retrouvé la paix depuis près d'un an, et ils étaient nostalgiques. Mon père a pu demander un nouveau contrat dans l'arrondissement de Rochefort. Tu te rappelles qu'il avait déjà été au sémaphore de l'île d'Oléron ?

Et bien il a été accepté, ce n'est pas étonnant, d'ailleurs car il était un bon guetteur sémaphorique, et après la grande guerre, les bons éléments étaient assez rares. Donc, devines où il a été nommé ?

— A Oléron à nouveau peut être, puisqu'il y avait déjà travaillé ?

— Eh bien non. Il a été désigné pour aller au poste de vigie d'Arcachon, sémaphore du Cap Ferret.

— Au Cap Ferret ! Ouah ! C'est chic par là !

— Oui, maintenant, dit Simone en riant, mais à cette époque ce n'était pas le cas. Quoique le tourisme commençait à se développer un peu. Donc pour le mois d'octobre 1919, toute la famille est arrivée sur Lège. Nous y sommes restés jusqu'au mois de janvier 1924, quatre ans et demi dans cette belle région d'où j'ai mes premiers souvenirs.

Nous sommes rapidement descendus sur le bout de la presqu'île. Nous étions parmi les premiers habitants du Cap Ferret, car il n'y avait pas de vrai route entre Lège et le bout de cette langue de terre, nous étions assez isolés. Le village du Cap Ferret, c'était les gardes du sémaphore et du phare, des douaniers, mais aussi des gardes forestiers, les résiniers, les bûcherons qui exploitaient la forêt. Sans compter les vignerons, car il y avait pas mal de vignes par là et qui donnaient un bon petit vin. Il y avait une très grande fraternité parmi tout ces gens. Ah, et puis j'oubliais, le plus important, maintenant du moins, il y avait aussi le monde ostréicole. Les parcs à huitres étaient déjà très nombreux, et ils n'ont fait qu'augmenter depuis.

Puis l'expansion du tourisme fera que des commerçants, des hôteliers et des artisans sont venus se rajouter. Des bateaux à vapeur apportaient d'Arcachon des excursionnistes de plus en plus nombreux, venus fouler le sable des plages, contempler l'océan et s'attabler aux terrasses des différents restaurants qui se trouvaient à proximité des embarcadères. Après, il s'est mis en place un tramway, d'abord tiré par des chevaux puis par un tracteur à essence. Maintenant il y a un petit train électrique, cela a évolué. Il y a eu des routes ouvertes aussi pour desservir toutes les nouvelles zones urbanisées, de nos jours il est possible de circuler un peu partout.

C'est là, dans cet environnement que j'ai fait mes premiers pas. Et je me souviens très bien des promenades dans la forêt, des baignades avec Louis qui avait déjà dix ans lorsque nous sommes arrivés, donc lorsque nous allions dans l'eau et pour que je m'en souvienne, il devait avoir treize ans. Il allait à l'école à Lège parce que au Cap Ferret il n'y avait qu'une petite école, malgré tout, ce n'était pas du tout son truc, l'école. Il était logé dans une famille, cela se faisait en ce temps là, contre rémunération évidemment. Il rentrait pour le week-end et nous passions tous de très bons moments ensemble.

— On voit que ça vous a marqué cette période pour que vous vous en souveniez si bien encore après tant d'années . J'y suis allée une seule fois, au Cap Ferret, il y a trois ou quatre ans, et c'est vrai que c'est très joli. Pourtant c'est construit dans tous les coins, il n'y a plus beaucoup de terrain de libre, alors j'imagine bien comment cela devait être dans les années vingt. L'interrompit Mélanie.

— Oui, je m'en souviens comme si c'était hier. C'est pour cela aussi que je suis venue à Bordeaux, pour être tout près du bassin d'Arcachon. Parce que, il faut que je te le dise, avec mon mari, nous avons acquis une maison au Cap Ferret au début des années soixante.

Je l'ai toujours, mais cela fait deux ans que je n'y suis pas allée. Avant j'y étais tous les étés, puis lorsque j'ai commencé à vieillir, pour une quinzaine de jours seulement au mois de juin et j'y retournais encore deux semaines en fin de saison,au mois de septembre. C'est pour cela que j'étais absente à ces périodes et que tu avais tes congés à ce moment là. J'y retournerais bien cette année si tu veux bien m'accompagner à ton retour de Bretagne, et pourquoi pas en septembre aussi,cela te fera encore des vacances. Enfin, si le fait d'être avec une vieille dame peut être considéré comme des vacances !

— Ah bon, vous avez une maison là-bas ? C'est drôlement bien ça ! Vous avez dû apprécier d'y aller toutes ces années si vous avez de tels souvenirs. Je suis bien contente pour vous. C'est donc pour cela que vous vouliez me faire prendre des vacances à ces moments là, je comprends maintenant. Vous auriez pu me dire que vous alliez sur le Cap Ferret, je n'aurais pas été jalouse, je vous rassure.

— Non, je sais bien, je te connais un peu tout de même, mais je ne voyais pas l'utilité d'étaler mon patrimoine. Et puis, on se connaissait moins bien qu'aujourd'hui aussi, il y a trois ans. J'ai d'ailleurs failli revendre cette villa à un moment.

— La revendre, mais pourquoi ? C'est bien d'avoir une résidence secondaire si vous pouvez.

— C'est bien ça le problème, si l'on peut ! Tu sais, quand tu venais chez moi au début, ce n'était que quelques heures par semaine. Toi tu venais ou bien quelqu'un d'autre de la société qui t'employait à ce moment là. Il y avait un côté pratique bien sûr mais toutes les personnes qui venaient, n'étaient pas nécessairement à mon goût. Tu connais mon sale caractère maintenant.

— C'est n'importe quoi de dire une chose pareil, si cela ne se passait pas très bien avec certaines de mes anciennes collègues, cela venait sûrement d'elles, pas de vous. Je vois bien comment vous êtes.

— Bref, poursuivit Simone avec un sourire, c'est pour cela que j'ai augmenté progressivement ton nombre d'heure et que j'ai exigé que ce soit toi qui vienne en majorité chez moi. Tu t'en souviens certainement, il avait fallu batailler un peu. Mais assez vite, j'ai pensé que le mieux était de n'avoir que toi, donc je te l'avais demandé et tu avais accepté, je t'en remercie encore. Mais, car il y a encore un mais, j'ai compris que tu n'avais pas assez d'heures non plus pour gagner ta vie, et qu'il fallait que tu complètes ton emploi du temps ailleurs, tu devais parfois te couper en deux ou en trois.

C'est pour cela que je t'ai proposé de quitter ton employeur et que je t'ai directement embauchée à plein temps depuis le début d'année. Il n'y avait plus besoin d'intermédiaire, comme cela tu pouvais avoir un meilleur salaire, et moi je payais le même prix horaire de toute manière. Cependant, le coût n'étant pas le même pour mes finances, j'avais envisagé de vendre la villa. Heureusement que je ne l'ai pas fait finalement, cela m'aurait vraiment déchiré le coeur, j'ai trouvé une autre solution.

— Ah bon, vous avez fait quoi alors ?

— J'ai contacté une agence immobilière pour gérer la location de la villa, pendant l'été essentiellement, et avec cet argent, je peux payer ton salaire ainsi que tes charges. Ça se loue très bien pendant l'été au Cap Ferret tu sais ! J'ai juste gardé un créneau disponible pour moi en juin et en septembre, même si je n'y vais plus. Et c'est pour cela que je peux te proposer d'y aller la deuxième quinzaine du mois prochain.

J'aurais été trop malheureuse de devoir me séparer de la villa. Je vais te raconter comment nous nous sommes retrouvés propriétaires de cette maison, et pourquoi j'y tiens tellement.

Lorsque René et moi avons envisagé d'acquérir une maison sur le Cap Ferret, cela devait être en 1961 ou 1962, nous avions eu la chance de trouver dans une annonce, une maison à vendre, exactement à l'endroit que nous avions ciblé. Et lorsque nous nous sommes rendus sur place pour faire une visite, plus nous nous rapprochions de la maison à vendre, plus il me semblait reconnaître l'environnement. Lorsque nous avons stoppé la voiture, le professionnel de l'immobilier nous a dit :

— Voilà, nous sommes arrivés !

— Je lui ai dit : c'est ici ? C'est cette maison là ? Non, ce n'est pas vrai , pas celle-là ! Il m'a répondu :

— Oui, oui, c'est cette maison, bon d'accord elle est un peu délabrée mais les vendeurs seront d'accord pour baisser le prix, sans aucun doute.

Je lui ai dit :

—Ce n'est pas possible, pas cette bâtisse !

Mes mains tremblaient, j'étais extrêmement nerveuse, dans un état d'excitation qui faisait que René me regardait, un peu inquiet. L'autre homme aussi, gêné, ni comprenant rien, il devait penser que je trouvais la maison trop défraîchie.

Eh bien tu ne me croiras pas si tu veux, et pourtant c'est la vérité, c'était la maison que nous avions habité, avec mes parents lors de notre séjour dans les années vingt. C'était une coïncidence incroyable, jamais je n'aurais pensé

une telle chose possible. Tu te rends compte ? Quarante ans après, retrouver la maison dans laquelle j'avais passé les années sans doute les plus heureuses avec mes parents et mon frère, et pouvoir l'acquérir ! Tu penses bien que nous n'avons pas hésité longtemps, en plus le prix était minime, le tourisme commençait à se développer certes, mais ce n'était que les prémices. C'était loin d'être comme actuellement. Mais la maison avait besoin d'une bonne restauration, ce que nous avons fait, c'était une simple cabane en bois finalement.
Nous l'avons bien rénovée je pense et nous y avons rajouté une extension.

    Simone poursuivit en riant : tu n'imagines même pas la tête de l'agent immobilier, il n'a rien compris à la situation !

    Je crois que nous l'aurions achetée de toute façon, peu importe le prix, l'occasion était tellement improbable. Nous y avons passé tous nos étés ensuite, René et moi, puisque nous étions en retraite. C'est devenu une belle villa très confortable avec ses quatre chambres, toute proche de la plage des Américains et du centre ville du Cap Ferret. Donc, il n'y a aucune difficulté pour la louer, tu penses bien, et le loyer à la semaine lors des mois d'été, couvre largement plus d'un mois de ton salaire comme je viens de te le dire. C'est mon notaire qui m'avait encouragé à cette solution lorsque je lui avais suggéré l'idée, et je ne le regrette pas, finalement, je gagne même de l'argent !

    — C'est totalement incroyable votre histoire ! Vous avez acquis la maison de votre enfance quarante ans après ! C'est une chance inouïe, je suis bien contente pour vous, cela a dû être une joie immense. Et vous avez pu en profiter pendant des années, avec votre mari et ensuite seule aussi bien sûr. Depuis, vous avez très bien fait de trouver la solution de la location. Vous êtes très maligne ma chère

Madame, très joli plan. Je suis vraiment contente pour vous que vous ayez pu garder cette maison, elle a une grande valeur sentimentale. En plus, cela va me profiter également, donc je vous en remercie beaucoup. Et c'est d'accord pour deux semaines avec vous le mois à venir, avec plaisir.

— Formidable, dit Simone d'un air enjoué, tu vas voir, nous allons bien nous amuser. Mais bien sûr tu pourras avoir des soirées à toi pour en profiter avec des gens de ton âge aussi, nous n'allons pas rester collées en permanence. Et il y a tout à proximité, il n'y a même pas besoin de véhicule.

— Ah oui, je pourrais dire à ma copine qui viens avec moi en Bretagne de passer nous voir, ce n'est pas très loin de Bordeaux.

— Evidemment, et elle pourra même passer une nuit ou deux si elle le désire. Bon, passons à autre chose.

Simone se réinstalla confortablement, très satisfaite du bon souvenir que lui avait procurer le rappel de l'achat de sa maison. Elle poursuivit :

— Tu te rappelles que ma mère écrivait à sa sœur Joséphine lorsque nous étions en Tunisie, même si elle n'avait pas de retour de sa part. Et bien elle avait continué pendant tout notre séjour malgré tout, et donc, elle lui a annoncé notre retour en France en 1919. Au mois d'octobre de cette année là, ma mère a envoyé un courrier lui disant où nous allions et l'inviter si jamais elle voulait venir nous voir.

— Ah oui, vous m'avez dit que vous n'aviez plus revu votre famille sauf votre tante Phine.

— C'est ça, c'est au Cap Ferret que ma tante Phine est venue nous voir.

La sonnerie du téléphone de Mélanie interrompit la conversation. Elle prit son portable pour regarder qui l'appelait et dit :

— C'est Dominique, vous savez, mercredi, au jardin public.

Simone acquiesça d'un signe de tête.

— Oui, allo, dit Mélanie, bonjour Dominique, ça va ?

Mélanie écoutait son interlocutrice.

— Ah oui, je sais pourquoi tu m'appelles, tu as bien fait d'ailleurs, j'avais encore oublié. Remarques que je m'en serais souvenue plus tard.

Dominique parlait toujours, la jeune fille approuvait en hochant la tête et en disant oui de temps en temps. Simone attendait tranquillement , puis Mélanie reprit la parole.

— Bon, je vais faire comme ça, je te tiens au courant s'il y a un problème, normalement non d'après ce que tu me dis. Je te fais signe cet après midi si tu es disponible, d'accord ?

Dominique répondit quelque chose que Mélanie voulut répéter à Simone.

— Attends un peu Dominique, je transmets à Simone.

Puis, se tournant vers cette dernière, elle lui dit :

— C'est Dominique, je l'ai eu hier au soir pour lui raconter votre histoire, vous savez, comme on avait dit au jardin. Avec beaucoup moins de détails évidemment, et nous nous étions mis d'accord pour qu'elle me tienne au courant pour le restaurant. Son mari a réservé pour eux hier soir aussi, et elle me dit qu'il faut se dépêcher car les réservations vont bon train, surtout pour le soir d'ailleurs. Mais comme nous, nous voulons aller le midi, il ne devrait pas avoir de soucis normalement. Donc je vais faire ça tout de suite. Je la tiendrais au courant cet après midi, elle viens dans le quartier faire des courses pendant que son mari est avec leur fils Alexis à un tournoi de football du côté de Royan.

Simone tendit la main vers le téléphone en disant :

— Passes la moi s'il te plait.

Mélanie lui donna le portable.

— Allo, Dominique, c'est Simone... Comment ? Oui, oui, ça va très bien, je te remercie. Dis donc, Mélanie viens de me dire pour le restaurant, tu sais ce que l'on va faire, nous allons y aller maintenant, plutôt que de téléphoner, il est onze heures et demi, ils sont ouverts, et cela nous fera faire une petite marche, parce que cet après midi, il risque de pleuvoir. Comme ça nous réservons en direct, pour nous c'est le midi de toute façon.

Simone s'interrompit pour écouter la réponse de Dominique et reprit :

— Et bien, décidément, on ne se quitte plus, nous pourrons prendre le dessert ensemble alors, je vais annoncer la nouvelle à Mélanie. Cet après midi, si tu viens dans le coin et que tu as un peu de temps, viens donc prendre un café ou un thé, ce sera avec plaisir. Préviens nous.

Mélanie repris l'appareil.

— Bon, oui, oui, j'ai entendu Simone, j'attends ton appel, à tout à l'heure.

La vieille dame dit :

— Elle t'a dit que finalement c'était déjà complet pour le samedi soir et que son mari a été obligé de réserver pour le midi du 29 ? Non ? C'est pour ça que je lui ai proposé de prendre le dessert avec nous. Et elle passera peut être tout à l'heure, son fils est avec son père jusque assez tard apparemment.

— Ah, c'est très bien, mais vous voulez aller où maintenant ?

— Tu m'as entendu, le temps est très incertain pour l'après midi, donc pour faire une petite promenade, je propose que nous allions jusqu'au restaurant pour faire notre réservation. Comme ça nous verrons aussi comment il est. Je continuerai la venue de tante Phine après.

— Très bonne idée, allons-y.

Les deux femmes s'apprêtèrent rapidement, elles sortirent de l'appartement et prirent à gauche sur la rue Lafaurie de Monbadon en sortant de l'immeuble, puis vers la rue Huguerie. Là, elles tournèrent à droite sur cent cinquante mètres environ pour déboucher sur la rue du Palais Gallien où se trouvait le restaurant Tentazioni dont elles voyaient l'enseigne tout près, là, sur la gauche, à moins de cent mètres.

— C'est tout près de chez vous, nous sommes déjà arrivées.

— Oui, encore quelques pas et nous y sommes. Regardes les gros nuages gris, là haut, je pense que nous avons bien fait de venir ce matin, nous risquons fort d'être bloquées à la maison cet après midi.

Arrivées devant le Tentazioni, les deux femmes entrent et demandent donc de réserver une table pour deux personnes pour le samedi 29 juin prochain. La personne qui les reçoit, très aimable, regarde le registre des réservations et note le nom de Simone Bertrand.

— C'est la première fois que vous venez chez nous ? Demande-t-elle.

— Oui, vous n'êtes pas ouvert depuis très longtemps non plus, répondit Simone, mais j'ai vu un article élogieux vous concernant dans le journal, cela m'a donné envie de venir voir par moi-même. Je profite donc d'une occasion particulière et de pouvoir être accompagnée par cette jeune demoiselle pour goûter votre cuisine.

— Vous avez très bien fait, nous serons ravis de vous accueillir. C'est pour quelle occasion si cela n'est pas trop indiscret ?

Mélanie répondit alors :

— Madame Bertrand veut fêter son anniversaire, le quatre vingt seizième, alors elle veut marquer le coup.

— Et bien je note cela aussi, nous aurons une attention toute particulière pour elle ce jour là. Pour l'occasion, je vous propose un de nos menus dégustation. Vous avez huit ou six plats que vous pouvez marier avec notre sélection de vin au verre. Nos menus élaborés suivant les arrivages sont composés essentiellement de produits de la mer, revisités à l'italienne par notre chef.

— Eh bien, c'est parfait, dit Simone, je vous remercie déjà pour l'attention particulière. Je pense que nous prendrons les huit plats, par contre, vous pensez bien que sept verres de vin, comme je le vois sur votre carte, ce sera peut être un peu trop, surtout pour moi, avec mon âge canonique. Nous verrons ce jour là suivant vos conseils.

— Sans problème, répondit la responsable du restaurant, votre réservation est enregistrée, je vous remercie. Si vous n'avez pas d'autres questions, je vous souhaite de passer un agréable week end, Mesdames, et au plaisir de vous recevoir le 29 juin.

Simone et Mélanie prirent congé et s'engagèrent sur le chemin du retour.

— Il me semble bien ce restaurant, dit Mélanie, si ce que nous avons dans notre assiette est au niveau, nous devrions passer un bon moment.

— Oui, j'ai eu une bonne impression aussi. dit Simone.

Les deux femmes marchaient tranquillement sur le trottoir, la vie du quartier n'était pas des plus animées en ce samedi midi. Il fallait aller sur la place Gambetta ou le cours Clemenceau pour avoir un peu d'animation. C'est Mélanie,encore une fois qui rompit le silence :

— Dites donc, Simone, cela a dû vous faire quelque chose de voir votre tante au Cap Ferret ?

— Oh, à moi, rien du tout. Je n'avais que un an et demi tu sais. Je ne m'en souviens absolument pas. Lorsque je l'ai revue deux ans plus tard, oui, là d'accord, j'ai le souvenir d'une personne très chaleureuse et gentille. Par contre, les retrouvailles entre ma mère et sa sœur ont été pleines d'émotions évidemment d'après ce que j'en ai su plus tard.
Elles ne s'étaient pas vu depuis plus de trois ans, et je pense que l'éloignement entre elles avait accentué la chose. La situation de guerre aussi avait fait que les deux sœurs angoissaient de ne plus se revoir. Sans oublier que le courrier n'était que dans un sens.

Tout en parlant, les deux femmes étaient parvenues à leur destination. Elles entrèrent dans l'appartement de Simone et Mélanie passa directement dans la cuisine pour la préparation du repas : cuire un peu de riz et réchauffer la blanquette achetée à la boucherie-charcuterie de M. et Mme Moirand. Pendant ce temps, la vieille dame dressait la table dans la salle à manger.

— Mais j'allais le faire, dit l'aide soignante en passant la tête dans l'encoignure de la porte.

— Je sais, mais je peux encore faire quelque chose, je ne veux pas être complètement assistée non plus !

Dix minutes plus tard, elles passaient à table et dégustaient le repas avec beaucoup d'appétit. Il était maintenant quasiment treize heures et la faim commençait à se faire sentir. La discussion porta sur la vie du quartier comme souvent au moment des repas. Puis, après un dessert et un café, Simone rejoignit son fauteuil dans le salon. C'était l'endroit de l'appartement où elle passait le plus de temps. Mélanie acheva le rangement dans la cuisine et passa, elle aussi dans le salon avec un deuxième café, impatiente d'écouter la suite de l'histoire de la vie de Simone. Elle s'installa confortablement dans le canapé, en face de la nonagénaire et attendit. La vieille dame semblait somnoler, mais Mélanie vit un œil s'ouvrir, et dit :

— Ah, mais vous faites semblant de dormir ? Vous voulez me faire attendre ? Ou vous désirez peut être faire réellement une petite sieste ? Si vous en avez besoin, il n'y a pas de problème, je peux patienter encore un peu vous savez.

— Non, non, je voulais te faire marcher, mais tu m'as prise en flagrant délit, je me suis trahie toute seule en ouvrant un œil. Alors je vais poursuivre mon récit, je ne vais pas te faire languir davantage.

Donc, Joséphine, ma tante Phine est venue nous voir au printemps 1920. Je n'avais pas encore deux ans, c'est pour cela que je n'en ai aucun souvenir, ce sont mes parents qui m'ont raconté les retrouvailles par la suite. Phine était arrivée par Arcachon, c'était bien plus simple avec le train car il n'y avait pas encore de route le long du Cap Ferret. Mais d'Arcachon, il y avait une navette à vapeur pour passer sur le Cap et nous sommes tous allés chercher tante Phine jusqu'à l'embarcadère. Puis nous sommes revenus à la maison où nous étions en location. Ma tante n'était pas seule, elle était accompagnée de sa fille, Jeanne, ma cousine.

Mélanie demanda :

— Son mari n'avait pas fait le déplacement avec elles ?

— Non, tu vas comprendre pourquoi. Les deux sœurs étaient évidemment très émues de se retrouver. Ma mère a fait comme toi, elle a demandé à sa sœur pourquoi son mari Pierre n'était pas venu avec elles. Joséphine annonça alors que son époux était décédé à la grande guerre. Il n'avait vraiment pas eu de chance, car il avait participé au conflit depuis le début en 1914. Phine a réussi à savoir le parcours de son mari auprès les autorités militaires. Il était soldat de carrière jusqu'en 1911, année durant laquelle il avait été condamné à de la prison pour outrages à agent. Il avait ensuite voulu se réengagé mais il n'y avait pas été autorisé puisqu'il avait un casier judiciaire. Il avait alors vécu en exerçant le métier de couvreur là où il le pouvait, il avait un peu la bougeotte. Il a été à Paris, à Lisieux, à Dreux et peut être ailleurs encore, avant de revenir à Quimper d'où il était originaire.

Puis il a été mobilisé en 1914 pour aller au front. Pour alors il n'était plus question de savoir s'il avait été condamné, l'armée voulait des soldats. C'est là, dans le régiment dans lequel il avait été versé, qu'il a eu maille à partir avec un supérieur, encore une fois. Pierre ne se laissait pas impressionner par quiconque, il a répondu et même menacé le gradé en question, tu te souviens, je t'en avais déjà parlé, et bien ma tante Phine a eu confirmation de la chose par la suite.

A cette époque, les Bretons étaient considérés comme arriérés certes, mais courageux cependant, et il était fréquent de les retrouver en première ligne avec les Marseillais et les indigènes des colonies. Si vous étiez une forte tête, là, c'est sûr, vous y aviez droit. Pierre fut condamné pour son inconduite à sept ans de travaux publics, mais il fut plutôt envoyé au feu, dans le but de le rendre plus malléable. Et puis il y avait besoin d'hommes, les pertes étaient importantes Néanmoins, c'était un excellent soldat qui se distingua bien souvent par sa bravoure tout au long du conflit. Si près de la mort qu'il côtoyait tous les jours, c'est un miracle qu'il parvint à échapper aux blessures. Jusqu'au jour de juin 1918 où malheureusement, il fut mortellement blessé en effectuant une mission de ravitaillement. C'était vraiment rageant de succomber ainsi, cinq mois seulement avant la fin des hostilités.

Entre temps, Phine qui était enceinte au moment de son mariage à la fin d'octobre 1916, je te le rappelle, avait accouché en avril 17, d'une petite fille, Jeanne. Son père a réussi à venir la voir deux fois d'après Joséphine, mais la pauvre enfant n'en a gardé aucun souvenir évidemment, elle n'a jamais connu son père. Ma tante Phine a eu beaucoup de chagrin, elle était très éprise de son militaire, même s'il menait une vie un peu décousue, mais c'est aussi ce qui faisait son charme et qui plaisait à Joséphine. Et, évidemment, le père Keralum n'a pas daigné accompagner et soulager sa fille qui venait de perdre son mari et se retrouvait seule avec une enfant à charge.

Joséphine et ma mère ont versé quelques larmes tu le penses bien. Mes parents ont aussi raconté à ma tante leur vie en Tunisie, et Phine leur a alors révélé que son mari, Pierre, avait été un moment en garnison à Sousse, en 1914, mais il avait déjà quitté le pays avant l'arrivée de mon père et ma mère.

— Eh bien, c'est bien triste cette histoire, se marier, avoir un enfant et perdre son mari comme cela ! Surtout qu'elle ne l'a pas beaucoup vu, non plus durant la guerre. Et votre oncle qui était parti aussi sur le champ de bataille, vous savez, celui que votre grand-père mettait en concurrence, en quelque sorte, avec Dominique, celui qui avait intérêt à revenir. C'était quoi son nom déjà ?

— René, il s'appelait René Valéry. René comme mon mari plus tard, d'ailleurs. Eh bien lui, il est revenu, mais pas tout de suite, enfin si, il est d'abord rentré à la fin du conflit, pour se marier aussi en décembre 1918 avec une fille de Combrit, de Sainte Marine même pour être précise. Ce n'est pas très loin de l'Ile Tudy. Elle s'appelait Marie Queffelec si je me souviens bien.

Lui, il a fait presque trois ans de guerre, avec de la chance par contre, car il a été à Verdun et dans tous ces coins là, où était le pire cauchemar. Pourtant il n'a jamais été blessé, tant mieux pour lui. Mais comme à cette époque, le service aux armées était de trois ans, guerre ou pas, il est encore reparti après son mariage, pour un an. Et pas à la porte d'à côté, il s'est trouvé affecté au Maroc, où il y avait des troubles avec les tribus rebelles. Si bien qu'après avoir échappé aux balles et aux obus allemands, il risquait encore sa vie dans un pays étranger, même si le Maroc était comme la Tunisie, sous protectorat français. Mais il s'en est sorti et il venait de rentrer à Quimper au mois de janvier. Joséphine avait au moins eu le plaisir de revoir son frère et pouvoir annoncer cette bonne nouvelle à ma mère.

— Oui, c'est sûr.

— Les deux sœurs ont pu aussi retrouver des activités qu'elles pratiquaient à l'Ile Tudy comme la pêche à pied par exemple, le bassin d'Arcachon était riche en crevettes notamment. Toute la famille se promenait dans les forêts de pins également, où elle pouvait découvrir le métier des résiniers.

— Des quoi ? Les résiniers, c'est quoi ce métier ?

— Cela n'existe quasiment plus aujourd'hui, mais les résiniers étaient encore nombreux vers 1920. Ils n'étaient pas bien riches, travaillant dans les forêts de pin où ils vivaient dans des cabanes avec toute leur famille et parcouraient les bois toute la journée. Leur métier consistait à récolter la résine des pins. Ils entaillaient les arbres pour assurer un débit de résine suffisant. C'était un travail qui s'effectuait de la fin janvier au mois d'octobre, le reste de l'année ils entretenaient la forêt, paillaient les chemins et entretenaient leurs outils. Des pots de terre cuite étaient fixés aux pins pour recueillir la précieuse résine. Elle était ensuite distillée pour obtenir l'essence de térébenthine qui servait pour l'élaboration de produit comme les peintures. Il fallait au moins trois ans pour faire un bon résinier. Ce sont les cabanes de ses ouvriers qui ont servi de modèle pour la construction des villas sur le Cap Ferret.

Bon, je te raconte tout ça mais évidemment ce sont mes parents qui me l'ont expliqué un peu plus tard, nous avons couru dans les forêts de pin si odorantes pendant quelques années.

Ma tante Phine est revenue en décembre 1923, avant notre départ, et là, à cinq ans et demi, je m'en souviens très bien, et de nos jeux avec ma cousine Jeanne aussi. J'ai adoré ma tante Phine, elle était très très gentille, très douce avec les enfants, et mon dieu, ce qu'elle était amusante ! Nous avons passé une dizaine de jours ensemble et alors que nous ne nous connaissions pas avant, nous avons eu tout de suite une grande complicité. J'en garde un excellent souvenir, malheureusement, nous ne nous sommes plus jamais revues par la suite, ni personne d'autre de la famille d'ailleurs.

En janvier 1924, nous avons quitté le Cap Ferret, à regret car nous y avons passé du bon temps, vraiment, et nous sommes repartis, mon père ayant été désigné pour servir encore dans la frontière maritime de l'Afrique du Nord et cette fois au sémaphore du Cap Blanc, une nouvelle fois en Tunisie.

— Je ne connais pas bien le pays, même si j'ai regardé un peu sur internet depuis mercredi dernier. C'est encore près de Bizerte et Ferryville, le Cap Blanc je crois, non ?

— Oui, beaucoup plus près même, au nord de Bizerte, à dix kilomètres environ, et une vingtaine de Ferryville où nous sommes retournés habiter.

Mais bon, c'est l'heure d'un petit café non ? Appelles donc Dominique pour voir si elle est dans le coin et si elle passe nous voir.

— Bonne idée, je vais dans la cuisine préparer cela et je l'appelle pendant ce temps. Je vous mets à contribution encore pour sortir les tasses ?

Mélanie s'éloigna en prenant son portable et se dirigea vers la cuisine. Simone l'entendait parler et rire puis Mélanie revint dans le salon et dit :

— C'est bon, elle allait justement faire signe lorsque je l'ai eue, elle arrive, elle n'est pas loin, elle devrait être là dans dix minutes.

Effectivement, peu de temps après, la sonnette de l'interphone retentit.

— C'est précis ça, dit Simone pendant qu'elle déverrouillait la porte, juste dix minutes. Tu vas au devant d'elle ?

Mélanie sortit et revint presque aussitôt avec Dominique qui salua chaleureusement la nonagénaire.

Simone leur dit :

— Bon, c'est moi qui vais préparer le thé, ou du café Dominique et Mélanie ?

Les deux jeunes femmes répondirent que le thé était parfait.

— Bien, Mélanie, raconte rapidement à Dominique ou nous en sommes, je ne vais pas recommencer alors, résumes. Nous en étions à notre retour en Tunisie.

— Vous étiez revenus ? demanda Dominique.

— Je vais te raconter lui dit Mélanie.

Chapitre V

Tunisie 1925

Simone apporta, en plusieurs fois, le thé, l'eau chaude, ainsi que les biscuits pour le goûter. Pendant ce temps, Mélanie avait disposé les tasses sur la table, tout en expliquant à Dominique le retour de Simone et sa famille au Cap Ferret et la visite de la tante Phine. Lorsque la vieille dame s'installa sur sa chaise, Dominique lui dit :

— C'est une sacrée histoire ça, votre tante qui a perdu son mari et s'est retrouvée toute seule avec une enfant. Malheureusement, je pense qu'il y a eu de nombreux cas semblables durant cette satanée guerre, ce n'était pas une époque très gaie, ça, c'est certain.

— Oui, cela a été une très mauvaise période pour elle, comme pour tout le monde, mais comme elle le disait : lorsque l'on tombe, il faut se relever, ce n'est pas possible de rester attendre que quelqu'un vienne à ton secours, tu peux attendre longtemps ! Je me souviens très bien de me l'entendre dire. Et effectivement, lorsque ma famille est repartie en Tunisie, ma mère et elle ont continué de s'écrire, enfin, au début tout au moins. Nous avions trouvé un logement toujours à Ferryville, c'était plus facile cette fois car nous connaissions la ville et mes parents avaient gardé des liens. Donc, ma mère avait rapidement pu donner une adresse à sa sœur, et puis la poste fonctionnait beaucoup mieux que pendant la guerre, ou immédiatement après.

La correspondance entre les deux filles Keralum resta assez régulière, mes parents pouvaient ainsi avoir des nouvelles de leurs familles respectives. C'est ainsi que nous avons appris que Joséphine allait se remarier, c'était à l'été 1925 si mes souvenirs sont bons.

— C'est certainement en 1925, dit Mélanie, vos souvenirs sont excellents jusqu'à maintenant, vous avez une mémoire d'éléphant.

— Je n'ai pas à me plaindre, c'est vrai, de ce côté là. Je dois admettre que ma tête est encore assez bonne, j'en suis d'ailleurs la première surprise. Bon, allez Joséphine, oui, la tante Phine allait convoler à la mi-septembre avec un nommé Le Cosquer. Il était de Pontivy, dans le Morbihan, je ne sais pas comment ils se sont rencontrés. Enfin si, finalement, car il était confiseur-forain, il faisait des bonbons. Quel beau métier ! Nous avons appris plus tard qu'il vendait sa production sur les marchés, dans les fêtes comme les pardons. C'est certainement là qu'ils se sont rencontrés. Vous savez ce que c'est, vous, les pardons puisque vous êtes Bretonnes. Ces fêtes mi-religieuses, mi-profanes. C'est ainsi que ma tante Phine a épousé un forain et elle est devenue foraine elle aussi.

A l'Ile Tudy ou à Quimper où elle vivait alternativement suivant l'humeur et les colères de son père, elle exerçait jusque là le métier de couturière. Elle était extrêmement habile de ses mains. Je l'ai vu moi-même au Cap Ferret lorsqu'elle nous avait rendu visite. Elle nous avait taillé des vêtements pour toute la famille en un rien de temps, et parfaitement en plus, très beaux. Et puis, elle aimait plus que tout la liberté, bouger en permanence, cela lui convenait tout à fait. Elle a su très rapidement fabriquer la confiserie qui était ensuite vendue durant les fêtes et ils ont fait de très bonnes affaires. Ils demeuraient dans une roulotte en bois, tirée par un cheval, vous savez, comme il en existait autrefois, comme celles des vieux cirques, avec la porte à l'arrière et un petit balcon. Elle a sûrement fini sa vie dedans, c'est vraiment l'existence qui lui convenait. Vous vous rappelez, son premier mari aussi avait la bougeotte.

Lorsque j'ai compris comment vivait ma cousine Jeanne, je vous assure que j'ai été un peu jalouse, vous vous rendez compte, vivre dans une roulotte, pour moi, c'était extraordinaire. Mais hélas, cette vie avait un mauvais côté, le fait de ne pas rester en place a fait que les courriers de ma mère n'arrivaient plus, Joséphine elle même espacera ses missives, c'est ainsi que nous avons appris le décès du grand-père Keralum en 1928, deux ans après sa mort par exemple et puis assez vite, les deux soeurs ne se sont plus écrit. C'est ainsi que nous nous sommes retrouvés encore sans nouvelles de la France et cette fois, définitivement.

A Ferryville, la vie a repris, sans beaucoup de changement pour nous par rapport à notre séjour précédent, quatre ans et demi avant. Mes parents avaient même réussi a trouver une maison non loin d'où nous demeurions alors. J'ai commencé ma scolarité dans la maternelle que mon frère

Louis avait fréquenté, et lui est passé à l'école primaire qui était juste à côté dans la rue Jules Verne. Mais Louis n'y a été qu'un an après l'année scolaire que nous avions pris en cours de route. A quatorze ans, il avait déjà compris qu'il n'était pas vraiment à sa place dans une école, il a commencé son apprentissage d'électricien à l'arsenal qui recrutait encore. Il faut dire que mon grand frère avait eu une existence tout de même perturbée.

— Il avait pas mal bougé évidemment ces dernières années, avec votre père et votre mère, dit Dominique.

— En effet, il est né en 1911, il avait cinq ans lorsque notre père est parti sur l'île d'Oléron au début de l'année 1916 et en octobre, la famille s'est exilée en Tunisie. Ensuite, en 19, retour en France, au Cap Ferret, Louis avait alors huit ans et il avait déjà fait trois écoles différentes ! En plus, sur le Cap Ferret, il était placé dans une famille à Lège, vous vous rappelez, encore éloigné de ses parents. C'est sans doute pour cela que nous n'avons jamais été très proche lui et moi, nous n'avons pas partagé grand chose en plus de la différence d'âge sans doute. Il a fini son primaire à Ferryville, mais vraiment parce qu'il était obligé. Il s'est ensuite complètement épanoui lorsqu'il a côtoyé le monde du travail. Il était loin d'être bête, bien au contraire. Du garçon timide et renfermé il est passé a un adolescent beaucoup plus jovial qui a commencé à se faire des copains, notamment avec des Italiens.

Depuis le début du siècle, Ferryville était une petite ville peuplée en très grande majorité de Français, quoique cela était de moins en moins vrai à notre retour. Les Italiens étaient devenus bien plus nombreux, de même que les Arabes qui travaillaient aussi à l'arsenal. Mais comme au chemin de fer, la hiérarchie du personnel restait là, immuable. D'abord les Français aux postes les plus élevés, puis les étrangers et enfin les indigènes pour les tâches les plus dures et ingrates. Cette ségrégation se retrouvait aussi dans les écoles, les colons ne voulaient pas davantage d'écoles pour ne pas donner d'éducation aux musulmans. De toute façon ils auraient eu beaucoup de difficultés à scolariser leurs enfants , nombreux,car il fallait avoir des chaussures pour aller à l'école, et ils n'avaient pas les moyens d'en acheter.

— L'Européen était supérieur évidemment, ce n'est pas étonnant qu'il y ait eu des problèmes plus tard. C'est bien beau d'aller conquérir des colonies pour en exploiter toutes les richesses, mais tôt ou tard cela se retourne contre vous, et ce n'est que justice. Ajouta Mélanie. Nous le payons encore aujourd'hui, toute l'immigration actuelle vient de là, si nous avions développé tous ces pays en collaboration avec leurs populations, ils auraient eu sensiblement le même niveau économique que nous pour maintenant et nous aurions des échanges égalitaires qui auraient profité à tout le monde. Mais bon, je dis ça …

— Tu as complètement raison lui répondit Simone, et si tu avais mon âge, tu te serais rendu compte depuis longtemps que les politiques de coopération qui ont été menées pendant tout le vingtième siècle, ne pouvaient que déboucher sur la situation actuelle. Si les hommes politiques écoutaient parfois un peu plus l'avis des gens de la base au lieu de penser pour nous ! Certes nous leur donnons le pouvoir par les élections, mais c'est pour nous représenter, pas pour devenir sourds ou se servir. Si, de plus, les perspectives à long terme étaient privilégiées plutôt que les décisions qui ne vont pas plus loin que le bout de leurs nez, et ce, uniquement dans un but électoraliste ! Mais il ne faut pas négliger la capacité des peuples a comprendre les différentes situations, et c'est assez pervers parfois, je vais vous raconter quelque chose d'édifiant à ce sujet qui est un bon exemple.

Lorsque Ferryville a été fondée, les hommes au pouvoir à cette époque, nous étions tout à la fin du dix neuvième siècle, voulaient transférer un petit morceau de France en Tunisie. Pour eux, la supériorité de notre civilisation allait s'imposer d'elle même à la population locale, souvenez vous que les petits écoliers apprenaient, nos ancêtres les gaulois, même les enfants autochtones qui avaient la chance de fréquenter nos établissements. En fait, c'est l'effet inverse qui s'est produit, c'est la population européenne qui a subi cette transformation. La friandise préférée des enfants Français ou Italiens de Ferryville était le beignet, le ftaïr tunisien, et le premier plat familial des Européens, c'était le couscous. Même dans le vocabulaire de tous les jours il y avait des expressions arabes, et les jurons étaient bilingues. A l'école, quand l'instituteur demandait aux élèves de dessiner un arbre ou un animal, c'est le palmier et le dromadaire qui apparaissaient sur le cahier, comme une évidence. Avec les Italiens c'était pareil, il y a eu une fusion de trois civilisations, les populations vivaient une telle promiscuité, elles s'enrichissaient les unes les autres.

Sinon, la ville ressemblait à s'y méprendre à une ville provinciale du bord de la Méditerranée avec ses maisons au toit de tuiles rouges, des boulevards, des avenues bordés d'arbres, ici des palmiers en général, ou des quartiers résidentiels. Le centre ville était traversé par l'avenue de France où là, il y avait des platanes des deux côtés de la rue avec ses cafés flanqués de terrasses . Au bout il y avait le kiosque à musique. C'était la rue de l'hôtel de ville, l'artère principale de la ville.

Dans les rues adjacentes, les boutiques étaient tenues en majorité par des indigènes, Arabes ou Juifs. Dès l'aube, les petits marchands ambulants passaient dans ces rues en criant pour vanter leurs marchandises. Ils vendaient des aromates ou des épices, des peaux d'animaux, du gibier, du charbon et de multiples autres choses. En été, celui qui avait le plus de succès, c'était le porteur d'eau. Il portait en bandoulière, des peaux de bouc, cousues, et gonflées, qui contenaient au moins cinquante litres d'une eau qui restait fraîche et qui avait beaucoup d'amateurs car la majorité des habitations n'avait pas l'eau courante.

Et puis il y avait le marché, dans un bâtiment qui avait été construit une vingtaine d'années avant dans le style mauresque, ce n'était pas très loin d'où nous habitions. Là, vous pouviez trouver toutes sortes de produits agricoles frais, proposés par les cultivateurs des alentours, souvent ils étaient Italiens, il y avait quelques colons Français aussi. La viande et les poissons également étaient vendus au marché, et les prix étaient bien plus abordables qu'en métropole.

La vie était rythmée par l'appel à la prière venant de la mosquée qui n'était pas très éloignée de l'église dont nous entendions les cloches sonner les heures également. Tout le monde se mélangeait sans problème. Il y avait encore quatre cinémas à ce moment là, c'était la distraction la plus populaire, la télévision n'existait pas encore évidemment, mais les autres animations ne manquaient pas non plus. Des revues militaires, des spectacles d'acrobaties ou bien des fantasias hautes en couleurs. Et le kiosque, je vous ai parlé du kiosque à musique ? Oui, je crois, au bout de l'avenue de France. Tous les dimanches nous allions écouter de la musique, c'était très répandu à cette époque, cela a disparu depuis malheureusement, j'aimais bien, et je n'étais pas la seule, il y avait foule après la messe. Nous allions souvent nous promener dans la rue des Arcades également, c'était très agréable, tous les immeubles avaient des arcades qui protégeaient les passants du soleil, de chaque côté. C'était une très jolie rue.

Mélanie et Dominique se regardaient de temps en temps en souriant, elles pensaient la même chose en écoutant Simone attentivement, sans l'interrompre. Visiblement, la vieille femme revivait son passé, elle ne regardait même plus ses interlocutrices, elle avait à nouveau une dizaine d'années et se trouvait à Ferryville où elle se promenait dans les rues. Elle poursuivit :

— Ah oui, les cinémas, il y avait l'Olympia, c'était au coin de la rue Marceau et de la rue Mirabeau, les films étaient en noir et blanc et muets mais ce n'était pas grave. Et puis la poste, sur le boulevard Foch, je devais aller chercher un timbre pour mettre sur le courrier pour ma tante Phine, on allait acheter le papier à lettres à la papeterie Manson. Ils faisaient librairie aussi, ma mère achetait un livre de temps à autre. Et les cafés ! Ah, les cafés. Nous retrouvions mon père à l'heure de l'apéritif, il y allait retrouver ses amis, il avait pas mal de copains maintenant. C'était au Café de France ou bien à l'hôtel de Londres sur l'avenue. Les hommes buvaient leurs verres et en général, c'était suivi de parties de jacquet, de belote ou de billard. Les femmes venaient aussi , surtout pour se retrouver, se rappeler et échanger les souvenirs du pays natal, tout cela de manière très conviviale. Pendant ce temps, les enfants jouaient tous ensemble, les grands s'occupant des plus petits si besoin. C'était des années heureuses.

Simone revint brusquement à la réalité, elle regarda les deux jeunes femmes qui lui souriaient.

— Je crois que j'y suis retournée un petit instant, à Ferryville. Je dois vous dire que ce n'était pas désagréable du tout vous savez, cela fait une éternité que je ne m'étais pas penchée sur mon passé, ça fait du bien. Je dois vous remercier, c'est grâce à vous. Si tu ne me l'avais pas demandé, Mélanie, tout cela serait resté tout au fond de ma mémoire. D'en parler comme cela avec vous me redonne de l'allant, j'ai l'impression que je rajeuni, en tout cas, j'ai maintenant quelqu'un pour m'écouter, ce n'est pas rien je vous l'assure.

— Et bien tant mieux dit Dominique, personnellement, je suis ravie d'entendre l'histoire de votre vie, je trouve cela très intéressant. Vous savez, bien souvent nous croisons des personnes qui ont vécues des choses extraordinaires et nous n'en savons rien, ce n'est pas écrit sur elles, il n'y a pas d'indices nous permettant de nous douter que leur existence fut passionnante. Il suffit d'une circonstance fortuite finalement, comme de laisser une place sur un banc à une dame qui raconte son passé. Et quel passé ! Lorsque je vous vois comme maintenant par exemple, Madame Simone, rien ne peut me faire soupçonner la richesse de la vie que vous avez eu, vous et votre famille.

Je suis extrêmement heureuse de vous avoir rencontré, et même, excusez moi encore, d'avoir fait ma curieuse l'autre jour dans le jardin public. Je me dis que de temps en temps la vie nous fait des clins d'oeil. Voyez, par exemple, vous auriez très bien pu vous asseoir sur le banc d'à côté, et bien non, c'était sur celui sur lequel j'étais. Le hasard l'a voulu ainsi pour que nous puissions nous rencontrer, pour que nous sachions que nous étions nées toutes les deux un vingt neuf juin, que nous avions été au Cap Bon, que nous devions aller manger dans le même restaurant et que nous sommes toutes les trois d'origine bretonne. Tout cela paraît improbable, Mélanie avait du mal à y croire d'ailleurs, et pourtant nous devons nous rendre à l'évidence, nous n'avions rien fait pour que cela arrive.

— C'est vrai, reprit Mélanie, et tu as oubliée que tu t'appelles Dominique comme son père. Cela fait un petit moment que je connais Simone et ce n'est que très récemment qu'elle a daigné me raconter son histoire. La jeune femme fit un petit signe avec un sourire à la nonagénaire. Je plaisante bien sûr lui dit-elle. Mais il faut dire que nous n'avions pas vraiment le temps de discuter jusqu'ici. Cela vient de changer depuis peu et j'en suis très heureuse. Il nous fallait sans doute un peu de temps pour nous connaître mutuellement et acquérir la confiance de l'autre, on ne peut pas offrir sa vie comme ça non plus. Alors certes, je rentrais dans votre intimité déjà, Simone, mais sur le plan matériel uniquement. Là, c'est toute votre vie et celle de votre famille que vous dévoilez, ce n'est pas anodin.

Par contre, ma chère Madame Simone, ce n'est pas tout de parler, de parler, de parler, vous n'avez même pas touché aux biscuits ni à votre thé qui est froid maintenant. Je vais dans le cuisine vous le réchauffer. Mélanie se leva et se dirigea vers la pièce à côté. Le bruit du micro-onde se fit entendre quelques instants et la jeune fille revint avec la boisson fumante.

— Merci beaucoup Mademoiselle, heureusement que vous prenez soin de moi. Je ne me suis même pas rendu compte que j'avais ma tasse de thé devant mes yeux, merci de me l'avoir réchauffée. Non, je n'ai aucun problème à me livrer ainsi devant vous, je me sens totalement en confiance. Bon, il faut dire qu'il n'y a pas de secret inavouable non plus, de toute façon, il y aurait prescription.

Je vous souhaite de vivre assez âgées pour pouvoir avoir une vie bien remplie aussi et trouver des oreilles attentives comme les vôtres. Vous dites que vous avez de l'intérêt à m'entendre, mais je suis encore plus contente que vous de pouvoir sortir tous mes souvenirs du fond de ma mémoire. Lorsque je vous parle, je revois et je revis des évènements passés, certains que j'ai enfouis depuis bien longtemps et qui refont surface tout à coup. Et finalement c'est assez agréable je vous assure.

Simone prit sa tasse de thé, bu quelques gorgées et grignota un petit gâteau avant de poursuivre son récit pendant que les deux jeunes femmes la regardaient tendrement.

— Et toutes mes copines d'école, je me souviens encore de toutes mes copines de classe ! Il y avait Madeleine, Suzanne, Yvonne, il y avait deux Yvonne d'ailleurs, Marguerite, elles étaient deux aussi, et puis Paulette, Germaine, Lucienne qui louchait un peu, Henriette aussi, enfin, elle était dans la classe, elle ne louchait pas, Marthe dont le père était médecin, Berthe, Rose dont les parents venaient d'arriver de France, et Irène, Angèle, Eugénie, Fernande, elles, leurs pères étaient militaires et elles n'ont fait que trois ou quatre ans peut être, pas plus.

Ah, et puis la petite Léontine qui était copine avec Denise et Emilienne, elles étaient tout le temps ensemble ces trois là, inséparables. Leurs pères travaillaient à l'arsenal de Sidi Abdallah. Il y avait encore Marie Louise, Raymonde et Odette, elles, leurs parents étaient commerçants, et puis Marcelle et Renée aussi, la grosse Renée, la fille du boulanger. Oui, je sais, ce n'est pas gentil de dire ça, mais tout le monde l'appelait comme ça, Renée, même devant elle, et elle s'en fichait royalement. Elle savait pertinemment qu'elle était un peu grosse, elle aimait tellement les beignets de son père !

Il y avait aussi quelques filles italiennes qui venaient à l'école française parce que leurs parents avaient été naturalisés. Elles s'appelaient Angela, Antonia, Teresa et Ornella. Nous étions très sérieuses en classe, à l'époque il ne fallait pas se faire remarquer par la maîtresse, nous étions toutes très sages.

Ah, j'allais oublié Giovanna et Rosetta qui étaient avec nous également. Nous devions être une trentaine d'élèves si je n'ai oublié personne. Les enseignantes s'appelaient Mme Inquel, Mme Kervarec, c'était une bretonne elle, elle faisait la classe de neuvième et Mme Duroy ou bien Mme Duprez qui avait gardé l'accent de Marseille, et Mme Souron aussi. Je ne vous dirai pas laquelle faisait quelle classe, mais elles étaient toutes institutrices pour le primaire, ça c'est certain.

Mélanie ouvrait des yeux de plus en plus ronds au fur et à mesure que Simone énumérait les prénoms des écolières qui l'avaient accompagné à l'école de Ferryville il y a plus de quatre-vingt ans. N'y tenant plus, elle interrompit la vieille dame :

— Simone, vous vous souvenez de toutes vos camarades de classe ? Du nom de chacune ? Et de vos maitresses aussi ? Alors là, je suis vraiment épatée, vous faites comment pour avoir une mémoire pareille ? Personnellement je serais incapable de vous citer plus d'une dizaine de filles ou de garçons qui étaient avec moi à l'école primaire. Tu pourrais en nommer combien, toi, Dominique, une trentaine aussi, comme Simone ?

— Oh non, certainement pas, si je m'en souviens de dix ou douze comme toi, ce serait déjà pas mal. Si, bien sûr, je me rappellerai de Renée évidemment si elle avait été avec moi, mais pas de trente, dit Dominique en riant. Je pensais avoir une mémoire correcte mais il va falloir que je révise mon jugement et me faire bien plus modeste. Nous souffrons de la comparaison Mélanie, et à notre désavantage, nous sommes un peu honteuses, j'en ai peur. Mais poursuivez, Madame Simone, je vous en prie.

Cette dernière avait les yeux pétillants de malice et souriait en écoutant les deux jeunes femmes.

— Les mots croisés, les mots croisés je vous dis. Mais sans doute aussi le fait que lorsque l'on vieillit, les souvenirs anciens remontent à la surface. Il y a trente ou quarante ans, j'aurais été bien en peine également de vous citer le nom des écolières de Ferryville dans les années 1925, maintenant oui. Comme quoi, plus on prend de l'âge et meilleure est la mémoire ! dit Simone en riant.

Mais attention hein, pour revenir à Renée, certes elle était grosse lorsqu'elle était enfant, mais elle le savait fort bien et s'en accommodait. Nous l'appelions toutes la grosse Renée mais il n'y avait aucune moquerie de notre part, c'était un fait, c'est tout. C'était une de mes meilleures copines durant toute notre scolarité, nous avons été ensemble du primaire jusqu'à nos treize ou quatorze ans. D'ailleurs elle a drôlement évolué par la suite Renée, arrivée au lycée elle est devenue l'une des plus belles filles et les garçons lui courraient après. Je pense qu'elle devait faire le même poids à dix ans et à vingt ans. Enfin presque, j'exagère un peu peut être, en tout cas Renée est devenue une grande et fine jeune femme.

Bon, que puis-je vous raconter encore de ce temps là ? Ah oui, il y avait la statue du Farfadet qui était au bout de l'avenue de France mais qui a été déplacée car elle gênait le passage du tramway. La municipalité l'a transposée place

Decoret. La statue du Farfadet est devenue un monument emblématique de la cité. Ce n'était pas pour faire honneur à un quelconque lutin ou korrigan comme nous dirions en Bretagne. Non, elle avait été érigée en souvenir des marins qui étaient morts dans le naufrage d'un sous marin qui s'appelait le Farfadet et qui avait coulé accidentellement dans le lac de Bizerte pendant la première guerre mondiale.

Parce que le lac est grand, il fait plus de dix kilomètres de diamètre, on peut en mettre des bateaux. C'est pour cela que la France y a construit un arsenal sur la berge, à Sidi Abdallah et c'est devenu le plus grand port militaire de toute l'Afrique.

Nous allions souvent au bord du lac, avec mes parents et mon frère. Nous pouvions ramasser des moules, des huitres et des bigorneaux. Et il y avait un super coin pour les palourdes, on se régalait avec tout ça ! Ma mère était une championne pour la pêche à pied qu'elle avait pratiqué toute sa jeunesse à l'Ile Tudy, alors vous pensez bien que les paniers étaient vite remplis. Nous mangions une bonne partie de notre cueillette, ou bien mon père distribuait le surplus à ses amis et aux voisins. Les bigorneaux eux, étaient vendus aux cafés qui les servaient à l'apéritif. Parfois, mon père allait à la pêche en Méditerranée avec des amis qui avaient un petit bateau. Je vous en ai déjà parlé. Ils pêchaient des loups, des maquereaux ou des sardines. Vous pensez bien que le Dominique était heureux de partir sur l'eau comme cela, il n'avait connu que ça durant toute sa jeunesse.

A plusieurs familles, nous allions à la plage aussi, nous passions des dimanches aux Temporaires qui avait un joli sable fin, mais il y a eu des travaux pour agrandir encore l'arsenal et cette plage a disparu. Nous avons dû aller à la plage de Guengla ou au Rondeau après, c'était bien aussi. Je retrouvais mes copines d'école et des voisines, nous nous sommes bien amusées au bord de l'eau d'autant que le climat est plutôt clément en Tunisie.

Après l'école de la rue Jules Verne, je suis allée au lycée Stephen Pichon à Bizerte jusqu'en 1931, avec quelques unes de mes camarades. Il y avait tout de même la majorité qui arrêtait l'école après le primaire et le certificat d'études, qu'elles le réussissent ou pas d'ailleurs. Assez souvent les filles ne faisaient pas de longues études à cette époque là. De toute façon, lorsqu'elles se mariaient, elles restaient à la maison pour élever les enfants qui arrivaient très vite.

J'ai fait deux ans seulement au lycée, c'était le collège à vrai dire, mais pour tout le monde c'était le lycée. Nous étions cinq ou six à faire le trajet en train tous les matins et tous les soirs pour nous rendre de Ferryville à Bizerte et revenir. Il y avait les garçons aussi, mais ils étaient dans un autre établissement, car il n'y avait pas de mixité encore. J'ai donc fait la sixième et la cinquième à Stephen Pichon puis, il a une nouvelle fois fallu déménager pour suivre mon père.

En 1928, il avait été mis à la retraite de la marine et il avait quitté son poste au sémaphore du Cap Blanc. Il a travaillé alors au bureau du port de Ferryville, comme secrétaire. Il n'y est resté que trois ans, le port n'avait pas une activité économique très importante, le travail n'était pas très intéressant par rapport à celui de Bizerte où il avait espéré avoir un poste par la suite. Les autorités le lui avaient promis, mais mon père était resté très revendicatif, pour lui comme pour les autres, il ne supportait pas les petits arrangements ou les passe-droits et réclamait la justice sociale pour tous, même pour les Italiens ou les indigènes qui effectuaient un travail similaire aux Français. Mais cela n'était pas encore la norme, il y avait une hiérarchie sociale.

Dominique, mon père, dit Simone en regardant la jeune femme qui portait également ce prénom, avait toujours eu ce côté justicier, depuis toujours en fait, déjà à l'Ile Tudy, tu te rappelles, Mélanie, au moment des grèves dans les conserveries.

Mélanie hocha la tête pour approuver.

— Oui, je me souviens, il était parmi les meneurs et il avait intégré le parti socialiste non ?

— C'était la SFIO à l'époque, avant le parti socialiste. En Tunisie, il s'agissait plutôt de syndicat que de parti politique à proprement parler et la Ligue des droits de l'homme. Tant qu'il était encore dans la marine, il n'avait pas pu y adhérer, ce n'était pas autorisé. Malgré tout il se faisait remarquer et en quittant la marine, il n'a pas obtenu son certificat de bonne conduite pour cette raison. Je pense qu'il se serait très bien entendu avec le premier mari de ma tante Phine qui, lui non plus, n'avait pas froid aux yeux ni sa langue dans sa poche. Mais dès qu'il a changé d'emploi, évidemment, il a adhéré et cela lui a porté préjudice. Le poste promis à Bizerte a été donné à un autre, un colon qui venait d'arriver de France et qui connaissait un homme politique avec de l'influence, un député de la métropole si je me souviens bien de ce que nous avait dit mon père. Il était finalement contraint de rester au port de Ferryville.

C'est alors qu'il a entendu parlé d'un poste semblable au port de Bône, en Algérie nous étions en 1932. Bône était un port plus important, le poste avait davantage de responsabilité et était beaucoup mieux payé. Ce n'était pas très loin de la frontière avec la Tunisie, il doit y avoir cent trente kilomètres si je ne dis pas de bêtises, et il y avait pas mal de contacts entre les deux pays qui étaient tous deux sous domination française. L'Algérie encore plus puisque administrativement, c'était un département français. Et voilà comment nous nous sommes retrouvés à Bône, la famille presque au complet puisque mon frère Louis qui travaillait, est lui demeuré à Ferryville. Il avait vingt ans et tous ses amis étaient là-bas.

— Les déménagements continuent alors, dit Dominique, encore une nouvelle destination, un nouveau dépaysement, un nouvel endroit à découvrir.

— Eh oui, encore une fois. J'ai tout de même réussi à poursuivre mes études au lycée de Bône.

— Et votre frère est resté tout seul en Tunisie ? Questionna Mélanie.

— Oui, il était adulte maintenant. Il faut que je vous parle un peu de lui aussi. Mais je reprendrai bien encore un peu de thé s'il te plaît Mélanie. Il est quelle heure d'ailleurs ?

— Il est cinq heures. Ne bougez pas, je vais vous resservir une tasse. Je vais en reprendre également, et toi Dominique, tu en veux aussi ? Ton mari et ton fils rentrent à quelle heure ?

— J'en veux bien, merci. Je ne sais pas leur horaire de retour, Jean m'appellera lorsqu'ils quitterons le terrain de foot. Ça risque fort de ne pas être avant sept heures, surtout si l'équipe d'Alexis gagne ses matches, ils ne sont pas trop mauvais alors ils ont toutes leurs chances dans ce tournoi. Je suis donc disponible pour entendre la suite avec l'histoire de votre frère si vous le voulez bien Madame Simone. Il s'appelait Louis je crois, c'est ça ?

La vieille femme acquiesça d'un hochement de tête et dit :

— Louis Gouzien, peut-être un bon garçon finalement ! que je n'ai malheureusement pas assez connu.

Enfin, bon garçon à la maison et à cette époque là, en dehors je crois qu'il s'était un peu égaré à une certaine période. Je vais vous dire ça quand Mélanie nous aura resservies.

Chapitre VI
Louis Gouzien

Mon frère, Louis, est né en mars 1911 à l'Ile Tudy, ça, je vous l'ai déjà dit. D'après ce qu'il m'a raconté, il n'a pas gardé de très très bons souvenirs de Bretagne. Il est parti avec nos parents en septembre 1916 pour la Tunisie, il avait cinq ans et demi. Mais avant cela, il avait particulièrement mal vécu le départ de son père pour Oléron au début de cette même année. Il n'avait pas encore cinq ans et ne comprenait pas pourquoi son père le laissait tout seul avec sa mère. Et puis il y avait le grand-père Keralum qui lui faisait peur.

En effet, celui-ci était assez souvent ivre et venait reprocher à sa fille Clarisse, notre mère, l'affectation de Dominique son gendre, pour son poste dans un sémaphore qui lui évitait d'aller au front. Le grand-père criait beaucoup, menaçait de s'en prendre à notre famille s'il arrivait malheur à son fils René. Mon oncle tentait comme il le pouvait de calmer son père quand il venait en permission, mais il ne rentrait pas très souvent. Il était à Verdun ou dans ce coin là, parmi les pires de la première guerre mondiale, ce qui attisait encore plus la rancoeur de l'aïeul. Bref, rien n'y faisait, plus le temps passait, plus il devenait violent et même méchant envers son petit fils qui n'était responsable de rien évidemment. Celui-ci a été traumatisé par son grand-père, et pendant longtemps il a évité autant que possible, les vieux et les alcooliques qui vociféraient.

Louis a été extrêmement heureux de retrouver son père en septembre 1916 et de partir pour la Tunisie d'après ce que m'a dit ma mère plus tard. Il n'avait plus peur comme en Bretagne, et il voyait son papa bien plus souvent. Il a commencé à aller à l'école à Ferryville, il suivait sans aucune difficulté. En 1919, la famille est revenue en France, vous vous souvenez, au Cap Ferret. Là, ce fut la catastrophe pour mon frère. Il a été séparé de nous car mes parents pensait que c'était bien pour lui qu'il aille sur Lège dans une famille d'accueil ou il passait toute la semaine. Ce qui lui permettait d'aller à l'école primaire qui n'existait pas là où nous habitions, au bout de la presqu'île. Mais Louis a très mal vécu la séparation une nouvelle fois, et il en a toujours voulu à mes parents par la suite.

Je ne l'ai vu heureux que deux fois seulement lorsque nous étions au Cap Ferret. La première fois c'était quand notre tante Phine était passée nous voir avec notre cousine Jeanne. Il se souvenait de Joséphine qu'il avait connu à l'Ile Tudy, et il faut dire qu'elle était tellement gentille aussi. La deuxième fois, c'était lorsque nous sommes reparti pour la Tunisie.

Mais peu de temps avant de quitter la France, il est arrivé une nouvelle aventure au pauvre Louis qui a contribué à le traumatiser une fois de plus et lui laisser un mauvais souvenir de la métropole. C'était environ six mois avant notre départ, à l'été 1923, mon frère avait alors douze ans, c'était un samedi. Non loin de chez nous, il y avait des restaurants qui recevaient déjà quelques touristes, et ce soir là, il y avait eu une représentation théâtrale d'un certain Jean Cocteau. Ce dernier était présent avec son amant du moment, Raymond Radiguet, et après le spectacle, ils se promenaient nus sur la plage, sous l'influence de la cocaïne et ils ont importunés Louis et ses camarades qui étaient aussi au bord de l'eau. Les mœurs débridées de ces hommes ont profondément choquées les adolescents qui commençaient à peine à découvrir le monde. Je pense que mon frère s'en est souvenu et est resté marqué pour tout le reste de sa vie.

Bien sûr nous ne savions pas que c'était Jean Cocteau, ni même qui il était à cette époque. Mais les frasques de ses amis et de lui-même ont provoqué des réactions d 'indignation de la population qui n'était pas du tout habituée à vivre de cette façon. Nous étions durant les Années Folles certes, mais cela était surtout valable pour Paris et les grandes villes, pas pour un coin perdu comme le Cap Ferret qui restait encore très rural. Mon père s'était rendu auprès de la gendarmerie avec d'autres et il apprit alors qui était l'objet de la plainte.

Au retour de la famille en Tunisie, Louis a retrouvé quelques garçons qu'il connaissait déjà, avec qui il avait été à l'école un peu plus de quatre ans auparavant. Il reprit donc sa scolarité pour finir son cycle primaire, mais son intérêt pour apprendre le français ou l'arithmétique était, disons, passé. C'est le moindre que l'on puisse dire. L'école l'ennuyait au plus haut point, il y allait en reculant, sans aucune conviction. Mon père eut alors l'idée de lui soumettre un marché : il irait au collège, ou au lycée comme on disait, pour les prochaines années, à moins qu'il n'obtienne son certificat d'études. Dans ce cas, il l'autoriserait à aller en apprentissage. Ma mère entra dans le jeu de son mari en espérant que cela aboutisse à quelque chose de positif. Effectivement, l'idée fut bonne, elle porta ses fruits en tout cas. Louis se mit à travailler comme jamais pour sa dernière année, en rechignant évidemment, mais il a réussi à avoir son certificat d'études. Il avait des capacités, c'est certain, la preuve, mais le milieu scolaire, non, ce n'était pas pour lui. Il était bien plus content de ne plus aller à l'école que d'avoir son examen. Mon père a bien fait une tentative, qu'il savait désespérée, pour le faire continuer des études, mais peine perdue. Finalement, c'était déjà très bien d'avoir le certificat d'études, à cette époque cela avait de la valeur.

Il est parvenu à trouver une place pour son fils à l'Arsenal afin qu'il apprenne un métier et Louis a choisi de devenir électricien. Il s'est vite épanoui d'ailleurs dans le monde du travail, il avait l'impression d'être déjà un adulte. De fait il l'était un peu effectivement par certains côtés avec la vie qu'il avait vécu jusqu'ici, bien plus mature que ses camarades du même âge en tout cas. En un rien de temps, mon frère avait appris l'essentiel du métier d'électricien, et comme disait mon père, surpris tout de même mais fier et soulagé, son fils avait l'intelligence de la main, celle qui fait les excellents ouvriers. Mais comme bon sang ne saurait mentir, les injustices quotidiennes qu'il voyait envers ses camarades Italiens ou Indigènes l'ont fait devenir aussi revendicatif que son père qui l'encourageait dans cette voie bien entendu. A l'Arsenal, cependant, la discipline était assez stricte et Louis fut assez rapidement prié d'aller voir ailleurs.

Le téléphone de Dominique sonna, cette dernière se leva pour s'isoler un peu et répondit, puis, revenant vers les deux autres femmes, elle s'adressa à Simone et Mélanie et leur dit :

— C'était Jean, mon mari, pour me dire qu'effectivement, l'équipe d'Alexis allait en demi-finale du tournoi donc ils ont encore deux matches à faire. Ils ne seront pas rentrés avant vingt heures au plus tôt J'en connais un qui va bien dormir ce soir.

— Eh bien tant mieux, il va être content le petit bonhomme. Nous avons encore le temps alors. Et tiens, puisque nous parlons de football, mon frère aussi jouait au football. Il y avait deux équipes à Ferryville, enfin non, deux clubs plutôt, mais je n'y connais rien je dois l'avouer. Il y avait un club qui dépendait de la Marine et l'autre de l'Arsenal. Louis jouait au Sporting, le club de l'Arsenal, dans la meilleure équipe, il n'était pas mauvais du tout. Et même s'il avait été obligé de quitter son travail, ils l'avaient gardé dans l'équipe parce que c'était un bon élément.

Je crois que c'était en 1931, le Sporting a été en finale de la coupe de Tunisie, et si je me souviens bien, Ferryville avait fait un match nul à l'aller. Nous étions tous allés jusqu'à Tunis pour le match retour mais ils ont perdu, quatre ou cinq buts à zéro. C'est comme ça que l'on dit non ? C'était parmi les meilleures équipes du pays tout de même et je crois que c'est le seul match de football auquel j'ai assisté de toute ma longue vie. Louis y a joué quelques années puis il a été blessé au genou et il a préféré arrêter.

Après avoir quitté l'Arsenal, il avait retrouvé du travail chez un artisan Italien. Les Italiens avaient un quasi monopole dans tout ce qui était construction. Les maçons, les plombiers, les terrassiers ou bien les électriciens, c'étaient presque uniquement des Italiens. C'est un ancien camarade d'école de cette nationalité qui l'avait recommandé. Mon frère avait beaucoup d'amis parmi les Italiens, ils avaient immigré en passant par la Sicile voisine pour la plupart, pour fuir la misère de leur pays. Ils étaient aussi nombreux que les Français et faisaient tous les travaux manuels comme je vous l'ai dit. Les postes de fonctionnaires et de militaires étaient réservés aux Français évidemment. Mais il y avait eu une volonté du gouvernement français de naturaliser en masse les Européens, et donc les Italiens, ce qui a été fait, pour mieux les intégrer, et beaucoup ont pris la nationalité française. Mais d'autres ont préféré resté Italiens, encouragé aussi, il faut le dire par le régime fasciste de Mussolini qui avait des velléités anciennes sur la Tunisie.

Au début, les idées du futur dictateur avaient de quoi séduire un esprit comme celui de Louis. Elles étaient contre les bourgeois, les nantis, cela rejoignait les revendications du syndicaliste qu'était mon frère. Cependant, il était jeune et naïf, mon père, plus aguerri aux joutes revendicatives et politiques le mis en garde contre cette propagande perverse, en vain. C'est pour cela que je vous ai dis tout à l'heure qu'il s'était un peu égaré. Heureusement, son père ne l'a pas lâché, malgré les accrochages entre eux, et quand est apparue dans le discours des fascistes, la solution finale pour les Juifs, alors,Louis s'est bien rendu compte qu'il s'était fourvoyé. Il ne pouvait cautionner cela, ni même le comprendre. En Tunisie,les différentes communautés se côtoyaient sans problème, les Juifs étaient des commerçants qui avaient pignon sur rue depuis des générations, sans aucun soucis.

A ce moment là, Louis prit quelque peu ses distances, mais il ne voulait pas admettre son erreur auprès de mon père. La tension entre eux était toujours vive, il y avait, je vous le rappelle, une vieille rancoeur depuis le Cap Ferret. Mon frère parti alors faire son service militaire en métropole, sur la côte d'Azur, à Toulon, dans la Marine. Il se retrouva à l'Arsenal, là aussi comme électricien, mais il était sous les drapeaux, impossible pour lui de mettre en avant ses idées prolétariennes. Il fit le temps imparti dans la Marine et trouva rapidement par la suite, un travail au chantier naval de La Ciotat, près de Marseille. Il ne souhaitait plus quitter la France. Plusieurs de ses amis Italiens ou d'origine Italienne, mais naturalisés, qui s'étaient rendus compte eux aussi de la finalité du fascisme, avaient de la famille également dans les environs de la grande cité phocéenne. Cela permit à Louis de fréquenter encore la communauté transalpine, en France cette fois. Il participait à toutes les fêtes qui étaient organisées, il tenta même de rejouer au football dans une équipe d'Italiens de Marseille, mais il ne fit que deux ou trois matches je crois, son genou le gênant encore.

Au cours de ces festivités, il fit la connaissance d'une jeune fille qui venait de la région du lac de Garde, dans le Piémont italien. Il nous a écrit tout de même pour nous tenir au courant, nous, sa famille qui étions resté en Afrique du Nord. Pour alors, nous n'étions plus en Tunisie mais en Algérie, depuis 1932, et lorsqu'il nous a averti qu'il fréquentait une Italienne, c'était en 1936 ou 37. Il y a eu le Front Populaire à cette époque, en 36, et les idées de Louis se sont enfin remises en place comme disait mon père. Car Dominique, qui n'avait plus beaucoup de contacts avec son fils et qui en souffrait en silence, avait toujours des relations avec d'anciens de la Marine qu'il avait connu à Bizerte et qui étaient maintenant à Toulon et dans la région. Il parvenait ainsi à avoir régulièrement des nouvelles de Louis, de manière indirecte.

Il fut soulagé de savoir comme cela que l'Italienne qui plaisait tant à son fils avait fui son pays pour justement échapper à la dictature de Mussolini. Elle s'appelait Maria Tosca Bardazzi, elle avait trois ans de moins que mon frère, son père était maçon et avait quitté Marseille pour Chambéry pour trouver du travail. Sa mère était décédée au début des années trente. Nous avions des renseignements sur elle et les siens alors que nous ne l'avions jamais vue. La situation était pour le moins cocasse.

En juillet 1939, mes parents ont reçu un courrier de Louis qui leur annonçait son mariage avec Maria Tosca qui avait eu lieu au mois de juin. Il expliquait qu'il pensait que mes parents ne se seraient pas déplacés car il se mariait avec une Italienne et qu'ils n'auraient pas approuvé son union. Bien sûr, il ignorait que mon père avait déjà eu toutes les informations concernant sa future femme. Mon père ne pouvait pas non plus lui avouer la situation, mon frère aurait très mal pris le fait d'être espionné de la sorte. Ce qui était compréhensible. C'est ainsi que les relations entre mes parents et mon frère sont restées très distantes. Il leur avait donné son adresse, il leur écrivait de temps en temps, mes parents faisaient de même, la correspondance était finalement assez régulière et la situation semblait convenir à tout le monde.

Cependant, j'ai appris bien plus tard avec ma mère, que mon père vivait très mal la séparation avec son fils comme je vous le disais. Il se sentait responsable de la rupture qui avait eu lieu entre eux depuis qu'il avait envoyé son fils en pension à Lège, au Cap Ferret. Pourtant à l'époque, il pensait bien faire, évidemment, pour lui, c'était donner une chance à Louis de poursuivre une scolarité normale, d'autant qu'en Tunisie, celui-ci était très bon à l'école. Dominique, mon père, en était d'autant plus persuadé que Louis avait eu son certificat d'études sans trop de problème alors qu'il ne travaillait même pas ses leçons. Il était certain des capacités de son fils, avec raison d'ailleurs, mais le lien avait été brisé, il n'avait pas su expliquer sa démarche.

Ma mère aussi, bien entendu souffrait de l'éloignement de son fils. Mais elle disait tout le temps qu'elle ne l'avait pas élevé pour qu'il reste vivre auprès d'eux. Sa vie, il devait se la construire tout seul, l'essentiel étant qu'il soit heureux, et comme cela semblait être le cas avec Maria Tosca, Clarisse, ma mère, disait que c'était très bien. Elle était consciente que la distance n'arrangeait pas les choses, évidemment elle aurait bien aimé voir son garçon de temps en temps. Elle relativisait davantage que mon père à qui elle rappelait, lorsque ce dernier se plaignait un peu trop à son goût, que eux aussi dans leur jeunesse étaient partis de l'Ile Tudy et n'y étaient jamais retournés. Elle lui disait : tu crois peut être que nos parents et nos frères et soeurs à nous aussi ont été content de ne plus nous voir ? Je suis sûre que même le père Keralum aurait aimer te revoir, ne serait-ce que pour pouvoir te reprocher quelque chose, je suis certaine que tu lui as manqué un peu. Enfin, lorsqu'il était toujours en vie, tu vois, même ça, nous ne l'avions pas appris tout de suite quand il est mort puisque nous n'avions plus trop de nouvelles, même avec Joséphine. Au moins, ton fils t'écrit, c'est déjà pas mal.

— Et bien, ça c'était une sacrée femme votre mère ! Elle était forte !

— Tu sais, Mélanie, c'est souvent comme cela dans les couples, heureusement que la femme est là pour aller de l'avant. En général nous ne nous laissons pas abattre facilement, n'est ce pas Dominique ? Dit Simone en souriant. En plus, tu te souviens de ce que disait ma tante Phine, quand on tombe, il faut se relever sans attendre l'aide de personne pour ne pas risquer d'attendre longtemps. De ce côté là, ma mère ressemblait à sa sœur, elle étaient très complices lorsqu'elles étaient jeunes. Tu verras quand tu seras mariée.

— Oh, ça, je ne sais pas si je me marierais un jour, on verra bien si l'occasion se présente, l'avenir le dira.

— Toujours est-il que mes parents n'ont jamais revu leur fils, il n'est venu en Algérie qu'au décès de notre mère, pour l'enterrement, en 1951. Il a reproduit exactement la même chose que nos parents finalement. Louis avait épousé Maria Tosca en juin 1939, c'était au cours d'une permission car il avait été mobilisé dans l'Armée de Terre dès le début de la deuxième guerre mondiale Il avait tout fait pour ne pas aller dans la Marine pour ne pas faire comme son père. Il était têtu le bougre, quand il avait décidé quelque chose, il allait jusqu'au bout. Peu de temps après son mariage, il était donc parti, avec l'illusion comme beaucoup à ce moment là d'arrêter rapidement l'armée Allemande et il avait laissé sa jeune femme. Malheureusement, il fut fait prisonnier lors de la débâcle des troupes françaises en 1940. L'armée Française n'avait pas eu vraiment d'opportunité pour faire face à la puissance militaire de l'envahisseur. Les Français comptaient énormément sur la ligne Maginot qui finalement ne servit pas à grand-chose.

Le pauvre Louis, n'avait vraiment pas de chance il faut l'avouer, encore une fois il se trouva séparé de ceux qu'il aimait. Il se retrouva d'abord dans un stalag en Allemagne, un camp de prisonnier, puis, comme il était électricien, il fut employé dans une usine d'armement contre son gré. Il passa ainsi tout le reste de la guerre en captivité et ne fut libéré qu'en 1945.

Il put alors faire son retour à Marseille et retrouver sa Maria Tosca qui l'avait attendu pendant cinq ans. Cependant, cinq ans d'absence, c'est long pour un jeune couple, il leur fallu se redécouvrir à nouveau, ils avaient changé bien sûr, l'épreuve de la guerre les avaient marqué. Louis en tant que prisonnier mais aussi Maria Tosca qui avait vécu l'occupation allemande à Marseille avec les privations bien sûr mais surtout les exactions commises. Les troupes nazies avaient par exemple fait sauter une partie du quartier du vieux port qui pour eux était un endroit infesté de résistants.

C'est justement dans ce quartier que le couple habitait avant le départ de Louis, ce dernier y avait acquis un logement quelques années auparavant, il ne le retrouvera pas à son retour. Heureusement, Maria Tosca avait réussi à intégrer un appartement dans la rue où elle demeurait avant son mariage, grâce à des connaissances et à leur solidarité. C'était rue Sénac, ils y sont restés tout le reste de leur vie après avoir pu l'acheter ainsi que celui d'à côté pour avoir une surface convenable.

La jeune femme avait aussi été arrêtée par la Gestapo puisqu'elle demeurait dans le quartier suspect avant sa destruction. Elle passa plusieurs jours en détention et subit plusieurs interrogatoires pour le moins musclés. Mais elle fut relâchée finalement faute de preuve contre elle. Je n'ai jamais réussi à savoir si elle avait eu un rôle dans la résistance ou pas. Ni elle, ni Louis n'ont abordé le sujet en ma présence.

Par la suite, ils ont tenté d'avoir un enfant, mais par deux fois, les grossesses de Maria Tosca se sont très mal terminées. La première fois au bout de quatre mois, elle a fait une fausse couche, mais c'est la seconde deux ou trois ans plus tard qui fut bien plus pénible pour eux. Elle était presque à terme lorsqu'elle fut renversée par une automobile dans une rue de Marseille non loin de chez eux et elle perdit l'enfant qu'elle portait. Elle n'eut qu'une jambe cassée mais la fracture que cela provoqua dans leur existence fut beaucoup plus grave et laissa davantage de traces.

— Ah oui, c'est certain, c'était terrible pour eux, surtout après le traumatisme de la guerre qui avait provoqué leur séparation. Il a vraiment accumulé les épreuves votre frère, on ne peut pas dire qu'il ait eu beaucoup de chance dans sa vie, et sa femme non plus. Mais vous avez appris tout cela comment Simone, puisque vous nous avez dit que vous ne l'avez pas vu souvent après qu'il soit venu en France.

— Eh bien, tu vois Mélanie, je l'ai vu à Constantine en 1951. Tu te souviens que je vous ai dit qu'il était venu avec Maria Tosca pour l'enterrement de notre mère. Mais cela j'y reviendrais après. C'est donc à cette occasion que j'ai fait la connaissance de ma belle sœur et que j'ai appris toutes les aventures qui leur étaient arrivées depuis son départ d'Afrique du Nord en 1931 pratiquement au même moment où le reste de la famille quittait la Tunisie pour l'Algérie. Vous pensez bien que après tant d'années et si peu de courrier, nous avions énormément de choses à nous dire. Surtout que finalement, les obsèques d'un proche sont souvent l'occasion de se remémorer des souvenirs parfois oubliés par l'un ou l'autre. Ce fut donc le cas, nous avons échangé beaucoup sur nos vies respectives.

Ensuite, nous avons dû échanger deux ou trois lettres pas plus durant les années cinquante. Je les avais invité aussi pour mon mariage avec René Bertrand en 57, mais ils ne m'ont pas répondu et ne sont pas venu non plus, j'en ai été assez attristée, ils étaient la seule famille que je connaissais. J'avais certainement des oncles, tantes, cousins et cousines en Bretagne, mais je ne les avais jamais vu ni même eu aucun contact avec eux, alors cela aurait été vraiment étonnant que l'un d'entre eux se déplace jusqu'en Tunisie pour assister à l'union d'un membre de la famille qu'ils ne connaissaient ni d'Eve ni d'Adam.

J'ai cependant reçu une carte de Louis et Maria Tosca pour l'année 1958 avec leurs vœux de bonheur pour notre mariage. Nous nous étions mariés à la fin novembre. Les courriers avaient sûrement été égarés, c'est ce que j'ai fait semblant de croire en tout cas.

Par la suite, j'ai encore vu mon frère lorsque René, mon mari, et moi sommes revenus également en France définitivement. Cette fois, c'est moi qui leur présenta mon conjoint. Mais là aussi, je vous en reparlerais plus longuement plus tard. Avec Louis, Maria Tosca et René nous avons échangé à nouveau sur nos existences depuis nos retrouvailles en 1951, et sans doute quelques oublis de la période précédente. Mais je sentais bien qu'il n'y avait pas de connivence particulière entre nous, peut être du fait de notre différence d'âge, sans doute plus sûrement parce que nos existences avaient été et étaient toujours si différentes.

Louis était un ouvrier, il avait toujours été syndicaliste et il militait au Parti Communiste. Sa femme Maria Tosca avait aussi travaillé comme employée chez un commerçant qui vendait des vêtements de travail. René Bertrand lui, avait fait des études et avait un bon poste. Je vous en reparlerai aussi lorsque je vous raconterai ma rencontre avec lui. Quand à moi, j'avais également eu mon bac et j'avais trouvé un travail à responsabilité assez bien payé. Donc, avec mon frère et ma belle sœur, nous n'étions plus du même milieu social. Pour nous cela n'avait aucune importance, nous savions d'où nous venions et nous ne renions absolument pas nos origines. Mais pour eux, c'était visiblement plus difficile à vivre, nous étions des riches, et à cette époque, les prolétaires comme eux ne fréquentaient pas trop les nantis, fussent-ils de la même famille.

C'est ainsi que la fois où nous nous sommes revu en 1962, lorsque nous avons été obligé de quitter la Tunisie, fut la dernière. J'ai néanmoins prévenu Louis lorsque René est décédé en 1979, il m'a envoyé un message mais ils ne sont pas venu à l'enterrement à Nice. Puis il m'a prévenu de la mort de Maria Tosca en 1998. Elle était en maison de retraite car Louis ne pouvait pas s'en occuper, elle avait perdu la tête et faisait des fugues et des bêtises dans la maison. Là, c'est moi qui n'ai pas été à Marseille, j'étais hospitalisée pour la pose d'un pacemaker et mon cardiologue n'avait pas voulu sursoir à la petite intervention car je risquais une mort subite.

J'ai donc envoyé moi aussi un petit mot à mon frère en lui disant que nous pourrions nous revoir plus tard lorsque j'aurais récupéré, mais je n'ai plus jamais reçu de courrier de sa part. J'ai aussi essayé de l'appeler de temps en temps mais en vain, je tombais toujours sur le répondeur je pense qu'il faisait une allergie au téléphone. Il avait décidé visiblement de couper les ponts définitivement.

Mon frère est donc resté seul chez lui pendant presque trois ans avant son décès en octobre 2000. J'ai appris la triste nouvelle de sa disparition à la fin de cette même année par le notaire qui a procédé à la liquidation de ses biens car j'étais sa seule famille. Je n'ai malheureusement pas été prévenue à temps pour pouvoir assister à ses obsèques. Nous n'avions plus de nouvelles l'un de l'autre depuis un bon petit moment mais j'aurais fait le déplacement de Bordeaux à Marseille pour ... pour l'enterrement de mon frère. Tout de même ! C'était mon frère !

Des larmes coulaient sur les joues de Simone, Mélanie et Dominique aussi avaient les yeux embués. Un lourd silence se fit entendre dans le salon. Chacune évitait de croiser le regard des autres pour ne pas fondre en larmes, les pleurs restaient contenus. Mélanie la première se leva pour aller chercher une boite de mouchoirs sur le bahut et en fit la distribution, toujours sans bruit, aucune parole n'étant utile en ce moment. Les deux jeunes femmes respectaient la douleur de Simone qui remontait de son passé. Visiblement, la souffrance était toujours bien présente. La vieille dame avait suivi du regard Mélanie qui s'approchait du bahut et ses yeux fixaient maintenant la photo de son mari qui était posée sur le meuble. Elle hocha la tête et dit dans un sanglot :

— Je pense souvent à eux, Louis a été seul presque toute sa vie finalement, et depuis la mort de René il y a plus de quarante ans, c'est moi qui suis seule, et c'est dur parfois je vous assure. C'est pourquoi j'essaie de vous faire comprendre à quel point votre écoute et votre présence peuvent compter pour moi.

— Nous comprenons très bien, dit Dominique, si nous vous écoutons si attentivement, ce n'est pas par curiosité je vous l'assure. L'histoire de votre vie est passionnante malgré les épisodes qui sont parfois tristes. Et regardez donc comment Mélanie vous regarde en ce moment, elle semble aussi triste que vous, c'est bien la preuve que vous la touchez énormément, visiblement vous avez autant d'affection l'une pour l'autre. En vous voyant ainsi, j'ai vraiment l'impression de voir une grand-mère et sa petite fille.

— C'est le cas pour moi effectivement, et de plus en plus même. Je vous assure Simone que vous n'êtes plus toute seule. J'espère que vous le comprenez.

— Merci Dominique, merci Mélanie. Oui, depuis quelques temps j'ai pris conscience que tu comptes de plus en plus pour moi. Je me sens moins seule, c'est vrai et cela fait énormément de bien.

Mélanie qui était restée debout s'affaira pour ranger les tasses et les restes du goûter afin de ne pas laisser paraître ses émotions. En passant près de la vieille femme elle se pencha pour lui déposer une bise sur le front et s'éloigna vers la cuisine en disant :

— Bon, sur ces bonnes paroles, nous allons peut-être arrêter là pour aujourd'hui non ? Simone, qu'en dites vous ?

— Tu as raison, reprenons nos esprits. Il est quelle heure maintenant ?

— Il est dix huit heures trente répondit Dominique, je vais vous laissez et rentrer tranquillement chez moi.

— Tu as fini ta journée aussi Mélanie, tu peux y aller quand tu veux.

— Oui, je sais, mais je ne suis pas pressée de rentrer dans mon appartement et me retrouver toute seule aussi comme on vient d'en parler.

— On peut aller boire un verre dans le coin, si tu veux Mélanie, j'ai encore un peu de temps. Madame Simone vous voulez nous accompagner ?

—Non, merci, c'est très gentil de me le proposer, mais j'aime autant me remettre doucement de toutes ces émotions, tranquillement. Par contre, si j'osais, Mélanie, je te proposerais bien de passer la soirée avec moi si tu ne veux pas être toute seule. Tu pourrais même passer la nuit ici si tu veux, il y a un lit pour toi dans la chambre près du bureau si cela te convient. Mais va donc d'abord avec Dominique boire un verre, cela vous fera du bien.

Mélanie regarda les deux femmes en souriant et répondit :

— Et bien c'est oui pour tout ! Je vais avec Dominique d'abord et je reviens chez vous Simone pour la soirée et même passer la nuit puisque vous me le proposez. Voilà quelque chose qui me fait extrêmement plaisir. Vous savez, moi aussi je me sens seule parfois, même si ma vie est bien plus vide que la vôtre. Enfin, pour l'instant, mais vous êtes en train de la remplir.

Allez Dominique, en route, prend ta veste.

Cette dernière pris congé de Simone en lui rappelant qu'elles se revoyaient le mercredi suivant au jardin public.

— Ne t'inquiète pas, je n'ai pas oublié, répondit la vieille dame.

Mélanie, elle, prit son sac et dit avec un grand sourire :

— Bon, à tout à l'heure, Mamie.

— Profitez bien, buvez à ma santé, mais pas trop quand même.

Chapitre VII
Au Pub

Mélanie et Dominique quittent le domicile de Simone Bertrand.

— Bon où allons nous boire ce verre demande Dominique ?

— Je ne sais pas trop, je ne connais pas les bars du quartier. J'aime bien l'ambiance des Pubs s'il y en a un dans le coin.

— Oui, il y en deux pas très loin, le Sherlock Holmes et l'Oxford dans l'ordre à partir d'ici. Et bien allons au premier.

— C'est parfait, si ce n'est pas trop loin en plus. Tu connais le quartier apparemment, les bars en tout cas dit Mélanie pour taquiner sa nouvelle amie.

— Oh, je connais, je connais, je n'habite pas très loin d'ici, donc je vois ce qu'il y a autour de chez moi. Nous demeurons rue de la Prévôté à deux ou trois pâtés de maisons. C'est pour cela que je vais assez régulièrement avec Alexis au jardin public où nous nous sommes rencontrées.

Et je crois bien d'ailleurs maintenant, avec un peu de recul et de réflexion que j'avais déjà vu Mme Bertrand se promener dans ce jardin, sa tête me disais quelque chose, elle fait « classe », donc on la remarque mais je n'avais jamais eu l'occasion de l'aborder. Tu sais, il est à peu près certain que ce sont les personnes du quartier qui viennent dans cet espace vert, donc tu as toutes les chances de voir les mêmes visages.

Les deux nouvelles copines prennent la rue Lafaurie de Monbadon vers le Cours Clemenceau, et arrivées sur le cours, elles tournent à droite vers la place Gambetta. Elles poursuivent encore leur chemin pendant quelques instants dans la rue Judaïque jusqu'au Pub The Sherlock Holmes. Elles entrent dans l'établissement et trouvent assez facilement deux places assises dans un coin calme. Le Pub n'est pas encore trop rempli, l'heure de l'apéro est quasiment terminée et le gros rush du samedi soir n'a pas commencé. Les deux femmes commandent une pinte de bière anglaise et entament la conversation qui, bien évidemment revient sur l'histoire de Simone Bertrand.

— Elle est tout de même assez incroyable cette femme commença Dominique. Je la connais depuis mercredi dernier seulement et j'ai l'impression que cela fait des années. Elle déballe toute sa vie comme ça, sans même savoir qui je suis. Je t'assure, ça me fait drôle.

— Je me suis posée la question aussi, j'ai trouvé étrange tout d'abord parce que, en effet, ce n'est pas trop son genre, elle est plutôt secrète, puis je pense que j'ai compris.

Elle était partie pour me faire son récit, elle était complètement dedans, c'était quelque chose de prévu entre nous depuis un bon moment. Alors, d'accord, tu es survenue comme cela, venant de nulle part, mais les coïncidences de vos vies étaient tellement énormes qu'elle n'a pas fait vraiment attention que vous ne vous connaissiez pas un quart d'heure avant, du moins, cela n'avait pas d'importance, c'était son récit qui était prioritaire. Et une fois qu'elle avait commencé à parler de sa vie, elle a continué, elle a un réel plaisir à avoir un auditoire. Il ne faut pas oublier non plus qu'elle est seule depuis de nombreuses années.

Mais ne t'inquiète pas pour elle, elle est loin d'être bête, si Simone a poursuivi sa narration ainsi c'est qu'elle t'a jugée immédiatement. Elle a compris qu'elle pouvait te faire confiance, sois en sûre, que tu ne la jugerais pas et que tu n'irais pas divulguer son récit. Bien sûr Simone est âgée, mais je t'assure qu'elle a toute sa tête, il suffit de l'écouter déjà, avec les moindres détails dont elle se souvient, on voit bien à qui l'on a à faire, je suis persuadée que c'était une sacrée femme lorsqu'elle était plus jeune, d'un niveau intellectuel bien au dessus de la moyenne.

— Elle faisait quoi ?

— Je sais qu'elle travaillait dans une banque, mais je n'ai pas plus de précisions.

Et puis j'ai remarqué qu'elle fait bien attention à ne pas tout dire non plus lorsque tu es là Dominique, je pense que Simone fait tout de même un peu le tri. Pensa Mélanie en buvant une gorgée de bière. *Tiens, par exemple, sa maison du Cap Ferret, elle n'en a pas dit un mot devant toi, et lorsqu'elle me dit de te raconter les épisodes que tu as manqués, elle me fait confiance car elle sait très bien que je ne dirais pas tous les détails non plus. Je ne fais qu'un résumé, elle ne nous donne pas trop le temps pour plus d'explications.* Mais bon, je ne vais pas te le dire évidemment, c'est à elle de décider ce qu'elle raconte et à qui.

— Il faut dire qu'avec toutes les péripéties que sa famille a vécu, son esprit c'est ouvert bien plus que si elle était restée au fin fond de la Bretagne où ailleurs, ajouta Dominique. On sent tout de même chez elle quelques souffrances, notamment par rapport à son frère. Il n'a pas eu, lui non plus une existence très joyeuse tous les jours.

— Oui, déjà la vie à l'Ile Tudy avec son grand-père qui ne devait pas être commode, les absences de son père, la séparation pour aller à l'école au Cap Ferret. En ce temps là, on ne donnait pas beaucoup d'explications aux enfants, et on ne leur demandait pas leur avis, c'était comme ça et puis c'est tout. D'autant que Dominique et Clarisse, les parents pensaient vraiment bien faire. Mais cette séparation avec le reste de la famille a certainement contribué à l'éloignement entre les deux enfants, justement à l'âge où ils auraient pu vivre des moments de complicité qui auraient créé des liens pour le reste de leurs existences. C'est dommage pour eux d'avoir manqué cela, d'autant que leur différence d'âge déjà au départ était un petit handicap.

Mélanie soupira et poursuivit :

— Malheureusement, on a bien vu ce que cela a donné plus tard, comme le disait Simone, ils n'étaient pas du même milieu social non plus, du moins son frère le ressentait-il comme cela et ce n'était pas complètement faux. Ils ne pouvaient pas vraiment se comprendre, et leur éloignement n'arrangeait pas les choses. Je crois aussi que Louis, pensait en son for intérieur, qu'il était un peu le délaissé de la famille. De par ce qu'il a vécu enfant d'abord et ensuite les choix de vie qu'il a fait en fréquentant la communauté italienne, il a cru, à tort que ses parents n'auraient même pas été d'accord pour son mariage. C'est triste finalement, surtout lorsque l'on voit comment cela c'est terminé, quasiment dans l'indifférence des deux côtés, du moins en apparence, c'est ce qu'ils croyaient l'un de l'autre en tout cas.

La bière descendait doucement dans le verre des deux femmes pendant qu'elles poursuivaient leur conversation.

— Je trouve assez singulier tout de même la première réflexion que j'ai eu lorsque j'ai entendu le récit de la vie de Mme Bertrand, dit Dominique. Enfin l'autre jour, au jardin public. Je me suis dit qu'elle avait eu la chance d'avoir une existence extraordinaire, que cela avait certainement été enrichissant de bouger tout le temps comme ça, de découvrir de nouveaux pays, de nouvelles personnes, d'autres façons de vivre, cela vue de l'extérieur évidemment. Mais maintenant que nous en savons davantage, que nous avons plus de détails, je pense que s'il y avait des bons côtés bien sûr, il lui manque quelque chose, cela transparait dans la suite de son histoire.

Mélanie reprit la parole :

— Elle est dé-ra-ci-née ! C'est ça le mot, elle est déracinée. Tu vois, imagines simplement le fait qu'elle soit née à l'Ile Tudy, comme Louis. Elle pourrait se raccrocher à son rocher si l'on veut, dire qu'elle est Bretonne, mais dans son cas, non, ce n'est pas elle qui vient de là, ce sont ses parents. On ne peut pas dire non plus qu'elle ait ses origines en Tunisie car même si elle y a vu le jour, son père et sa mère n'était que de passage. Elle dit en riant parfois qu'elle est Tunisienne mais c'est vraiment pour plaisanter. Ses premiers souvenirs datent de leur séjour au Cap Ferret, au début des années vingt et finalement, c'est dans ce coin qu'elle est revenue finir sa vie. Et pourtant, elle a baroudé, Ferryville, le Cap Ferret, la Tunisie à nouveau, puis l'Algérie. Ca je crois que se sera le prochain épisode, Tunisie encore avant de venir en France sur la côte d'Azur il me semble et pour terminer à Bordeaux. Et dans tout cela, pas vraiment d'attaches, pas de repère. D'après ce qu'elle m'a dit, et sans dévoiler un secret, c'est du Cap Ferret qu'elle a gardé les meilleurs souvenirs.

Comme quoi, c'est bien souvent les tous premiers qui comptent le plus, qui marquent davantage en tout cas.

— Si encore elle était retournée à l'Ile Tudy ! En Bretagne nous avons une identité forte, qu'elle aurait pu ressentir, même avec tout son parcours.

— Je n'en suis pas certaine, dans le souvenir de toute la famille, l'Ile Tudy est assimilé à une triste période, la guerre, le grand-père alcoolique, les difficultés matérielles et financières. C'est pour cela, je pense que Simone n'a jamais réussi à y mettre les pieds. D'après ce qu'elle m'a dit, au décès de son mari, quand elle fut en retraite, elle s'est posée la question. Et bien, elle n'a jamais pu se résoudre à revenir en Bretagne, même pour une simple visite, c'est plus fort qu'elle, elle n'y arrive pas. En parler, ça, il n'y a pas trop de soucis. J'y vais au début du mois de juin, elle m'explique un peu ce qu'il faut voir et visiter, elle a gardé des choses malgré tout, ses parents devaient en discuter de temps en temps, mais ce n'est pas pour elle.

— Je pourrais de donner quelques adresses aussi par là, je suis du coin, de Quimper.

— Ah, c'est vrai, je ne t'avais même pas demandée de quel endroit tu étais en Bretagne. Tu es de Quimper ? En effet, ce n'est pas loin de notre lieu de vacances, nous allons avec une copine à Loctudy.

— Le Pays Bigouden, c'est très sympa comme région, et cela reste authentique, pas encore envahie par les touristes.

Vous allez pouvoir vous régaler avec les langoustines alors, à Loctudy c'est vraiment la spécialité, entre autres choses bien sûr, et les crêpes !

— Je ne me fais pas de soucis pour les repas, je pense que l'on va rentrer avec un excédent de bagages. Dit Mélanie en riant. Moi, je suis du côté de Vannes, mon père est décédé il y maintenant une douzaine d'années d'un accident de voiture, ma mère arrive doucement à la retraite, elle travaille au Conseil Général. J'ai deux frères plus jeune que moi qui sont restés dans la région du golfe du Morbihan. L'un est maçon, l'autre travaille dans un restaurant. Ils ne sont pas mariés et n'ont pas d'enfant non plus. Tout va bien pour eux, du moins je le pense, je les vois régulièrement quand même, je ne voudrais pas reproduire la même histoire que Simone.

— Et tu es arrivée comment à Bordeaux alors ?

— Quand j'ai passé mon examen pour devenir aide-soignante, j'ai voulu bouger un peu. Cela fait neuf ou dix ans maintenant, et ce n'était pas si facile qu'actuellement de trouver un poste convenable à Vannes ou autour, donc je suis partie, un peu au hasard je te l'avoue. J'avais envoyé plusieurs CV dans les hôpitaux et Ehpad, et c'est d'ici que j'ai reçu l'offre qui me semblait la plus intéressante. Voilà comment je suis arrivée à Bordeaux. J'ai quand même assez vite déchanté, l'hôpital qui m'avait prise ne titularisait pas avant cinq ou six ans, et puis, nous changions de service tout le temps. Donc, je suis partie encore une fois, et je me suis fais avoir encore une fois.

Mélanie souriait et continua :

— Je suis allée dans un Ehpad, j'aime assez m'occuper des personnes âgées, j'aime bien les bichonner un peu, surtout qu'elles sont souvent malheureuses d'être obligées de se retrouver là, de quitter leurs domiciles. Mais ce fut un enfer, il manquait de personnel en permanence, nous étions à la limite de la maltraitance. J'ai tenu deux ans puis je suis allée dans une entreprise d'aide à la personne. Ce n'était plus trop le travail d'aide soignante, plutôt d'aide à domicile, mais cela ne me dérangeais pas, la relation que j'avais avec les personnes était nettement meilleure.

C'est donc comme cela que je me suis retrouvée chez Mme Bertrand Simone, d'abord pour quelques heures par semaine il y a quatre ans je crois lorsqu'elle a commencé à faire appel aux services de cette entreprise. Tout de suite, nous nous sommes rendues compte que le courant passait bien entre nous.

— C'est le moins que l'on puisse dire, ajouta Dominique, ça saute aux yeux votre entente, on dirait vraiment une grand-mère et sa petite fille.

— Vraiment ? demanda Mélanie, ça me fait plaisir ce que tu me dis là. Donc, je me suis rendu compte qu'en fait, Simone n'avait pas besoin plus que cela d'une personne pour s'occuper d'elle, tu as bien vu comment elle est, comment elle se déplace, tout ce qu'elle est capable de faire, et surtout la tête qu'elle a gardée. Elle souhaitait surtout de la compagnie, une personne pour rompre sa solitude, quelqu'un pour ne pas être trop isolée. Mais je n'étais pas la seule à intervenir chez elle, nous étions quatre ou cinq, et nous allions chez d'autres personnes également. Mais pour elle, c'était trop perturbant ces changements permanents, elle avait l'impression de ne jamais voir le même visage, et pour le suivi, c'est vrai que ce n'était pas l'idéal.

Alors Simone m'a fait une offre que je ne pouvais pas refuser. D'une part parce que c'était très bien payé, mais surtout, je ne me voyais pas la laisser. J'aurais eu l'impression de l'abandonner. Elle m'a demandé de démissionner de l'entreprise pour laquelle je travaillais et d'accepter d'être embauchée par elle exclusivement, elle serait mon unique employeur et je n'interviendrais que chez elle. Je dois te dire que je n'ai pas hésité très longtemps, et donc depuis maintenant presque deux ans, je suis au service de Simone à temps complet. Je commence le matin à dix heures, je termine à dix huit heures, j'ai deux jours de repos dans ma semaine, quand je veux, c'est moi qui décide, je travaille, si l'on peut appeler cela travailler, un dimanche sur deux, et j'ai cinq cent euro de plus que mon salaire précédent.

Et en plus, pour couronner le tout, elle me nourrit le midi, comme cela elle ne mange pas seule. Nous discutons de choses et d'autres et maintenant que notre complicité est au sommet, elle a commencé à me raconter toute son histoire.

Ça fait un bon moment qu'elle me disait qu'elle allait le faire, mais elle reportait tout le temps car elle voulait que je l'appelle par son prénom, mais j'avais beaucoup de mal. Et bien elle n'a pas cédé, il a fallu que je me fasse violence, j'ai finalement réussi à la nommer Simone et alors elle a commencé son récit. C'est une forte tête, quand elle veut quelque chose, ne t'inquiètes pas, elle parvient toujours à ses fins, elle est maligne, mais elle est tellement gentille de toute façon que l'on ne peut rien lui refuser.

— Tu as même un lit maintenant, tu as vu, elle te l'a proposé. Cela lui fait plaisir, mais à toi aussi, non ?

— Oui, c'est vrai, j'étais très heureuse quand elle me l'a proposé. Elle sait bien que j'étais seule chez moi aussi.

— Tu n'as pas de copain ?

— Non, depuis trois mois, mais c'est très bien comme ça. Tu sais, Simone s'est mariée à l'âge de trente neuf ans, j'ai encore de la marge, dit Mélanie en riant. Mais, et toi, de Quimper, tu es arrivée comment à Bordeaux

— Eh bien, j'ai rencontré Jean à Quimper où il faisait des études. Il était dans une école de commerce qui était spécialisée Asie, Chine, Japon. C'était en plein boum de l'achat des vignobles bordelais par les asiatiques. Jean est du Sud-Ouest, de Nogaro dans le Gers et il avait déjà commencé à travailler dans le milieu du vin, c'est la région au cas où tu ne l'aurais pas remarqué. Après ses études à Quimper, il a été embauché chez un gros négociant de Bordeaux pour développer le commerce avec les Chinois.

— Il a été en Chine alors, toi aussi ?

— Moi, une fois, mais Jean oui, une dizaine de fois sûrement. Il y allait au moins une fois par an pour un grand salon à Shanghai. Maintenant, il a changé de poste, ce n'est plus lui qui est obligé d'y aller, tant mieux. Il supervise toujours le commerce vers l'Asie, mais il a des gars qui font les déplacements et lui peut rester davantage avec nous. Enfin, cela dépend des moments de l'année aussi. Par exemple, ils viennent de terminer la période des primeurs, là, au printemps, c'est un gros morceau de leur travail.

— Les primeurs, c'est quoi ? Je suis dans la région des vins mais je ne connais pas trop le commerce. J'aime le boire quand il est bon, mais c'est tout.

— Tu as bien raison. Les primeurs, c'est une période de l'année, au printemps, où les vins de l'automne précédent sont goûtés pour connaître leur potentiel et les prix sont fixés en fonction. Tu peux acheter un vin à cette période, tu payes la moitié du prix, mais tu n'auras pas la marchandise avant un, deux ou trois ans. A la livraison, tu règleras le solde avec la TVA. Cela te permets de bénéficier d'une bonne réduction, le vendeur lui, peut avoir de la trésorerie. Bien sûr cela se passe entre professionnels, et le négociant est un peu le chef d'orchestre, c'est lui qui réserve le vin auprès des viticulteurs, qui s'engage à prendre la marchandise qu'il revendra plus tard en espérant que la qualité qu'il aura jugée soit bonne et lui permette de faire du bénéfice. Mais le produit, lui, ne quitte pas les chais du vigneron.

— Oui, c'est du business quoi ! Et toi, tu es dans le vin aussi ? Tu as rencontré Jean, ton mari dans cette école de commerce à Quimper ?

— Non, non, je ne suis pas dans le vin, dit Dominique en riant, je suis comme toi, je le bois, c'est déjà pas mal. Non, moi je travaille chez un notaire. J'avais fait des études de droit, à Quimper pendant un an puis une autre année à Brest. Tu sais, à cette époque, quand on ne savait pas trop quoi faire après le bac, on allait faire une fac de droit. Surtout pour ne pas entrer dans la vie active sans métier, ce n'était pas par conviction pour ce qui me concerne, mais finalement, j'y ai pris goût. Et j'ai donc pu intégrer une étude notariale ici lorsque j'ai suivi mon amoureux dans cette ville. Oh, je ne suis pas à un très haut niveau, mais je gagne très correctement ma vie et j'ai réussi à avoir un temps partiel qui me permet d'avoir mes mercredis pour être avec Alexis depuis qu'il va à l'école. En plus Jean, lui, a un très bon salaire,donc tout va bien.

— En tout cas, je suis bien contente d'avoir fait ta connaissance l'autre jour au jardin public, je te trouve vraiment très sympathique.

— C'est gentil de ta part, je dois te dire que je pense la même chose te concernant. Sans te connaître beaucoup, je pense que tu es quelqu'un de bien. Lorsque je vois ta relation avec Madame Simone aussi, je me dis qu'elle a de la chance d'être tombée sur toi. Comme tu disais tout à l'heure, les personnes âgées ont parfois une fin de vie difficile qui les oblige à aller dans des établissements où elles sont bien souvent malheureuses. Je trouve que ce que tu fais avec Madame Simone est remarquable, même si tu es payée pour. C'est normal, de tout façon, tout travail mérite salaire, mais entre vous il y a une relation bien plus forte et sincère qu'entre patron et salariée. Si tu voyais parfois la tendresse que Simone transmet dans son regard lorsqu'elle te suit des yeux !

— Toi, tu veux me faire pleurer encore, dit Mélanie, gênée. Tiens, je vais nous prendre une pizza pour ce soir en rentrant. Je vais passer un coup de fil tout de suite pour la commander.

Elle pris son téléphone et rechercha le numéro de la pizzéria d'à côté qu'elles avaient vues en venant au Pub.

— C'est une bonne idée, je vais faire la même chose, Alexis et son père seront content d'avoir une pizza. Tu me passera ton portable quand tu seras en ligne, s'il te plait. Oui, on est dans les temps, il est 19 heures 15, il n'y a pas encore le coup de feu, on devrait les avoir assez vite, le temps de finir notre verre.

Mélanie passa sa commande et tendit son téléphone à Dominique. Elle profita de l'instant pour aller jusqu'aux toilettes. Lorsqu'elle revint, Dominique lui rendit son appareil et lui dit :

— C'est bon, on les aura assez vite, les pizzas, d'ici un quart d'heure, même pas le temps de prendre une autre bière.

— Oh, j'ai assez avec une pinte. C'est parfait, le timing est bon ! Le temps de terminer celle-ci. Tu as eu des nouvelles de tes footballeurs ?

— Oui, j'ai eu un message pendant que tu t'étais absentée, ils sont en route, et Alexis a gagné le tournoi, enfin son équipe. Donc les pizzas seront une belle récompense, il doit être content. Bon, en tout cas, nous avons passé une belle après- midi. Je pense que Simone va bien dormir aussi, même si elle n'a pas gagné de tournoi. Et demain, je pense que vous irez faire un tour en Algérie.

— Il y a de fortes chances oui, les voyages vont continuer. Bon tu es prête, on va ensemble récupérer les pizzas non ?

— Oui, oui, bien sûr, j'arrive, attends moi deux secondes, je passe aux toilettes aussi avant de partir.

Mélanie en profita pour aller jusqu'au comptoir régler les consommations, le barman ayant oublié de les faire régler à la commande. Puis elle se dirigea vers la porte et attendit Dominique qui ne tarda pas à arriver. Les jeunes femmes se dirigèrent vers la pizzéria d'à côté, elles prirent chacune leurs boites, réglèrent, puis se séparèrent après s'être dit au revoir.

Dominique continua sur la rue Judaïque pour rejoindre la rue de la Prévôté où se trouvait son logement. Mélanie, elle refit le chemin qu'elles avaient fait une heure plus tôt dans le sens inverse. Moins d'une dizaine de minutes plus tard, elle entrait dans l'appartement de Simone qui l'attendait dans son fauteuil.

— Ah, déjà, vous auriez pu prendre davantage de temps, je ne serais pas partie. Tu as ramené quoi, une pizza ? C'est une bonne idée, il n'y avait rien à manger.

— Comment, vous m'invitez à rester chez vous le soir et il n'y a rien à manger, c'est une honte, dit Mélanie en riant, heureusement que je suis là, sinon nous serions peut être morte de faim d'ici demain matin.

Bon, il n'est pas trop tard, j'ai bien envie de faire un aller-retour jusqu'à chez moi pour prendre quelques affaires pour la nuit et une tenue pour demain. A moins que vous ne vouliez manger tout de suite Simone ? J'en ai pour une demi heure, pas beaucoup plus.

— Non, non, je ne suis pas encore affamée, tu as le temps d'aller prendre ce qu'il te faut. Si nous mangeons pour vingt heures trente à peu près, c'est très bien.

— Allez je file, avec le tramway je n'en ai pas pour longtemps, nous réchaufferons la pizza au four quand je reviendrai.

Mélanie s'en alla en courant pour attraper le tram qui passe juste à côté, justement, il arrivait en faisant carillonner sa cloche. Elle monta et se trouva une place assise facilement à cette heure ci. En route, elle pensa : *J'ai dis oui, évidemment pour rester chez Simone pour la nuit, mais je n'avais pas pensé que je n'avais rien avec moi. Heureusement que je n'habite pas très loin. Dix minutes pour aller, autant pour le retour et dans l'appartement je n'en ai pas pour très longtemps non plus. Dans une demi-heure je serai de retour. Je suis bien contente de passer ma soirée avec elle plutôt que de rester toute seule dans mon appartement. Et pour elle aussi, ça lui fera plaisir. Je vais tout de même prendre mon ordinateur pour regarder un film si Simone va au lit de bonne heure, je ne sais pas comment elle passe ses soirées. Ah, et puis tiens, je vais prendre la bouteille de rosé qui est dans mon frigo, avec la pizza ce sera impeccable. On voit déjà la lumière du Leclerc, je suis déjà presque arrivée.*

Mélanie descendit à l'arrêt près de chez elle et se dirigea vers son logement. Elle entra, passa dans sa chambre, dans la salle de bain, regroupa ce dont elle avait besoin dans un sac et repartit. Au moment de refermer sa porte à clé, elle se rendit compte qu'elle avait oublié de prendre le rosé. *Zut, j'ai zappé la bouteille, allez, vite fait je retourne dans la cuisine. Hop, et voilà !* La jeune fille retourna à l'arrêt du tram, elle patienta deux minutes puis monta dans la rame lorsqu'elle s'arrêta devant elle et que les portes s'ouvrirent. *Il y a davantage de monde dans ce sens là*, pensa-t-elle, *les gens vont en ville pour la soirée du samedi soir.* Une dizaine de minutes plus tard, Mélanie descendait du transport en commun à l'arrêt de la rue Fondaudège, elle traversa la petite place Charles Gruet pour arriver rapidement chez Simone.

— Voilà, j'arrive, nous allons pouvoir manger, j'ai fait le plus vite que je pouvais. Vous avez déjà dressé la table ? Vous avez faim ?

— Non, ça va, je pouvais patienter encore tu sais, mais comme cela je me suis occupée. J'ai mis le four en chauffe aussi il y a deux ou trois minutes, il doit être bien pour réchauffer la pizza. Je te laisse faire cela ?

— Bien sûr, dit Mélanie en enfournant le plat. Et je nous ai pris une bouteille de rosé qui était dans mon frigo, comme ça, en plus elle est à bonne température. Je la débouche, vous rajoutez des verres à pied Simone ?

— D'accord, c'est une bonne idée, c'est avec plaisir que je prendrais un verre de vin. Je n'en prend pas souvent évidemment à mon âge, mais c'est bien agréable de temps en temps.

— Et bien voilà, profitons-en pendant que la pizza est chaude.

Elles s'attablèrent et mangèrent avec un bon appétit. Mélanie raconta à Simone l'heure passée avec Dominique au Pub, notamment la profession de Jean, le mari de cette dernière ce qui parut beaucoup intéresser la vieille dame dès lors que l'on prononça les mots de vin et de Chine.

Après un petit dessert et une tisane, les deux femmes allèrent vers leur chambre respective.

— Vous ne regardez pas la télévision ?

— Oh non, je suis un peu fatiguée de notre après midi, je suis encore remuée par tous ces souvenirs. Je vais prendre mon livre et lire un petit moment, mais je crois que je vais vite éteindre la lumière. Et toi, si tu cherche de quoi lire, il y a la bibliothèque dans la chambre où tu dors, tu peux prendre l'ouvrage qui t'intéresse.

— J'ai apporté mon ordinateur avec moi, je pense que je vais regarder un film ou une série, tranquillement aussi après être passée dans la salle de bain. Je prendrais bien une douche avant de me mettre sous la couette.

— Si tu veux, tu fais comme chez toi, tu connais la maison, tu sais où sont les affaires aussi bien que moi.

Mélanie se sentit toute intimidée de rester dormir chez Simone, qu'elle embrassa tendrement et à qui elle souhaita une très bonne nuit. La vieille dame prit Mélanie dans ses bras, l'embrassa également sur les deux joues en lui disant :

— Je suis vraiment très très heureuse que tu sois avec moi. Dors bien ma petite fille, fais de beaux rêves, à demain pour la suite de nos aventures.

Chapitre VIII

Algérie, années 30-40.

Dimanche matin, il est presque huit heures lorsque Mélanie regarde son portable pour voir l'heure. Elle s'étire de tout son long, baille plusieurs fois et sort de son lit. *Et bien, j'ai vraiment bien dormi, comme une souche. C'est génial cet appartement, il n'y a pas un bruit. Simone doit dormir encore, je n'entend que le silence. C'était une super nuit. J'ai éteint la lumière vers quelle heure ? Il n'était pas très tard, vers vingt trois heures peut être, pas plus et je me suis endormie tout de suite. Je ne sais même plus si j'ai repensé à la journée d'hier avant de sombrer dans les bras de Morphée. Bon, je vais enfiler mon jogging et je vais chercher du pain frais et des croissants avant que Simone ne se réveille. Je vais essayer de ne pas faire de bruit, je n'en ai pas pour longtemps, la boulangerie n'est pas loin.*

Mélanie s'habilla, prit ses chaussures à la main et quitta le logement sans un bruit. En passant devant la chambre de Simone, elle redoubla d'attention pour passer en silence et guetter un signe venant de la pièce occupée par la vieille dame. Mais rien, la jeune femme se glissa au dehors, mis ses baskets et fila jusqu'à la place Charles Gruet. La vie commençait doucement à animer le quartier. Arrivée devant le commerce, Mélanie pensa : *hum, ça sent bon le pain chaud et les pâtisseries. Ah, il ne faut pas que j'oublie les tartes aux fraises que j'ai commandé hier.* Son tour arriva :

— Bonjour Mademoiselle, que puis-je vous servir ?

—Bonjour Madame, je voudrais une baguette tradition pas trop cuite, s'il vous plait, deux croissants et les deux tartelettes aux fraises que je vous avais réservé hier matin.

La vendeuse s'affaira derrière son comptoir, Mélanie régla par carte bleue, mit ses provisions dans le sac qu'elle avait apporté avec elle et repartit en disant :

— Merci beaucoup, nous allons nous régaler avec toutes ces bonnes choses. Au revoir et bon dimanche à vous.

Elle repartit en direction de l'appartement après avoir arraché un bout de la baguette qu'elle croqua avec délectation. Elle salua le boucher d'un signe de la main lorsqu'elle passa devant sa boutique. Celui-ci lui rendit son salut en faisant des grands signes sous le regard noir de sa femme. Mélanie riait de bon coeur, elle était heureuse ce matin.

Arrivée chez Simone, elle reprit son sérieux pour éviter de faire du bruit. Elle entra et se dirigea vers la cuisine afin de préparer le petit déjeuner. Elle s'affairait tranquillement en silence, le dos tourné à la porte quand tout à coup, elle entendit une petite voix.

— Bonjour, déjà debout ma petite fille ? L'odeur du café m'a fait sortir du lit. Oh, mais tout est prêt, tu t'es levée aux aurores ce matin ! Viens donc embrasser ta grand-mère.

Mélanie se retourna, sourit et vint embrasser la nouvelle arrivée, en l'entourant de ses deux bras.

— Bonjour Mamie Simone, je suis contente de vous voir, vous avez l'air d'avoir bien dormi. Vous semblez bien reposée ce matin.

— Tu peux le dire. Je ne me souviens pas depuis quand j'ai passé une aussi bonne nuit. Ça fait des années ! Quand je me suis mise au lit hier au soir, j'ai pris mon livre, je pense que je n'ai pas dû lire plus de quatre ou cinq pages. Et pourtant il est passionnant, c'est l'histoire d'un prêtre qui est parti comme missionnaire au Texas au siècle dernier. Et qui s'appelle Keralum, tu te rends compte, comme ma mère, il était originaire de Quimper aussi, nous sommes certainement parents. En plus, il était architecte et il a construit des églises le long du Rio Grande à la frontière avec le Mexique. Encore un aventurier dans la famille, et lui aussi il a vu du pays. J'ai trouvé ce livre par hasard, mais quand j'ai vu son nom, je l'ai acheté. Je te le prêterais, il devrait beaucoup te plaire.

Mais alors, hier soir, comme je te l'ai dit, quelques pages et il n'y avait plus de Simone. Je ne me suis même pas réveillée de la nuit, par contre, j'ai rêvé énormément, mais uniquement des choses agréables, toutes les bonnes choses de ma vie passée. J'ai aussi pensé à toi, Mélanie, et à la chance que j'avais parce que tu es restée passer la nuit. Cela m'a procuré tellement de bonheur que j'ai l'impression d'avoir dormi comme une petite fille.

— Et bien moi également, Mamie Simone, j'ai très bien dormi. C'est comme si j'avais fait une nuit de douze heures au moins, semblable à la vôtre en fait. C'est marrant tout de même ce livre avec un Keralum, il faudra me le passer, effectivement il doit être interessant, quel est le titre ?

— Le titre est : Pierre Yves Keralum, Cavalier du Christ. Bon, Mélanie, il y a tout de même quelque chose qui me chiffonne : tu ne peux pas continuer à m'appeler Mamie Simone comme cela et me vouvoyer. Je sais, tu as déjà mis du temps avant de me dire Simone, mais maintenant, il faut choisir, c'est Mamie ou c'est Simone. Et si c'est Mamie, c'est Tu qui va avec, si tu gardes Simone, tu peux garder le Vous. Mais j'ai aussi mon mot à dire, ou du moins ma préférence. Personnellement, je serais très contente et très touchée que ce soit Mamie et Tu. Si je te considère comme ma petite fille, et moi comme ta grand-mère, il faut jouer le jeu jusqu'au bout. D'accord ? Dit Simone avec un grand sourire pour faire passer son message.

— Moi je veux bien, mais je suis sûre que ma langue va fourcher de temps à autre, c'est certain. Mais je vais faire un effort, je vous, euh, je te le promet, Mamie. Bon, allez, le café maintenant, tout est en place sur la table et nous restons là debout à discuter. J'ai faim, moi !

— Moi aussi, j'ai faim, installons nous !

Les deux femmes se mirent à déguster leur petit déjeuner avec appétit : la baguette encore chaude sur laquelle le beurre fondait lentement, la confiture de rhubarbe sur le croissant bien croustillant, le café fumant, tout cela contribuait à faire de ce moment simple, une petite fête.

Lorsqu'elles eurent terminées, Mélanie passa dans la salle de bain tandis que Simone s'affairait dans la cuisine. Elle avait tellement insisté et semblait y prendre vraiment du plaisir. La jeune fille n'avait pas voulu contrarier sa Mamie. Puis, cette dernière à son tour fit sa toilette.

— Ça ira Mamie ? Tu n'as pas besoin d'un coup de main ?

— Non, non, ça va aller, ne t'inquiètes pas. Quand j'en aurais fini, nous nous installerons tranquillement dans le salon et nous partirons en Algérie.

Mélanie fit un peu de ménage et de rangement en attendant. Elle ouvrit la fenêtre qui donnait sur le jardin. Etrangement, le temps était au beau aujourd'hui, autant le ciel était couvert toute la journée du samedi, hier, autant il était d'un magnifique bleu ce dimanche matin. Les fleurs étaient belles et parfumaient l'atmosphère, Mélanie huma l'air avec délectation.

— Quel bonheur d'être ici, quel bonheur ! Dit-elle tout fort.

Elle se retourna et vit Simone qui la regardait en souriant, la vieille dame était toute pimpante. Puis elles allèrent toutes deux se mettre à leurs places respectives dans le salon et la vieille femme recommença le récit de sa vie, exactement là où elle l'avait interrompu la veille.

— Bon, alors, nous avons quitté la Tunisie à la fin de l'année 1932. Mon père, ma mère et moi sommes partis pour Bône en Algérie à la fin du mois de septembre. Dominique avait démissionné de son poste à Ferryville dès l'été, n'ayant pas réussi à obtenir la place qu'il convoitait à Bizerte. Je t'ai déjà parlé de ça je crois, du tour de cochon qu'un colon nouvellement arrivé lui avait fait. La direction des ports a été bien embêtée qu'il parte comme cela, sur un coup de tête, il n'y avait personne pour le remplacer. Mais il n'en avait cure, nous étions maintenant depuis plusieurs années dans la région et mon père avait tissé des liens avec des gens qui travaillaient aussi bien en Tunisie qu'en Algérie, comme partout dans le monde, il y avait une solidarité parmi les gens côtoyant la mer. C'est comme cela qu'il apprit au début du mois de septembre, qu'un poste de secrétaire allait être vacant à la direction du port de Bône pour la fin de l'année et qu'il n'y avait pas encore de candidat. Il se présenta et fut retenu tout de suite car il avait une bonne expérience. Le port de Bône était le troisième port d'Algérie, le trafic était même supérieur à celui de Bizerte qui, finalement ne vivait que par son côté militaire et l'Arsenal.

— Votre frère n'a pas suivi, euh, ton frère plutôt ?

— Non, Louis était déjà parti pour la France en 1931, il avait incorporé l'armée pour ses vingt ans, un an avant, le service militaire. J'étais restée seule avec mes parents, et à la rentrée scolaire de 32, j'avais quatorze ans, j'ai changé de ville, de maison, de lycée, et quitté mes copines. Mon père nous avait devancé de quelques jours, ma mère et moi pour trouver un logement puis nous avons fait le déménagement. Il nous avait trouvé une maison vers la corniche, pas très loin du port où il allait travailler. Il y avait la plage de St Cloud juste à côté également, elle était fréquentée car proche du centre ville.

Moi, j'ai fait ma rentrée au collège colonial de jeunes filles. Il n'y avait quasiment que des européennes, des filles de colons ou de fonctionnaires. L'administration tenait une assez grande place dans la ville.

— C'est grand comme ville Bône ? Enfin en ce temps là ?

— Si je ne dis pas de bêtises, Bône devait être la quatrième ville d'Algérie et le troisième port. C'était une des rares villes du pays où la population européenne était plus nombreuse que la population musulmane, du moins jusqu'à la deuxième guerre mondiale. Il y avait aussi une forte proportion de Maltais et d'Italiens, encore une fois. C'était un peu comme à Ferryville mais en plus grand. Et puis c'était une ville bien plus ancienne aussi, il y avait des ruines romaines, la ville se nommait alors Hippone, c'était le foyer le plus important du christianisme en Algérie, là où vécu St Augustin au cinquième siècle, le premier évêque.

Mais c'est la colonisation qui a beaucoup développé l'agglomération. La ville rayonne sur un large périmètre, jusqu'à la Tunisie qui n'est qu'à quatre vingt kilomètres. L'économie est dominée par l'extraction des minerais et toutes les constructions des infrastructures qui sont utiles pour leur exploitation et surtout leur exportation. C'est pourquoi le port était important et s'est développé rapidement, créant ainsi des emplois. Toute la ville d'ailleurs a bénéficié d'une forte croissance depuis les années vingt, surtout vers le Sud, vers la route menant à Constantine. A l'Est, il y avait le port et la mer, à l'Ouest, le relief était un peu trop escarpé pour permettre les constructions, au Nord, c'était la corniche et la plage.

Lorsque nous sommes arrivés, la ville était encore un immense chantier. Ici aussi, les Italiens avaient un quasi monopole et surtout un savoir faire. A cette époque, il y avait très peu de véhicule à moteur, de voiture automobile. Tout se transportait avec des charrettes à cheval : les balles de tabac qui rejoignaient le port, les fruits et les légumes, le fourrage pour les animaux, le sable et les graviers indispensables aux maçons et bien sûr les tonneaux de vin qui eux aussi allaient embarquer sur les bateaux en direction de la métropole. Les charrettes étaient partout, et servaient à tout. Le dimanche il n'était pas rare de voir ces véhicules à plateau qui avaient un siège pour le conducteur, être occupés par des familles entières qui partaient en pique-nique. Les gens étaient assis tout autour sur la plateforme, les jambes pendantes. Le ravitaillement était placé au milieu, et tout ce petit monde était heureux.

— La vie semble être plus animée qu'en Tunisie non ? J'ai l'impression que ça bouge davantage, je me trompe ? Demanda Mélanie.

— Oui, tu as raison, je pense que c'était plus vivant en effet, plus varié en tout cas. A Ferryville et à Bizerte, tout tournait autour de l'Arsenal et de la Marine, en dehors de cela il ne se passait pas grand-chose, il faut l'avouer. A Bône, le côté militaire était moins présent, c'est l'activité économique qui créait l'animation, l'expansion et le dynamisme de la ville. Je te parlais des charrettes il y a un instant, mais il y avait encore mieux, c'était les ânes.

— Des ânes ? Des animaux ou des gens ? dit Mélanie en riant

— Des animaux, des animaux, parmi les gens il y en avait aussi sûrement mais ils étaient moins visibles. Des bourricots, il y en avait partout, ils pouvaient se faufiler dans les petites rues et portaient des charges assez conséquentes. Les galets et le gravier par exemple étaient extrait du lit des rivières toutes proches et pour les apporter jusqu'aux charrettes, on utilisait des ânes. Chaque animal avait deux paniers, un de part et d'autre, qui étaient remplis de matériaux. Dès que les paniers étaient pleins, les bêtes remontaient les berges jusqu'à la route sans même avoir besoin d'un homme pour les conduire tellement elles étaient habituées. C'était un défilé incessant, une queue à n'en plus finir. C'était leur travail une bonne partie de la journée.

— Pauvres petits ânes, ils n'avaient pas une vie enviable. La mécanisation a eu du bon pour les bêtes de somme.

— Certainement, ils ne devaient pas vivre bien longtemps. Tiens, tu ne nous servirais pas un petit café s'il te plait ?

— Bonne idée, je vais chercher ça dans la cuisine. Vous, euh, zut, tu veux quelques chose à grignoter aussi ?

— Non, merci, un café seulement.

Simone souriait, elle se leva pour se dégourdir les jambes et alla jusque la fenêtre qui était restée ouverte.

— C'est vraiment étonnant le temps qu'il fait aujourd'hui par rapport à hier. Il faudra aller faire un tour dehors dans le jardin avant le repas. Nous avons encore le temps non ?

Mélanie revint à ce moment.

— Le temps de quoi ?

— Je disais que nous aurions le temps d'aller marcher quelques pas dans le jardin avant le repas, il n'est que dix heures et demi. Pour midi, c'est le rosbeef n'est ce pas, ce n'est pas bien long à cuire. Si je le met au four pour douze heures quinze, ce sera très bien.

— Ah bon, c'est toi qui prépare le repas aujourd'hui Mamie ? Et bien c'est parfait. Oui, nous aurons largement le temps d'aller dans le beau petit jardin. Prenons notre café et allons y, nous pourrons continuer en marchant ou assises sur un banc.

Les deux femmes avalèrent leur breuvage en faisant attention de ne pas se brûler, puis elles allèrent se chausser et se déplacèrent parmi la végétation fleurie dont profitaient aussi quelques oiseaux. Simone avait pris sa canne. Mélanie resta la regarder, interrogative.

— Oui, je ne sais pas pourquoi j'ai pris ça, dit Simone, en riant, l'habitude quand je sors de chez moi sans doute, ou pour faire « genre » !

Simone et Mélanie déambulaient doucement, la discussion reprit :

— Non, sur l'école, il n'y a pas grand-chose à dire, j'ai suivi la scolarité normale, sans problème particulier jusqu'au bac que j'ai eu juste avant mes dix huit ans en 1936. C'est vieux hein !

— Avec mention certainement ?

— Oui, j'ai eu une mention très bien, j'étais une fille sérieuse qui apprenait bien tu sais !

— Alors ça, je n'en doute pas une seconde. Je vois bien le niveau que tu as. Tu as continué tes études après évidemment ?

— J'aurais bien voulu, il en a même été fortement question. J'aurais aimé faire des études de droit, la profession d'avocate m'aurait bien plu, sans doute pour défendre les injustices comme Dominique, mon père. Mais à cette époque, le droit était peu apprécié par les jeunes filles, et en Algérie, il n'y avait qu'une seule université à Alger, les places étaient chères et les filles n'étaient pas prioritaires. Pour la majorité des gens, le fait qu'une fille puisse avoir son bac, c'était déjà énorme, et largement suffisant puisque notre avenir était de se marier et d'avoir des enfants. Mes parents avaient pensé aussi que j'aurais peut être pu venir en France, chez mon frère Louis, à Marseille. Mais 1936, ce fut le Front populaire. Alors même si bien sûr mon père était aux anges que la gauche arrive au pouvoir, il y eut des mouvements de grève, un peu partout, les grèves de la joie comme on disait alors, mais les colonies, et notamment l'Algérie, n'étaient toujours pas soumises aux mêmes règlementations. Donc, j'ai été bloquée pour poursuivre des études supérieures malheureusement. Je suis arrivée une année trop tôt ou une année trop tard.

J'ai aussi gardé un regret du temps de l'école et du lycée, celui de ne pas avoir appris l'arabe. J'avais fait du grec, du latin et de l'anglais mais pas d'arabe. Pourtant mes parents le parlaient un peu et dans mon entourage, certains couramment. Lorsque je m'en suis rendue compte, j'avais déjà quinze ou seize ans, c'était un peu tard. Nous n'avions pas été mises en situation, ni moi ni mes copines pour apprendre la langue locale, c'est bien dommage. Il faut dire que ce n'était pas évident non plus, nous vivions dans un univers européen où tout le monde parlait français, nous allions à l'école française depuis toujours et finalement nous n'avions pas beaucoup d'échanges avec les enfants arabes de notre âge. Ils étaient extrêmement rares ces enfants à aller au lycée,et ceux qui y parvenaient faisaient tout pour oublier leur langue maternelle.

— Vous, euh, tu dois connaître quelques mots tout de même ?

— Oui, bien sûr, enfin j'en ai oublié beaucoup depuis, tu sais, lorsque tu ne pratiques pas une langue, tu l'oublies assez rapidement. Tu vois, mes parents parlaient souvent Breton à la maison, c'est ma langue maternelle, c'est la première que j'ai parlée, et bien je suis incapable maintenant de dire quoique ce soit. Quelques mots évidemment par ci par là mais loin d'une conversation. Pour l'arabe c'est pareil, le grec et le latin servait surtout pour les études, se sont des langues mortes. Il ne reste que l'anglais que je parviens encore à déchiffrer, il y en a partout autour de nous de toute façon, on entend des mots british pour tout, même lorsqu'il y a des mots français tout à fait convenables qui pourraient être utilisés.

— Tu as fait quoi, alors puisque malheureusement tu ne pouvais pas aller à la fac ?

— Et bien j'ai trouvé tout de suite un travail dans une banque, dès le mois d'août ! J'étais contente d'avoir un travail, mais en même temps je rageais un peu car je ne pouvais pas profiter de ce mois pour aller à la plage avec mes amies. Il y avait eu le mois de juillet, d'accord mais j'aurais bien apprécié d'avoir deux mois. La plage de St Cloud était assez jolie avec des petites cabanes en bois sur pilotis que l'on pouvait voir tout le long de la corniche. Ces petites maisons étaient même suffisamment grandes pour que les gens y passent la nuit de temps en temps. A partir du mois d'avril, certains se baignaient, et cela jusqu'en octobre. C'était la plage la plus fréquentée car la plus proche du centre ville qui n'était qu'à deux cent mètres.

— Et il était comment ce centre ville, joli ?

— Il y avait seulement deux entrées principales pour arriver à Bône. Les routes de la plaine, au Sud, , aboutissaient à la porte de Constantine ou celle du Marché. C'est la place d'Armes qui était le vrai centre de la vie sociale, les rues rayonnaient à partir d'elle et l'activité commerciale se prolongeait vers la porte de la mer, la porte du commerce, jusqu'à celle du Marché par la rue de Constantine.

Cette rue, était le centre de la vie économique, dans les petites rues voisines se tenaient des activités annexes. Il y avait d'autres rues commerçantes comme la rue Gambetta et la rue Lemercier. Ou encore la rue Bugeaud bordée par les halles centrales, c'est l'artère principale pour le commerce d'alimentation. La rue parallèle, à l'Ouest, la rue Maillet abrite la vente des produits d'alimentation musulmane et, toujours en parallèle de la rue Bugeaud, mais à l'Est, se trouve la rue Mesmer qui regroupe les commerces de tissus et notamment les boutiques tenues par les marchands juifs.

Mais Bône, c'est d'abord le Cours Bertagna. C'est une grande esplanade au pied des anciens remparts qui ont d'ailleurs été conservés. Le Cours Bertagna c'est l'axe principal qui relie les vieux quartiers et les nouveaux, mais c'est surtout là que se concentrent toutes les activités administratives et les banques. C'est ici que l'on trouve les PTT, le tribunal, la Préfecture, les Impôts, les Ponts et chaussées. Pratiquement toutes les compagnies d'assurances et les banques ont également pignon sur rue sur le Cours, le Crédit Lyonnais, la Société Générale, le Crédit foncier ou la Banque d'Algérie et de Tunisie.

Sur le Cours Bertagna les immeubles offrent des arcades qui forment une galerie tout au long de la façade orientale qui abrite la quasi totalité des commerces de luxe. A l'ouest, ce sont les terrasses des brasseries et des cafés qui profitent de l'ombre des ficus et des palmiers et qui reçoivent le flux des fonctionnaires et des employés. Tout proche, la rue Maillot regroupe les restaurants à la mode et les hôtels confortables.

Et par ce Cours Bertagna, tu arrives au port, là où mon père travaillait. Ma mère elle, avait trouvé un petit boulot à temps partiel dans la cuisine d'un restaurant, elle n'y était que pour le service du midi, cela lui allait très bien. Elle n'avait pas vraiment besoin de travailler sur le plan pécuniaire, mon père gagnait bien sa vie, mais elle voulait avoir une activité et garder une certaine indépendance. Son entente avec mon père était toujours aussi bonne, ils avaient gardé une complicité remarquable, ils se soutenaient dans toutes les circonstances. J'ai eu une enfance très heureuse avec eux.

— Ça paraît bien comme ville, vivante, avec de l'activité. A quelle banque tu as travaillé, une de celles du Cours Bertagna, ou bien ailleurs ?

— J'ai été recrutée à la Banque d'Algérie et de Tunisie. Sans doute parce que je connaissais les deux pays. Et ce que j'ai trouvé remarquable, c'est qu'ils m'ont tout de suite considéré comme une employée comme une autre. Ce que je veux dire c'est qu'ils n'ont pas tenu compte du fait que je sois une femme, comme souvent dans ce genre d'entreprise, il existe un certain mépris, les hommes étant mieux considérés et mieux payés. Ici, non, égalité parfaite, même pour le salaire, et ils ont profité de mon niveau d'études pour me donner un poste en adéquation. Beaucoup des employés n'avait que le niveau du certificat d'études, enfin, pour l'époque, c'était déjà pas mal !

J'ai eu une chance inouïe dès mon premier emploi. J'ai donc eu assez vite des responsabilités. J'ai commencé par monter des dossiers de prêts pour financer l'agriculture, et surtout les vignobles. J'ai trouvé cela intéressant, et je ne devais pas trop mal me débrouiller car au bout de quatre ans, j'ai été muté à Constantine à la tête d'une équipe de trois personnes pour étudier les dossiers de financement pour l'industrie. J'étais fier de moi, même s'il m'a fallu quitter Bône et prendre un appartement à Constantine. Mais je revenais tous les vendredi soir chez papa et maman, jusqu'au dimanche. Les deux villes ne sont pas très éloignés.

Parfois, c'est eux qui venaient chez moi, j'avais de la place pour les recevoir, et j'en étais fier, tu penses bien. J'avais vingt deux ans, et je gagnais très bien ma vie déjà. Malheureusement, la guerre avait débuté depuis un an, nous avions appris que Louis avait été fait prisonnier par les Allemands, Maria Tosca nous avait écrit. Pour nous, la vie était tout de même assez correcte, encore une fois la famille était loin du front, c'est du moins ce que nous pensions. Nous n'avions que le régime de Vichy à subir, c'était déjà suffisant.

Ici, Mélanie vit le visage de Simone changer d'expression, presque imperceptiblement et elle voulue s'assoir sur un banc un peu en retrait du petit cheminement. *Oh, là, il s'est passé quelque chose de moins joyeux,* pensa-t-elle, *Simone change de tête.*

— Dominique, mon père travaillait toujours au port, il avait parfois des difficultés pour recevoir les bateaux ou les faire partir mais il faisait face. Cependant il devait être très vigilant car en tant que syndicaliste, il était très surveillé par les autorités. Il aurait même très bien pu être arrêté ou assigné à résidence s'il n'avait pas occupé un emploi bien spécifique dans lequel on ne pouvait pas le remplacer, mais il était surveillé.

Le régime de Vichy avait retiré tous leurs droits aux Juifs, confisqué tous leurs biens et retiré la nationalité française à ceux qui l'avaient obtenue. Mon père devait se présenter à la gendarmerie toutes les semaines et demander l'autorisation pour quitter Bône, pour venir me voir à Constantine par exemple. Ma mère faisait toujours quelques plats dans le restaurant, quant à moi, l'activité avait baissé, les projets à financer étaient moins nombreux mais j'avais toujours de quoi faire.

— Les Allemands et les Italiens de Mussolini n'ont pas été à Bône, vous n'avez pas été occupés comme en France ?

— Non, pas de la même manière, mais tu sais, parmi la milice qui existait aussi là-bas, certains étaient très zélés, ils en faisaient autant, voir plus que les nazis. Mais non, ni les Allemands ni les Italiens ne sont venus nous occuper comme tu dis. Les Italiens avait voulu envahir l'Egypte, alors tenue par les Anglais, mais n'y étaient pas vraiment parvenus. Les Allemands sont arrivés ensuite, notamment en Libye avec Rommel dont tu as sans doute entendu parler. C'est surtout dans ces deux pays qu'il y a eu des batailles dans un premier temps.

Au début du mois de novembre 1942, les Américains et les Anglais ont débarqué au Maroc et en Algérie. Les Français partisans de Vichy ont vite accepté un cessez le feu. C'était pour la plupart des fantoches, ils étaient forts avec les faibles mais faibles avec les forts. A ce moment là, les Allemands ont envahis la Tunisie qui était française et ils lançaient des attaques contre l'Est de l'Algérie. Les Alliés ripostaient, et sont parvenus à reprendre la Tunisie au début du mois de mai 1943 en faisant plus de 250 000 prisonniers Allemands.

Simone arrêta son récit et sanglota. Encore une fois, ses souvenirs rouvraient des plaies. Mélanie lui prit la main doucement, la caressa et lui demanda :

— Il s'est passé quelque chose à ce moment là hein ? Quelque chose de terrible ?

Simone pleurait toujours, elle tenait fermement la main de la jeune fille qui lui tendit un mouchoir de papier.

— C'est mon père, papa, il est mort à ce moment là.

— Ton père, mais comment, avec les gendarmes, la milice ? Mais non puisque les Alliés étaient arrivés. Comment alors ?

La détresse de la vieille femme faisait mal à Mélanie qui se demanda si elle non plus n'allait pas fondre en larmes. Simone reprit lentement, en s'essuyant les yeux.

— Quand les Alliés ont débarqués, je crois que c'était le huit novembre, les Allemands comme je te l'ai dit tout à l'heure, se sont regroupés en Tunisie pour tenter de riposter. Et bien ils l'ont fait, le treize novembre 1942 a eu lieu le premier bombardement sur Bône, c'était un vendredi, un vendredi treize qui n'a pas porté chance aux nombreuses victimes dont beaucoup d'écoliers. C'était le port qui était visé mais leurs tirs n'étaient pas très précis et les bombes tombaient bien souvent aux alentours et faisaient des victimes innocentes. Ils bombardaient avec des avions à partir de Bizerte et les Américains et les Anglais n'avaient pas encore eu le temps d'installer la défense aérienne. Il n'y en avait pas beaucoup, les canons de la DCA devaient être bougés suivant les besoins, les militaires utilisaient eux aussi des mulets pour déplacer le matériel.

Moi, j'étais resté à Constantine, mais mes parents étaient toujours à Bône. Après les deux ou trois premiers bombardements, j'ai obligé ma mère à venir se réfugier chez moi, mais mon père n'a rien voulu savoir, seul son devoir importait pour lui. Le port de Bône a subit des largages de bombes massifs et intensifs. Quand la DCA tirait, on aurait cru à un feu d'artifice, de Constantine, le ciel s'éclairait, il y a dû y avoir deux cents ou trois cents avions abattus, c'est pour te dire les moyens qui étaient en œuvre.

Et c'est au cours d'un de ces bombardements qu'un engin explosif s'est abattu sur le bâtiment où se tenait Dominique, mon père. Il fut tué sur le coup, c'était le huit janvier 1943 en fin d'après midi, il avait cinquante sept ans. Ma mère et moi avons été prévenu le lendemain. Nous sommes allées récupérer le cercueil le dix janvier, son corps n'était même pas visible et nous l'avons enterré au cimetière de Constantine où il repose toujours. Son destin l'avait rattrapé, il avait échappé aux balles et aux bombes Allemandes durant la première guerre mondiale, mais c'est tout de même loin de son pays natal qu'il succombera.

Ma mère a eu énormément de mal à s'en remettre, je pense qu'elle ne s'en est jamais remise en fait, elle était tellement attachée à son mari, ils avaient vécu tant de choses ensemble. Elle est restée à Constantine à partir de ce moment là, chez moi.

En mai 1943, les Alliés ont repris la Tunisie, la guerre était terminée pour nous. Il a fallu repartir de l'avant, mon père avait souscrit depuis plusieurs années une assurance décès qui laissait à Clarisse, sa femme de quoi ne pas se soucier de l'avenir sur le plan financier. Elle a aussi revendu la maison qu'ils avaient acquis sur la corniche à Bône, elle ne voulait plus y retourner.

— Je comprend, cela a du être terrible pour vous. Quand on perd quelqu'un de maladie, on a un peu le temps de se préparer, si l'on veut, mais quand c'est brutal comme ça, c'est beaucoup plus dur. J'en sais quelque chose malheureusement.

— Comment ça, ma petite fille ?

— Il y a une douzaine d'année, mon père à moi aussi est mort dans un accident de voiture. Il rentrait de son travail le soir quand un conducteur ivre a percuté sa voiture de face. Mon père a été transporté par les pompiers à l'hôpital de Vannes mais il était déjà mort à son arrivée. L'homme en face qui était avec une grosse voiture n'a même pas été blessé. C'était un chef d'entreprise qui venait de signer un gros contrat je crois et qui avait arrosé ça, un peu trop !

— Beaucoup trop même, vu le résultat de son accident. Oui, tu comprends ma peine alors puisque tu as vécu cela aussi, c'était encore pire pour toi, tu étais plus jeune et rien ne laissait prévoir cet accident. Pour Dominique, mon père, nous savions bien, et lui aussi, qu'il y avait un gros danger à continuer d'aller à son travail sur le port. Il y avait eu quelques bombardements déjà depuis deux mois.

— Moi, j'avais dix huit ans, je venais d'avoir mon permis de conduire, j'ai mis je ne sais combien de temps par la suite avant de pouvoir me mettre au volant, actuellement ça va, je suis un peu plus rassurée. D'ailleurs je ne prend pas souvent ma voiture, ici il y a les transports en commun. Ma mère a accusé le coup aussi, mais leur couple n'allait plus très bien depuis un moment. Elle s'en est remise peut être plus facilement, je ne sais pas, je ne lui ai jamais posé la question.

— Cela a certainement été dur pour elle malgré tout, quand on a partagé la vie de quelqu'un pendant plusieurs années, même si l'entente n'est plus bonne, il reste toujours des liens et des souvenirs, ils ont certainement vécu des bons moments. Ils avaient eu trois enfants aussi, c'est exact n'est ce pas, tu as deux frères si je me souviens bien.

— Oui, deux frères plus jeunes que moi. Bon, ben, c'est la vie, pas toujours très gaie. Si nous rentrions maintenant Mamie, je crois que tu as du travail dans la cuisine.

— Oui, tu as raison, nous n'allons pas rester nous morfondre sur ce banc, allons-y, rentrons, j'ai à faire.

Simone et Mélanie regagnèrent l'appartement, il était à peine midi. La Mamie s'occupa du repas, la jeune fille dressa la table.

— Je vais tout de même m'habiller un peu mieux, je ne vais pas rester en jogging, certes je suis à l'aise mais nous sommes dimanche, il faut un peu de tenue pour passer à table.

— Ah oui, c'est dimanche. Au fait, il faisait quel poids le rosbeef ?

— Juste cinq cent grammes, pile ! Je ne sais pas si le boucher à fait exprès mais il y est arrivé juste. Ah, je ne t'ai pas raconté non plus, ce matin.

— Quoi, que s'est-il passé ?

— En passant devant la boucherie ce matin au retour de la boulangerie, j'ai fait un grand salut au boucher qui regardait dehors au moment de mon passage. Tu sais comment il est, toujours à plaisanter, il s'est mis alors à me faire des grands gestes. Tu aurais vu le regard que lui a lancé sa femme ! Ça m'a bien fait rire.

Simone se mit à rire de bon coeur.

— Oui, il est toujours très gai, sa femme elle, est toujours un peu coincée. Effectivement, ça devait être amusant de la voir ainsi.

Les deux femmes passèrent à table, commençant par l'entrée, puis, Mélanie alla chercher la viande et le gratin qui avait été réchauffé ensemble. Elle découpa deux tranches de boeuf pour chacune, servit Simone puis elle-même et se réinstalla sur sa chaise.

— Veux tu un peu de vin rosé ? Il en reste d'hier soir.

— Pourquoi pas, un demi verre avec ce bon repas si bien préparé.

Mélanie se releva pour faire le service.

— La viande est toujours très bonne chez ce boucher, très tendre, et le gratin également est fameux.

— Très bonne en effet, je me régale, dit Mélanie.

— Il y avait du monde dehors ce matin ?

— Non, pas trop. J'étais assez tôt pour un dimanche aussi mais la vie du quartier commençait doucement à se réveiller. C'est très agréable, j'ai l'impression que ce jour là les gens sont plus aimables, ils prennent davantage leur temps, ils profitent de l'instant.

Le repas se poursuivit ainsi, tranquillement. Visiblement l'atmosphère était redevenue plus détendue, l'anecdote que Mélanie avait racontée y avait contribué, c'était le but recherché. Mélanie rajouta :

— Et après la guerre, alors, tu as progressé encore à la banque ?

— L'activité a vite reprit, il y avait du retard à rattraper, l'économie devait se développer encore. Je suis devenue chargée d'affaires pour l'industrie, pour toute la région de Bône et Constantine, l'Est de l'Algérie en fait, avec quelques relations avec la Tunisie, mais pas assez à mon goût. Je souhaitais faire davantage d'affaires avec ce pays dans lequel j'avais passé toute ma petite enfance. C'est à ce moment là, il me semble que c'était en 1948 ou 49, que j'ai eu l'opportunité d'aller en formation à Alger pendant six mois. La direction de la Banque d'Algérie et de Tunisie cherchait une personne pour justement augmenter le portefeuille dans la capitale de ce pays. J'ai donc sauté sur l'occasion.

Ma mère, Clarisse était dans une bonne période, cela fluctuait parfois, mais globalement elle allait bien mieux, elle a mis énormément de temps cependant à se remettre du décès de mon père, tu vois, nous étions en 48 et il était mort en 43, cinq ans avant. Mon métier me faisait bouger pas mal, elle était assez souvent seule et il a fallut du temps pour qu'elle sorte et rencontre d'autres personnes. C'est venu petit à petit et j'ai donc réussi à partir sur la capitale. Je rentrais tout de même tous les quinze jours, je n'avais pas d'amoureux, je donnais tout pour mon travail. Et pour le bien être de ma mère aussi.

— Tu t'es un peu sacrifiée pour elle finalement.

— Non, pas vraiment, je l'aidais comme je pouvais mais je poursuivais ma carrière en même temps. Je pense, avec le recul, que c'est mon poste à responsabilité, tout de même, qui faisait un peu peur aux hommes qui auraient pu s'intéresser à mon humble personne. En toute modestie, nous n'étions pas énormément de femme à avoir un poste comme le mien à cette époque, et je crois aussi que beaucoup de garçon devaient penser que si j'étais à ce niveau là, je ne devais pas être très rigolote en dehors du boulot non plus.

Simone se mit à rire,

— Mais aucun n'a tenté sa chance tout de même ?

— Peut être, mais bien trop timidement, car je ne l'ai pas remarqué celui là !

A Alger, pendant six mois, j'ai rencontré un homme charmant, très compétent.

— Ah, le voilà !

Simone riait toujours,

— Nonnn, celui là c'était le directeur de la banque à Alger qui m'a pris sous sa coupe pour me former. Mais finalement, tu n'est pas si loin que cela, car cet homme s'appelait Monsieur Marius Bertrand.

— Oui, et alors, demanda Mélanie, c'est qui Marius Bertrand ?

— Et alors ? Et bien c'était le père de René Bertrand, mon futur mari.

Mélanie resta bouche bée, Simone riait de plus belle, elle ne pouvait plus s'arrêter en regardant la tête que faisait Mélanie.

— Le père de votre futur, de ton futur mari ! Mais dis donc Mamie, toute ta vie tu as eu des coïncidences curieuses tout de même, c'est étonnant ça !

— Oui, ce n'est pas faux, je n'y avais jamais pensé mais maintenant que tu me fais la remarque, je dois me rendre à l'évidence. Mais finalement, est-ce que ce n'est pas ça la vie ? Les coïncidences sont souvent là, tu sais, mais nous n'y prêtons pas assez attention peut être, tout simplement.

— Là on part dans la philosophie, je ne pourrais pas suivre.

— Au siège de la banque à Alger, j'ai acquis de nouvelles compétences qui m'ont permis d'avoir le poste en Tunisie. Je suis donc retournée sur Tunis cette fois, j'étais devenue la numéro trois de la banque dans le pays, chargée du développement de l'industrie et des transports. Les banques finançaient tous les gros travaux d'infrastructures importants, notamment le chemin de fer avec l'agrandissement du réseau par exemple. Et c'est là que l'on retrouve René Bertrand qui lui aussi était en poste à Tunis. Mais nous parlerons de cela bientôt.

—Ta mère est restée toute seule à Constantine à ce moment là ?

— Oui, elle allait bien à ce moment là, enfin, plus ou moins, elle était contente pour moi. Elle est venue parfois lorsque j'avais des congés jusque chez moi en Tunisie. Nous allions nous promener jusqu'à Ferryville et Bizerte, nous avons retrouvé des gens que nous connaissions, Clarisse était très contente de les voir, cela lui rappelait les belles années passées dans cette région. Elle n'était pas âgée, elle n'avait pas soixante ans, elle était en forme, physiquement, même si elle gardait toujours une petite mélancolie du souvenir de son époux.

— C'est toujours pareil de toute façon, quand quelque chose de bien vous arrive, souvent il y a derrière un petit côté qui chiffonne. Ta mère devait être très heureuse de retrouver des gens qu'elle avait connu durant les années de bonheur avec toute sa famille à Ferryville, mais en même temps, son mari n'était plus là, son fils non plus. Elle devait avoir un petit coup au moral quand elle retournait à Constantine.

— Oui, sans doute mais rappelles toi que lorsque l'on tombe, il faut se relever tout seul, sinon on peut attendre longtemps. Je lui redisais cette phrase de ma tante Phine de temps en temps, c'était la vie, la vie qu'avaient choisi mes parents à une certaine époque. Il y avait eu du bon, il y avait parfois du mauvais aussi, c'est pareil pour tout le monde. La vie a continué ainsi jusqu'au vingt cinq mai 1951, date à la laquelle ma mère est décédée à son tour.

— Aïe, Aïe, Aïe, ne put s'empêcher de dire Mélanie, encore une épreuve.

Les larmes coulaient à nouveau sur les joues de Simone, cependant elle poursuivait son récit.

— Encore, oui. Cependant je dois t'avouer que si j'étais triste bien évidemment, qui ne l'est pas lorsque sa mère disparaît, je n'étais pas vraiment surprise non plus. Depuis la mort de mon père, une partie de Clarisse s'était évanouie, elle n'avait plus le même comportement, vivre était devenu une épreuve pour elle. Je voyais bien qu'elle faisait son possible pour ne rien laisser paraître, surtout devant moi, elle m'encourageait tout le temps, était toujours d'accord pour que je la laisse seule lorsque mon travail m'obligeait à me déplacer et même à m'installer à Tunis en 1950. Je faisais mon possible pour lui rendre visite le plus souvent que je pouvais à Constantine, elle me disait tout le temps que tout allait bien, qu'elle était très heureuse, mais je voyais un laisser aller dans l'appartement, dans sa manière de s'habiller.

Maman est morte un vendredi matin vers onze heures. Il était prévu que je vienne passer le week end avec elle. J'ai reçu un télégramme de la police au début d'après midi et je suis venu tout de suite bien sûr, mais c'était trop tard. J'ai prévenu mon frère Louis par télégramme également, il n'y avait que cette façon de faire pour envoyer des messages rapidement à cette époque, le téléphone n'était pas encore si développé que cela. Louis m'a répondu assez vite qu'il allait venir avec sa femme, Maria Tosca, il a trouvé un bateau pour faire la traversée le dimanche, mais il fallait vingt quatre heures pour venir de Marseille !

Nous avons réussi à faire l'enterrement le lundi en fin de journée. Il fallait faire assez vite, le climat de l'Algérie est plutôt chaud déjà à la fin du mois de mai, les corps des défunts s'abîment vite. C'est ainsi que j'ai eu l'occasion de revoir mon frère et de faire la connaissance de ma belle sœur, douze ans après leur mariage.

Ma mère a été enterrée avec son mari au cimetière de Constantine qu'elle fréquentait assidument depuis des années, elle devait aller trois ou quatre fois par semaine sur la tombe de son cher Dominique. En fait, elle était dépressive, tu l'avais compris, j'avais demandé à un médecin de la suivre, elle y allait régulièrement, j'en ai eu confirmation par la suite avec ce docteur, mais il m'a dit aussi que ma mère avait déjà fait deux tentatives de suicide par médicaments durant mes absences. Je n'en avais jamais rien su car elle avait été trouvée assez tôt après son geste et lorsque moi j'arrivais une quinzaine de jours plus tard, tout semblait aller pour le mieux. J'ai un peu culpabilisé au début, mais je n'aurais rien pu faire de toute façon, quelque part, ma mère était mieux maintenant qu'elle avait retrouvé Dominique.

Louis et Maria Tosca sont restés deux ou trois jours seulement, ils devaient retourner en France pour reprendre leur travail, c'est pendant ce temps que nous avons échangé sur notre passé, et notre présent comme je vous l'ai déjà raconté hier. Mais dès ce moment là, j'ai bien vu que nous n'avions plus grand-chose en commun, et même plus rien maintenant que nos deux parents étaient partis. Cela c'est vérifié par la suite comme tu l'as vu.

La succession de mon père et de ma mère avait déjà été réglée lorsque Clarisse avait revendue la maison de Bône, mais j'ai tout de même été obligée de montrer tous mes papiers à Louis pour prouver que la propriétaire de l'appartement de Constantine c'était moi, c'était normal tu me diras. J'hébergeais notre mère dans un bien que j'avais acquis toute seule lorsque j'avais commencé à travailler. Je ne sais pas s'ils étaient venu simplement pour l'enterrement de notre mère ou en espérant en retirer quelque chose en retour.

— Ah bon, c'est l'appât du gain qui fait qu'ils se seraient déplacés de Marseille, tu crois ?

— Je n'en suis pas certaine, pas uniquement sans doute, mais en partie, j'en suis persuadée. Ils semblaient vraiment incrédules et déçus devant les preuves que je leur montrais, l'atmosphère en leur présence n'était pas très saine. Pourtant, ils ne sont pas partis les mains vides, car, tu te souviens, mon père avait une assurance décès, et ma mère touchait tous les mois une pension. Je ne lui faisais pas payer de loyer évidemment et les seules dépenses qu'elle avait c'était pour sa vie de tous les jours quand elle était seule durant mes absences. Elle mettait ainsi les trois quart de sa rente de côté depuis 1943. Et puisque je travaillais dans une banque, je faisais fructifier cet argent. J'ai été transparente avec mon frère, il a eu accès à tous les documents de notre mère et même les miens, et je t'assure qu'ils sont repartis avec la promesse d'un beau petit pactole tout de même, qu'ils ont touchés quelques semaines plus tard. Je suis convaincue qu'ils sont repartis en pensant que je leur cachais quelque chose, pour eux, avec le métier que je faisais, auquel ils ne comprenaient rien, j'avais eu la possibilité de les spolier.

— Alors que finalement, tu étais en droit de demander une participation à ta mère pour tout le temps durant lequel tu l'avais hébergée chez toi.

— Je n'y avais même jamais songé. C'était normal pour moi, je n'étais pas seule, elle non plus, voilà, c'était une raison suffisante. En plus, je gagnais très bien ma vie, je n'avais pas besoin de l'argent de ma mère, j'aurais même eu honte. Mais bon, les gens sont ce qu'ils sont, que veux-tu ! Cela fait malgré tout un peu de peine lorsqu'il s'agit de ta propre famille.

Pendant la narration de Simone, le repas s'était terminé depuis un petit moment. Mélanie se leva pour envoyer les assiettes et les couverts jusque dans la cuisine. Elle revint pour disposer des assiettes à dessert et retourna chercher les tartelettes aux fraises.

— Je fais les cafés maintenant Mamie ?

— Non, attends un peu, nous allons déguster cela d'abord et nous nous installerons tranquillement dans le salon. Non ? Ce n'est pas mieux ? Qu'est ce que tu en dis ?

— J'en dis que tu as encore raison, comme toujours, toutes les bonnes idées viennent de toi !

— Oh, la pauvre martyre ! C'est tout de même toi qui a décidé du menu de ce dimanche, et tu as très bien fait, nous avons très très bien mangé, c'était excellent. Je suis obligée de te faire des compliments sinon tu vas me faire la tête toute l'après midi.

Les deux femmes se mirent à rire et se précipitèrent sur les tartelettes qui furent avalées en un rien de temps.

— Il n'y en a plus ? demanda Simone, elle était bonne, j'en aurais bien mangé deux.

— Gourmande ! Allez, Madame est demandée au salon pour le café !

Chacune à sa place, face à face, les tasses fumantes devant elles sur la petite table, la conversation se poursuivit.

— Tu est repartie sur Tunis après alors ?

— Oui, j'ai vidé l'appartement de Constantine et je l'ai revendu. Je n'avais plus grand-chose à faire dans cette ville, s'il fallait que j'y revienne, c'était pour aller sur la tombe de mes parents, parfois pour le travail, et dans ce cas, il y avait des hôtels payés par la banque lorsque nous étions en déplacement. Tout comme lorsque j'allais au grand siège à Alger. J'avais toujours des comptes à rendre au directeur qui m'avait formé, Monsieur Bertrand. C'est à Alger que j'ai rencontré son fils, René, la première fois, en 1954 ou 55. Oui, c'était en 55, il commençait à y avoir des troubles liés aux revendications pour l'indépendance de l 'Algérie. Mais René n'habitait pas à Alger, il était à Tunis aussi, comme moi.

— C'est là que commence l'histoire d'amour ! dit Mélanie en regardant Simone d'un œil malicieux.

— Je vais te raconter ça, et son histoire à René aussi, tu vas voir, c'est assez passionnant.

Chapitre IX

René Bertrand

— La première fois que j'ai vu René, c'était à Alger comme je te l'ai dit tout à l'heure. J'y passais quelques jours au siège de la banque, et en fin de semaine, avec mes collègues, nous étions aller boire un verre dans un café où ils avaient leurs habitudes. Le directeur, Monsieur Bertrand père, Marius, nous avait accompagné. C'était un homme âgé, il travaillait toujours alors qu'il avait plus de quatre vingt ans. C'était un homme charmant, vraiment, très courtois. Il avait une autorité naturelle mais il restait toujours bienveillant avec chacun et je t'assure que tout le personnel l'aimait beaucoup et le respectait.

Son fils René était sur Alger à ce moment là, en congé peut être, je ne me souviens pas et il a rejoint son père au café dans lequel nous étions. Nous avons été présenté bien sûr, lui aussi avait une belle prestance. Il était assez grand, fin, un front large avec des cheveux châtains clairs, crantés, un visage long avec un nez rectiligne. Ses yeux gris-verts vous regardaient de manière très poli, sans insistance. Il était habillé d'un joli costume de flanelle, il était très élégant.

— Ça sent le coup de foudre là, Mamie !

— Je n'irais pas jusque là tout de même, mais je dois dire qu'il ne me laissait pas insensible, je crois que c'est le premier homme qui me faisait cet effet là. Son père a engagé la conversation sur le fait que nous étions tous les deux à Tunis, René et moi. Nous avons pas mal discuté, le courant passait bien entre nous, il paraissait plus vieux que moi, et il l'était effectivement, mais ce n'est pas ce jour là que je l'ai su. Il m'apprit qu'il était ingénieur et travaillait aux chemins de fer, chargé de toute la région Nord de la Tunisie, et il habitait rue du Portugal à Tunis. C'était à deux pas de la gare évidemment, mais aussi de l'hôtel qui m'hébergeait dans la capitale tunisienne. Après avoir vendu l'appartement de Constantine, j'étais dans un hôtel puis, assez rapidement, j'ai loué un duplex non loin du port de Tunis, toujours dans le même quartier, près de toutes les commodités et non loin de mon travail.

Le dimanche après midi suivant, je suis rentré à Tunis et j'ai repris mon travail comme d'habitude. Les dossiers ne manquaient pas, il fallait impérativement terminer les projets en cours au plus vite car Mendes-France, le chef du gouvernement français dont tu as peut être entendu parlé, avait annoncé que la Tunisie avait vocation à devenir indépendante. Les revendications étaient nombreuses dans ce sens depuis quelques années. Il y avait eu quelques attaques des intérêts français aussi mais cela restait bien moins virulent qu'en Algérie où la violence devint très importante.

Je ne suis retournée à Alger qu'une seule fois ensuite, au début de 1956, il était devenu bien trop périlleux de voyager, surtout pour une femme seule.

— Et René, vous l'avez revu en Tunisie ?

— Je l'ai rencontré effectivement environ deux ou trois mois après notre première rencontre à Alger. J'étais avec des camarades de la banque à la terrasse d'un café, encore tu vas me dire. Nous quittions l'établissement lorsque René est passé sur le boulevard, non loin de l'ambassade de France Nous étions en soirée, je t'avouerai que c'est moi qui l'ai interpellé, je ne pense pas qu'il m'avait vu. Il semblait très content de me revoir, et moi également.

— Ben tiens, dit Mélanie en faisant un clin d'oeil.

— Ne te moque pas de moi s'il te plait, dit Simone en mimant l'affront, sinon j'arrête là.

— Mais non Mamie, tu meurs d'envie de me raconter la suite, je te connais maintenant.

Simone sourit en hochant la tête affirmativement.

— Oui, je crois bien que tu m'as cernée. Je poursuis donc. René m'a proposé de prendre un verre avec lui, ce que j'ai accepté, puis, il m'a invité au restaurant. Je n'ai pas refusé non plus. Nous avons échangé sur notre travail qui devenait de plus en plus difficile du fait de la situation politique. Nous avions des échos de ce qui se préparait dans les hautes sphères, nous étions en contact assez fréquents avec les décideurs du fait de nos emplois qui étaient stratégiques. Nous faisions partie des négociations pour la transition vers l'indépendance du pays.

Finalement, notre diner ressemblait davantage à un repas d'affaires qu'à un rendez vous d'amoureux. Nous étions aussi emprunté l'un que l'autre, par timidité peut être, plus certainement par maladresse, nous étions deux vieux célibataires ne sachant comment nous y prendre. Pourtant il semblait bien que nous voulions tous les deux faire évoluer cette situation.

Nous débattions des meilleures solutions pour pouvoir continuer à vivre dans ce pays que nous aimions énormément tous les deux. Nous avions la volonté d'apporter ce que nous pouvions pour que la transition se passe le mieux possible en sauvegardant les intérêts des deux partis. C'est d'ailleurs ce que nous demandaient les autorités, tant françaises que tunisiennes. Assez rapidement, nous nous sommes rendus compte que René et moi avions la même vision, la même vue sur l'avenir, à savoir que nous devrions certainement quitter le pays à un moment donné, malheureusement, il était inutile de se faire des illusions.

Le temps passait, il était déjà assez tard lorsque nous nous sommes quittés. La ville n'était plus très sécurisée surtout à la nuit tombée, le climat étant tendu. René m'a accompagné pour rentrer jusque mon domicile. Cela était plus sûr, il était très galant, et nous avons alors prévu de nous revoir à l'occasion pour parler d'autres choses que de notre situation professionnelle.

Nos lieux de travail n'étaient pas très éloignés, et pourtant, nous ne nous sommes revus qu'une fois dans le mois suivant, et encore, rapidement, dans la rue alors que nous allions chacun à un rendez vous. Nous n'avions pas le temps d'échanger. Au début de janvier 1956, je suis aller pour la dernière fois à Alger comme je le disais il y a un instant. J'ai revu le père de René une dernière fois sur place. Celui-ci m'a mis la puce à l'oreille, lorsqu'il m'a dit que son fils lui avait raconté que nous nous étions vu à Tunis, et qu'il me trouvait très sympathique. D'ailleurs il était lui aussi à

Alger et devait rentrer en Tunisie le dimanche après midi comme d'habitude.

Moi, j'avais quelques jours de congé durant lesquels je pensais aller sur la tombe de mes parents à Constantine le lundi. Je pensais que c'était peut être la dernière fois que j'aurais pu m'y rendre, hélas, j'avais raison, ce fut la dernière fois. C'était trop dangereux ensuite de venir se promener seule dans une ville qui devenait de plus en plus hostile envers tout ce qui était français. Je m'étais ouvert de cette intention à Monsieur Bertrand qui lui même me fit part de ses inquiétudes pour l'avenir de sa famille.

Il semblait très triste, j'ai appris pourquoi peu de temps après. Les attentats étaient de plus en plus nombreux, les intérêts français étaient menacés, les colons également. C'est d'ailleurs pour cela que Monsieur Bertrand père était si angoissé, son fils Marc, le frère de René, était en très grand danger. Marc était agriculteur, du moins il s'occupait de la propriété agricole familiale, à une trentaine de kilomètres d'Alger, les colons isolés comme lui étaient les cibles privilégiées des terroristes.

Cette situation dura jusqu'en 1962, date de l'indépendance de l'Algérie et le rapatriement des Pieds Noirs. Marius Bertrand avait raison, ses inquiétudes étaient fondées, mais il mourut dans son pays en 1960, sa femme également, la même année, il ne fut pas obligé de vivre l'épreuve de l'exil.

J'ai quitté Alger en tout début de matinée le lundi, pour midi j'étais au cimetière de Constantine, sur la tombe de mon père et ma mère. J'ai beaucoup pleuré, je savais que je ne reviendrais plus, jamais. J'ai repensé à leur vie, à ma vie à moi aussi, avec eux, tout ce que je t'ai raconté en fait, mais nous, nous l'avions vécu réellement. Puis j'ai repris lentement le chemin de la gare pour regagner la Tunisie où j'étais davantage en sécurité, l'indépendance allait arriver vite, ce fut le cas dès le mois de mars de cette année 1956.

— C'était émouvant sûrement, et cette incertitude sur l'avenir aussi.

— Il n'y avait pas vraiment d'incertitude pour l'avenir tu sais, nous savions très bien ce qui nous attendait. Beaucoup de Français sont rentrés en France cette année là. Plusieurs ont fait semblant de croire qu'il était encore possible de vivre dans ce pays, des colons qui étaient agriculteurs surtout, qui étaient attachés à leur terre, mais ils n'ont eu qu'un peu de sursis. En 1962, ils ont été expropriés et ils ont dû fuir aussi, mais ça, c'était pour la Tunisie, en Algérie ce fut encore plus compliqué.

Sur le quai de la gare de Constantine, j'ai attendu mon train pendant près d'une heure, toujours attristée. Il n'y avait presque personne sur les quais, à cet instant je crois bien que j'ai réellement pris conscience que je me retrouvais seule. J'ai vraiment eu un sentiment qu'il n'y avait plus rien autour de moi, je n'avais plus de famille, même pas mon frère qui était si distant, je n'avais pas de tante, d'oncle, de cousin près de moi, ni ici, ni ailleurs non plus. Le pays que je connaissais devenait lui aussi étranger, assise sur mon banc, je me sentais seule, vraiment seule, terriblement seule, définitivement seule, le vide absolu. Et ce vide là, je le regardais, je le voyais là, devant moi, les yeux grands ouverts.

Le convoi venant d'Alger est arrivé, il y avait un quart d'heure d'arrêt, je n'étais pas pressée. C'est alors que j'ai vu descendre du train et venir vers moi un homme que je n'ai même pas reconnu tout de suite, mes pensées étaient ailleurs.

Cet homme c'était René Bertrand. Il est venu vers moi, le sourire aux lèvres et m'a dit qu'il était venu pour me retrouver, il n'était pas parti le dimanche finalement comme prévu car son père lui avait raconté que je devais être à Constantine sur la tombe de mes parents. Il avait alors reporté son voyage au lundi pour venir à ma rencontre et faire le reste du voyage de retour avec moi. De voir cet homme, pour qui je commençais à avoir des sentiments, sur le quai de la gare de Constantine, ce jour là, alors que je sortais du cimetière, que j'avais une peine incommensurable et que je me sentais si esseulée, cela m'a rempli de bonheur. Je lui ai sauté au cou et j'ai pleuré tout ce que j'ai pu. Je ne pouvais plus m'arrêter, je crois que j'ai pleuré jusqu'à ce que le train reparte pour Tunis.

— Les émotions étaient trop fortes, René est arrivé au bon moment.

— Oui, c'est à ce moment là que nous avons vraiment commencé à nous fréquenter comme on disait alors, il m'a déclaré sa flamme aussi ce jour là.

— C'est beau ça, Mamie, et je ne me moque pas du tout, c'est vrai, je trouve ça très beau, dit Mélanie qui versa même une petite larme.

— Ça te fait pleurer mon enfant ? Dit Simone en prenant la main de Mélanie, oui, c'était beau. Je t'avais dis que René était quelqu'un de bien. Et dans le train, nous avons commencé à nous raconter notre histoire. Mais je vais prendre un autre café. Tu en veux aussi ?

— Ne bouge pas, j'y vais. Rien d'autre ?

— Non, non, merci.

Mélanie retourna dans la cuisine où elle prépara deux nouveaux cafés. *C'est bouleversant son histoire, cela a du être terrible de se sentir toute seule comme ça, perdue, de prendre conscience tout à coup comme cela qu'il n'y avait plus rien autour de soi, plus aucun repère. On voit bien que près de soixante ans plus tard, Mamie revit la situation comme si elle y était. Heureusement que René est arrivé, au bon moment finalement.*

La jeune fille revint dans le salon et Simone reprit sa narration.

— Dans le train, je lui ai fait le récit de ma vie, la même chose que ce que je t'ai exposé depuis quelques jours. Je ne lui ai rien caché, j'avais une confiance totale en lui, j'ai senti tout de suite que je pouvais tout lui dire. Et lui également s'est dévoilé sans fausse pudeur. Il avait 55 ans, mais ne les faisaient pas, loin de là. Moi, j'en avais 38 ! Mais notre différence d'âge n'a jamais posé de problème, je crois que ni l'un ni l'autre n'y avons prêté attention.

— Et toi non plus tu ne devais pas faire ton âge, comme maintenant !

— C'est gentil de ta part, merci. Il était né à Alger en 1901 sa famille était en Algérie depuis fort longtemps déjà, du côté de son père en tout cas. Sa mère, elle, était née en France, en Charente. Ses parents se sont mariés en Algérie, à Blida. La famille de sa mère avait dû venir quelques années avant dans le pays. D'après ce qu'il m'a dit, et je pense qu'il connaissait très bien l'histoire de sa famille et sa généalogie, c'est son arrière grand-père qui était venu avec sa femme et ses enfants dans la nouvelle colonie dans les années 1840. Ils étaient dans les tout premiers colons français à venir s'installer lorsque la France a fait main basse sur l'Algérie en 1830.

Au départ, c'était des militaires, il fallait pacifier pour commencer, comme ils disaient, avant de faire venir des civils. Les Bertrand venaient de la région de Poitiers, le premier, l'arrière grand-père était huissier, puis, le grand-père de René travailla aux Ponts et Chaussées, il développait les infrastructures, il devait faire de nouvelles routes, des nouveaux chemins qui n'étaient pas très nombreux encore. Enfin pour Marius, son père, c'était le travail à la banque.

Ils avaient tous un très haut niveau pour cette époque, ils étaient parmi les gens les plus instruits, à la base, ils étaient venu pour développer la colonie, et ils y ont largement contribué. Tu comprends pourquoi cela a été un immense déchirement pour René de devoir quitter ce qui, pour lui, était son pays, sa terre natale et même la terre de ses ancêtres.

L'Algérie n'était pas encore considérée comme passée dans le monde moderne lors de son annexion par la France. Les Ottomans avaient déjà essayé de faire progresser le pays mais la population locale n'y voyait et n'y trouvait pas vraiment d'intérêt. C'était son droit tout à fait légitime mais les Français en ont décidé autrement en 1830, il voulait apporter leur civilisation qui était évidemment supérieur, du moins le pensaient-ils. Les autochtones ont bien tenté de résister, tout comme dans les autres colonies, en Afrique ou en Asie, avec les Français ou les Anglais, peu importe, c'était à peu près pareil.

La loi du plus fort a pris le dessus bien sûr, ici ou ailleurs. La volonté du colonisateur était d'en tirer des bénéfices substantiels pour la Nation France, mais aussi personnellement pour chacun des colons qui se serait donné la peine de mettre en œuvre la politique initiée par les autorités et accessoirement d'apporter un bien être à la population locale. Mais cela n'était pas l'objectif premier, la population locale n'a jamais été associée aux efforts de développement, elle servait essentiellement de main d'oeuvre bon marché, corvéable et méprisable.

René était donc la quatrième génération, avec son frère qui avait juste un an de plus que lui. Les premiers colons, comme eux, ont malgré tout très vite compris que rien ne serait possible sans les indigènes, ils pouvaient mettre toute la bonne volonté du monde, s'ils ne respectaient pas le peuple originel, rien ne pourrait se faire de durable. Marc, le frère de René était sans doute le plus proche des Algériens, car sur les terres de la famille, il leur donnait du travail, mais lui aussi, il travaillait avec eux, il vivait pratiquement comme eux.

La famille Bertrand, au fil des années, avait développé sa propriété, ils cultivaient du blé, des légumes et avaient un vignoble qui produisait du vin rouge qui était exporté vers la France. Ils avaient fait construire des maisons pour les ouvriers agricoles qui travaillaient pour eux, c'était devenu un vrai petit village. Marc était très proche de tous les gens qui vivaient autour de lui. Je ne l'ai pas connu puisque je ne suis plus retourné en Algérie après ce jour là, et malheureusement, il a été assassiné au début du mois de décembre cinquante six, dans sa propriété.

J'ai eu très peur d'ailleurs à ce moment là car mon futur mari est retourné à Alger pour l'enterrement de son frère, tout comme il y est retourné deux autres fois pour le décès de ses parents quelques années après. Mais cela, c'est pour plus tard.

— Cette famille, elle aussi a été touchée par les évènements malheureux. Ça devait être le cas d'un peu tout le monde, il n'y a pas dû y avoir beaucoup d'exception.

— Oui, je crois bien. René lui, avait fait des études assez brillantes. D'abord jusqu'au lycée à Alger puis il est parti en France pour passer le concours de l'école Polytechnique en 1920 à Paris.

— L'école Polytechnique ! Ce n'est pas n'importe quoi ça dis donc.

— Non, ce n'est pas n'importe quoi, c'est une des meilleures écoles françaises, mais qui dépend de l'Armée, enfin, qui forme les futurs officiers de l'Armée et des Ingénieurs. Je ne sais pas trop exactement comment ça fonctionne, mais toujours est-il qu'il a été reçu. Il a fait trois ans d'études et il est sorti dans les cent premiers sur un peu plus de deux cent, à peu près à la moitié du classement quoi, pas trop mal hein ! Je ne te dirais pas son classement exact, je ne m'en souviens plus.

Ensuite, il a été affecté comme sous-lieutenant dans différents régiments d'Artillerie dans l'Est de la France, c'était même pendant qu'il faisait ses études, comme des stages en somme. Mais pas si longtemps que ça non plus car il est rentré en Algérie à la fin de l'année 1923 et il a intégré la compagnie de Chemin de Fer de Bône-Guelma dès 1924. Il est devenu lieutenant un an plus tard. Ce n'était pas vraiment l'Armée mais je crois qu'il en dépendait encore malgré tout.

Autour des trains, il a travaillé dans la région Est du pays, et plus tard vers la Tunisie lorsque la ligne a été prolongée puisque c'était lui qui était chargé de superviser cette extension.

Pendant la guerre, il a été rappelé en novembre 1942 à la défense de Bône, lorsque les Américains et les Anglais sont arrivés. Comme il avait été dans l'Artillerie, il a été affecté pour commander une unité de DCA qui tirait sur les avions Allemands lorsque ceux-ci venaient bombarder la ville et surtout le port. Malheureusement il n'a pas abattu l'avion qui a largué une bombe sur mon père.

Il y eu un moment de silence, Simone soupira puis reprit son récit :

— Après la guerre, en 1944, lorsque les Allemands avaient quitté la Tunisie, ou plutôt avaient été fait prisonniers, René a été nommé Chef d'exploitation à Tunis. Il s'occupait de la bonne marche du réseau ferré, sur tout le territoire. C'était un poste important et assez stratégique aussi. Il devait contrôler les voies, les locomotives, les wagons, mais aussi les gares, vérifier si tout était en règle au niveau de la sécurité, toutes ces choses qui font que le chemin de fer marche très bien. Sans que l'on se rende compte que finalement il y a des hommes derrière pour faire en sorte que tout fonctionne comme il faut.

Il a été chef d'exploitation jusqu'à notre départ de Tunisie en 1962. Cela tombait plutôt bien d'ailleurs car il a prit sa retraite au moment de rentrer en France. Je dis rentrer, mais lui n'est pas rentré, il a été exilé puisqu'il n'avait jamais vécu en métropole hormis le temps qu'il avait passé à Polytechnique. Son pays c'était l'Algérie et un peu aussi la Tunisie où il a passé plus de temps encore, pratiquement toute sa carrière.

Lors de l'indépendance de la Tunisie, en 56, il est resté car il y avait des accords pour que la transition se fasse avec les Tunisiens, et il y avait besoin de les former avant, et de les encadrer.

Pour moi à la banque, c'était la même chose. A une différence près toutefois, c'est que moi j'étais dans une entreprise privée. Alors il y a eu un accord pour faire cette transition et j'ai changé de banque. Je suis passée au Crédit Lyonnais, une banque française qui avait déjà des intérêts dans le pays. Il avait été mis en place une coopération avec la Banque de Tunisie qui était devenue une partie autonome du grand établissement initial. Tu te rappelles, avant c'était la Banque d'Algérie et de Tunisie, mais à l'indépendance de ce pays, l'Algérie n'avait plus rien à voir dans les affaires tunisiennes. Je suis tout de même restée également pour faire cette transition, et lorsqu'il a fallu partir, j'ai gardé un poste au Crédit Lyonnais, mais cette fois- ci en France.

Faire l'alternance avec l'administration du nouveau pays souverain nous a permis, René et à moi de nous occuper aussi de nos propres affaires. C'était normal. Déjà avant l'indépendance, nous étions au courant de ce qui se passait, des tractations qui se faisaient pour que la transition se passe le mieux possible des deux côtés. Personnellement, les économies que j'avais, je les avais transférées chez mon nouvel employeur. Je gagnais plutôt confortablement ma vie, très bien même, j'avais aussi ma part de l'héritage de mes parents et l'argent de mon appartement que j'avais revendu. Tous mes biens avait donc fait le passage de la Méditerranée bien avant moi. Je travaillais depuis l'âge de dix huit ans, j'en avais alors presque trente huit, vingt ans durant lesquels j'avais amassé un bon petit paquet d'argent tout de même. Je savais bien que j'allais devoir retourner en France, mais je n'avais aucune envie de laisser les bénéfices de mon travail et aussi ceux de mes parents, derrière moi.

Concernant René, enfin de son côté, cela a été un peu plus compliqué. Mais à partir des premiers évènements, en 54, il a réussi à convaincre son père de vendre petit à petit les biens qu'ils avaient en Algérie. Cela ne fut pas simple, Marius Bertrand, le père de René était très attaché à son pays, ce qui était compréhensible, pour lui, c'était inconcevable d'être obligé de quitter sa terre natale, il était né en Algérie, c'était son pays, sa terre. Mais devant les signes négatifs qui s'accumulaient, la disparition de son fils Marc, et comme il était loin d'être idiot, il se rendit à l'évidence. D'autant que lui aussi avait des contacts dans les sphères politiques et il était au courant de la situation. C'est tout de même la mort dans l'âme qu'il a commencé à vendre petit à petit les actifs que la famille avait accumulé depuis plusieurs générations, le fruit du travail auquel ils avaient cru, pour lequel ils avaient tout sacrifié. Il a néanmoins toujours mis un point d'honneur à vendre ses biens à des notables musulmans qui resteraient ensuite dans le pays. Il refusait de faire ce commerce avec d'autres colons qui auraient été d'accord pourtant, car moins informés que lui mais il savait pertinemment que tôt ou tard,les autorités Algériennes qui prendraient le pouvoir un jour expulseraient ces Européens et confisqueraient leurs avoirs.

René lui, travaillait depuis assez longtemps en Tunisie et il avait son argent dans la banque de son père bien sûr, mais il a fait la même chose que moi, transféré ses fonds au Crédit Lyonnais. Il a eu davantage de difficultés pour récupérer l'héritage de ses parents. C'était en 1960, le conflit armé était à son paroxysme, effectuer le transfert des fonds n'était pas évident. Il y est parvenu cependant en passant par la Tunisie. Comme je le disais tout à l'heure, il a passé ses fonds à la banque de Tunisie et ensuite au Crédit Lyonnais.

— Le fait que tu y travaillais a favorisé la transaction non ?

— Oui, sans doute, j'ai fait ce que je pouvais pour l'aider évidemment.

Puis, René m'a enfin demandé en mariage en septembre 1957, j'ai cru qu'il ne le ferait jamais. J'ai dis oui tout de suite, c'était dans la suite des choses, nous nous fréquentions depuis plus d'un an, deux ans même, nous nous arrangions vraiment très bien, avions la même vision de l'avenir, du moins en Afrique du Nord et en plus, il était la seule personne en qui j'avais une confiance absolue. Nous pensions également à peu près la même chose concernant la vie future qui nous attendait en France.

Quand ses parents sont décédés, après son frère, il n'avait plus beaucoup de famille non plus, une sœur de sa mère uniquement, qui était mariée et qui était déjà repartie en Métropole avec son mari. De plus, il n'entretenait pas de relations particulières avec eux depuis plusieurs années. Lui et moi, nous étions les seules personnes que nous voyons en dehors de nos collègues de travail.

Je te rappelles que je n'avais plus personne de proche, et lui avait été là le jour où je sortais du cimetière. Le jour où j'étais au trente sixième dessous, et ce n'était pas le hasard puisqu'il avait tout fait pour être là, à ce moment précis. Il avait compris que si j'allais à Constantine sur la tombe de mes parents ce jour là, j'en serais sortie complètement anéantie. J'avais dis à son père que se serait certainement la dernière fois. Mais René aussi était seul, autant que moi, alors notre mariage était un peu comme une évidence.

— Il était un peu timide finalement René.

— Je ne pense même pas que c'était cela, vois-tu, je crois surtout qu'il avait cinquante six ans et il avait des idées et des manières de vieux garçon, tout simplement. Il n'avait même pas idée, tout simplement, pour lui, son heure était passée. Je l'ai un peu forcé pour qu'il fasse sa demande, et j'ai bien vu, qu'en fait, il n'en avait pas vraiment idée, et pourtant, après, c'était une évidence pour lui aussi. Nous en avons discuté par la suite, et effectivement, c'était ça, cela allait de soit, mais c'était tellement mieux en le disant.

Simone se mit à rire une nouvelle fois.

— Après, je le comprend, il avait été seul quasiment toute sa vie, j'étais la première femme qu'il demandait en mariage, il ne savait pas comment faire ! Ajouta- t-elle.

— Oui, et je suis sûre que tu devais l'intimider un peu aussi. Les femmes comme toi, il n'y en avait pas beaucoup, tu ne me diras pas le contraire.

— Oui, bon, toujours est-il que nous avons dû nous marier au Consulat de France. Nous n'avions plus d'autre choix pour être en sécurité.

— Comment cela ?

— Il aurait été encore possible, en théorie de nous marier en Algérie puisque le pays n'était pas encore indépendant en 57, nous pouvions tout à fait le faire à Alger par exemple, mais c'était trop risqué, les attentats étaient nombreux et tu penses bien qu'un mariage était une cible idéale pour les terroristes. Un rassemblement de Français, ils auraient assurément profité de l'occasion. Le temps de faire tous les papiers, récupérer les actes d'état civil des uns et des autres, la cérémonie a eu lieu le 22 novembre 1957. Adieu Simone Gouzien, bienvenue Madame Bertrand.

Les parents de René avaient néanmoins fait le déplacement, deux personnes âgées n'étaient pas visées en priorité. Le mariage fut très simple, nous n'avions plus de famille, simplement quelques amis et des collègues pour nous accompagner. Nous aurions bien voulu que Marius et sa femme restent avec nous ensuite, c'était l'occasion, ils auraient été plus tranquilles, et nous aussi, mais ils ont décliné notre offre. Le père de René nous a dit que si son heure était arrivée, c'était son destin, il voulait mourir dans son pays, en Algérie, même si cela devait être par une arme à feu ou une bombe, sa femme était du même avis et ils sont donc retournés chez eux. En fin de compte ils ont eu raison puisqu'ils sont mort avant l'indépendance, dans leur maison, dans leur pays.

Je suis allé vivre chez René, rue du Portugal à Tunis, il n'en était pas question avant bien sûr, l'époque était puritaine, nous voulions éviter les cancans, non pas que cela nous aurait dérangé de vivre sous le même toit avant notre union, mais il ne faut pas oublié que nous étions dans un pays musulman, maintenant indépendant, avec des traditions et que nous avions des postes à responsabilités qui ne nous autorisaient pas la moindre incartade.

Quelques années plus tard donc, les parents de René sont morts. D'abord sa mère, Berthe, une femme très discrète, mais au courant de tout se qui se passait dans la ville, puis Marius, il avait 88 ans. Il avait travaillé jusqu'au bout, surtout pour permettre à son unique fils restant de sauver le patrimoine de la famille ce qu'il a réussi à faire.

Deux ans plus tard, c'était les accords d'Evian et l'indépendance de l'Algérie. Les Pieds Noirs ont alors pris les bateaux de l'exil en laissant beaucoup de leurs richesses derrière eux pour ceux qui en avaient et qui n'avaient pas réussi à transférer leurs biens, mais surtout leurs coeurs souffraient de quitter un pays qu'ils considéraient comme le leur autant que celui des Algériens indigènes. Pourtant, quand on regarde l'histoire, cette fin était devenue inéluctable, rien n'avait été fait pour la population locale qui était cependant devenue la plus nombreuse, un minimum de mesures égalitaires aurait permit une meilleure issue à défaut d'un statu-quo après plus d'un siècle d'exploitation de la colonie.

Mais déjà à cette époque, et tu remarqueras que rien n'a changé de ce côté là, il n'était pas question pour la majorité des hommes politiques et même de la population métropolitaine, d'accepter de laisser des prérogatives ou de l'égalité aux peuples des colonies. L'homme blanc, et le Français ne fait pas exception, reste intimement persuadé de sa supériorité sur les autres, que ce soit les Arabes, les Noirs ou les Asiatiques. Actuellement c'est toujours pareil, il faut être honnête, même chez ceux qui ont un discours bienveillant d'universalisme, il y a parfois un peu de condescendance. Et il y a cette peur de l'autre, la peur ne ce que l'on ne connaît pas, mais c'est justement cette peur qui nous empêche de le connaître, celui qui n'est pas comme nous. Si nous étions un peu plus ouvert, nous verrions bien que tous les hommes sont à peu près pareils, nos modes de vie changent, mais la nature humaine est la même.

De toute manière, il ne faut pas se faire d'illusion, il y a un processus en marche, qu'on le veuille ou pas, et c'est le résultat de nos actions passées. Les pays occidentaux ont exploités les pays pauvres, les habitants de ces pays viennent maintenant de plus en plus nombreux chez nous car nous leur avons montré notre mode de vie comme étant le meilleur, et bien ils en veulent une part aussi, c'est normal. Et puisque nous n'avons pas été capable de leur apporter cette part chez eux, il viennent la chercher ici. Comme de plus, notre population vieillit, nous aurons bientôt besoin de bras pour faire tourner nos économies, et bien ce sera les bras des descendants de ces gens que nous avons méprisés durant des siècles. Je suis persuadée que le genre humain est unique et que les races, disparaîtront petit à petit, mais cela prendra du temps. Malheureusement, il y aura des conflits avant que cela n'arrive car il y aura des résistances idiotes.

Simone avait déclamé sa tirade comme si elle était sur une tribune. Mélanie resta quelques instants la regarder, sans pouvoir dire un mot. Puis, elle se ressaisit et de manière instinctive, elle se mit à applaudir.

— Eh bien, quel discours, et quelle belle conviction. Je n'avais jamais réfléchi à cette question de cette manière, mais ce que tu viens de dire me paraît assez juste. Ta vision de l'avenir me semble réaliste. C'est exactement ce que pense les Africains par exemple. Je suis sortie avec un Congolais pendant un petit moment il y a quelques années, et bien c'était en gros son discours. Nous étions allés profiter des richesses de son pays, nous leur avons fait miroiter notre mode de vie et eux, ils viennent pour avoir leur part du gâteau. Il nous faudra bien accepter de partager à un moment donné, nous rendre compte que nous ne pouvons plus nous gaver au détriment des plus pauvres.

— C'est en tout cas ce que je pense, et depuis longtemps. Et pourtant je suis ce que l'on appelle une riche, mais je suis riche de par mon travail et celui de ma famille, pas par ce que j'ai retiré aux autres. Je souhaite à tout le monde d'avoir autant que moi. Je n'ai jamais pris la part des autres, mais je n'ai jamais non plus laissé ma part aux autres. Et quand j'ai donné quelque chose, c'est moi qui l'ai décidé, j'ai toujours été jusqu'à ce jour, la maîtresse de mes décisions.

— Ça je le sais, et en plus vous êtes généreuse, euh, tu es généreuse, je peux en témoigner.

— Bon, dans tout ça, nous avons tout de même quitté la Tunisie, en 1961. Lors de l'indépendance en 56, la France avait gardé le port de Bizerte, c'était un port militaire stratégique sur la Méditerranée. Mais en 61, Bourgiba, le nouveau président, voulu le récupérer et les Tunisiens ont attaqué la ville pour la reprendre. Les Français ont riposté, tu penses bien et repoussé l'attaque. Cela a été le début de la fin, le gouvernement du pays a nationalisé les terres des derniers colons, et en ce qui nous concerne, René et moi, la transition s'est très vite terminée, et finalement, la France a laissé Bizerte à la Tunisie. C'était en 61, comme je te l'ai dit, nous avons quitté l'Afrique du Nord définitivement pour venir du côté de Nice, sur la côte d'Azur.

— Retour au pays Mamie ! Bienvenue !

— Et bien non, pas tant que cela figures-toi, car en 62, les Pieds Noirs d'Algérie sont arrivés aussi, un peu plus tard que nous, et eux n'ont pas été reçus à bras ouverts, loin de là. Pour la population française, la guerre d'Algérie avait été un traumatisme, beaucoup de jeunes hommes avaient été sur le terrain et il y avait eu des morts. Des morts inutiles puisque la France s'était retirée, Nous avions perdu la guerre, et cela pour essayer de garder un territoire occupé par les Pieds Noirs, donc ils étaient considérés un peu comme responsables. René était en retraite déjà à ce moment là, et moi j'ai eu un poste de responsable au niveau du département, donc nous n'avons pas été trop impacté tout de même.

Bon, jeune fille, et si nous allions faire un petit tour dehors, puisqu'il fait beau. On verra pour la suite après, d'accord ?

— Pourquoi pas. Tiens, j'irais bien vers le palais, là, à côté.

— Le palais Gallien ? Tu ne connais pas ?

— Non, je n'y suis jamais allé. Ce n'est pas très loin, si ?

— Non, c'est tout près, allons y, cela nous fera du bien de marcher un peu. Tu finiras l'après midi tranquillement avant de partir.

— Justement, Mamie, demain je ne travaille pas, tu le sais, alors est-ce-que cela t'ennuierais que je passe la nuit prochaine encore ici, chez toi ? J'y pense depuis ce matin mais je n'osais pas te le demander.

— Tu n'osais pas me le demander ? Mais tu sais bien que je suis d'accord, tu n'as même pas besoin de me poser la question, évidemment que c'est oui. J'en suis très contente, cela me fait très plaisir. Tu sais, il y a très longtemps que quelqu'un a passé deux nuits ici. D'ailleurs, cela n'est jamais arrivé, même pas une nuit. Quand j'ai acheté cet appartement, je me suis dit que le fait d'avoir deux chambres pouvait servir, et bien finalement j'avais raison, mais c'était il y a presque quarante ans. Dit Simone en riant.

Chapitre X

La vie en France

Simone et Mélanie se préparent pour sortir et se mettent en route pour leur promenade. Elles remontent la rue Lafaurie de Monbadon et tournent à gauche dans la rue Turenne puis à droite sur la rue du palais Gallien jusqu'à la place Galiene. Là, elles aperçoivent les ruines du palais au bout de la rue du Colisée qu'elles parcourent pour atteindre leur but.

— Mais il y a des barrières ! on ne peut pas visiter ni se promener dans les ruines ?

— Effectivement, répond Simone, je pense que cela serait trop dangereux. Tu vois, c'est ça le palais Gallien, il n'en reste pas grand-chose, pourtant c'était un bel édifice à l'origine. D'après ce que j'ai lu, c'était un amphithéâtre romain qui devait avoir de l'allure, il avait une capacité de plus de vingt deux mille places. Il n'en reste pas grand-chose, au fil des siècles, la population s'est servie des pierres, comme dans une carrière. Je crois que c'est le plus ancien monument de la ville de Bordeaux, certes comme il est, ce n'est pas le plus impressionnant. Bon, et bien nous pouvons peut être revenir sur nos pas pour nous asseoir sur un banc de la petite place, elle est assez sympathique et ombragée.

— Oui, bien sûr. Je suis un peu déçue tout de même, c'est dommage qu'il ait été vandalisé comme cela, ce palais.

— Tout le monde l'appelle comme ça, mais en fait, ce n'était pas un palais, mais comme une salle de spectacle, un théâtre, à l'époque romaine. Mais évidemment, avec le peu qui reste, cela ressemble davantage à une façade de bâtiment.

Assises sur le banc, Simone, tout naturellement, reprit le cours de son récit.

— Tu sais que René travaillait aux chemins de fer, et bien à l'indépendance de la Tunisie, en 1956, il a eu le statut de la SNCF, avec reprise de son ancienneté en plus. C'est à dire les mêmes avantages, notamment pour la retraite. Il pouvait donc en bénéficier à l'âge de cinquante cinq ans, mais comme il avait justement cet âge là en 56, il lui a été demandé de rester quelques années de plus. Il a accepté puisque moi j'étais toujours en activité, et il a eu une très belle prime en compensation. Il dirigeait pratiquement tout le transport ferroviaire du pays, et il fallait qu'il forme son successeur tunisien. C'était un homme très bien celui qui a prit la suite, loin d'être bête, il travaillait déjà ensemble et il a prit le relais assez rapidement, si bien que mon mari a cessé de travailler deux ans plus tard.

Nous pouvions donc venir en France à ce moment là, mais nous avons attendu encore, nous étions bien dans ce pays que nous considérions comme le notre, rien ne nous forçait à partir tout de suite, la situation était apaisée. Jusqu'à la radicalisation du régime et les évènements de Bizerte. A cet instant, il a bien fallu nous rendre à l'évidence que nous devions quitter la Tunisie, c'était notre heure. Nous avons organisé notre départ en peu de temps, nos avoirs financiers étaient déjà en France, il ne restait à régler que quelques affaires minimes. Nous avons embarqué le coeur gros sur le navire « La ville D'Oran » et nous sommes arrivés à Nice.

— C'est vous qui avez choisi d'aller à Nice, ou vous auriez pu choisir d'aller ailleurs ?

— Oui, c'est nous qui avons choisi. Nous voulions ne pas être trop dépaysés par le climat, et nous étions attachés à la Méditerranée. Nous pouvions aller à Marseille aussi, mais dans cette ville, il y avait Louis, mon frère, et nous ne tenions pas vraiment à le rencontrer. Il ne nous écrivait plus depuis longtemps, nous avions reçu un petit message au début de l'année 1958, tu te souviens.

— Oui, pour votre mariage, et rien après jusqu'en 61 ?

— Non, rien, et même longtemps après, pourtant nous l'avons prévenu que nous arrivions en France, mais nous n'avons pas reçu de réponse lorsque nous lui avons transmis notre adresse. Il avait sa vie, visiblement il ne tenait pas à ce que nous en faisions partie, c'était son choix, nous l'avons respecté, même si nous trouvions cela un peu dommage. Nous n'étions pas obligé de nous voir souvent, mais de temps à autre tout de même.

Donc nous avons bien fait d'aller à Nice. Peu de temps après notre arrivée, nous avons eu l'opportunité d'acquérir une maison du côté du boulevard Carnot, un peu sur les

hauteurs, dans la végétation, non loin du port. C'était la rue du capitaine Scott, pas très loin de la mer, évidemment. Nous n'étions pas très loin du centre ville non plus, nous avons acheté une voiture, une Peugeot 404, notre première auto.
Nous avions passé notre permis de conduire tous les deux depuis longtemps en Tunisie, nous conduisions les voitures de nos sociétés respectives, mais nous n'avions jamais acheté un véhicule avant.

Dans la maison, nous avions un garage au sous sol, au rez de chaussée, il y avait une chambre avec une salle de bain, une cuisine qui communiquait directement avec la salle à manger, et un grand salon donnant sur une terrasse. C'était très agréable d'y aller lorsque le temps était beau, et à Nice, le temps est souvent beau. A l'étage, nous avions deux autres chambres que nous avions transformées en bureau, chacun le sien. Celui de René débordait de livres, de papiers en tout genre, il y gérait son patrimoine. Il s'est trouvé aussi une passion pour la généalogie et il y consacrait pas mal de temps. Sinon il s'occupait très bien du petit jardin qui entourait la maison aussi, il avait la main verte. En plus, c'était un fin cordon bleu, comme je travaillais, il faisait la cuisine le plus souvent, je n'avais qu'à me mettre les pieds sous la table comme l'on dit.

Lorsque je partais au travail, le matin, René descendait jusqu'au port faire un petit tour, avec le temps, il a fait la connaissance de marins qui l'ont embarqués parfois pour des petits tours le long de la côte. Il était content, après une vie de labeur, il pouvait se donner un peu de loisirs.

— Et toi tu travaillais pendant ce temps là, Mamie !

— Eh oui, j'allais à mon bureau qui était au centre ville, pas très éloigné d'où nous habitions, parfois je me déplaçais dans le département, si besoin, et quelques fois je devais monter sur Paris, au siège de la banque. Je faisais à peu près la même chose qu'en Afrique de Nord, finalement, là bas aussi j'allais de Tunis à Alger au siège principal de la banque de temps à autres.

Environ un an après notre arrivée, à nos premières vacances d'été, j'ai voulu montrer à René l'endroit où j'avais passé une partie de mon enfance. Nous avons pris la route pour la Gironde et nous avons été sur le Cap Ferret. C'était l'occasion de commencer à visiter la France, notre pays que nous ne connaissions pas du tout. Tu ne peux pas t'imaginer l'émotion que j'ai eu à ce moment là, de retrouver ces paysages , les forêts de pins, les dunes de sables, la mer qui bouge. La Méditerranée est plutôt calme, en dehors des tempêtes évidemment, mais il n'y a pas beaucoup de marée par rapport à ce que l'on peut voir sur la côte atlantique. Surtout le long du littoral des Landes avec de belles vagues. Devant la joie qui était la mienne, c'est René qui m'a proposé de faire l'acquisition d'une petite villa si nous avions l'opportunité d'en trouver une à acheter si cela me faisais plaisir. Evidemment, je n'ai pas dis non, tu penses bien, et c'est ainsi que nous avons contacté un marchand de bien, c'est comme cela que s'appelait les agences immobilière à l'époque.

— Et ils vous ont proposé la maison de ton enfance, c'était une opportunité incroyable tout de même.

— Ah ça, tu peux le dire. Je m'en souviens comme si c'était hier. Nous avions quitté leur bureau à Lège nous suivions avec notre voiture, et plus nous approchions, plus les paysages me rappelaient des souvenirs. Lorsque nous sommes arrivés à destination, avant même d'arriver à la maison elle-même, j'ai décris les environs à René qui n'en revenait pas. Nous étions à cent mètres peut être, nous avancions, je lui disais tout ce qu'il y avait autour. Je lui ai dis que c'est là, au détour du chemin, que nous avions habité, avec mes parents. Devant la maison, l'agent immobilier m'a dit que c'était justement cette villa, ou plutôt cette cabane qui était en vente. Elle n'était plus en très bon état après toutes ces années. Alors bien entendu, j'ai pleuré, je pleure beaucoup, hein ? Mais je crois que je t'ai déjà raconté cette histoire, non ?

Mélanie fit l'air de rien. En effet, Simone lui avait déjà relaté la manière dont elle et son mari avait acquis la maison du Cap Ferret mais c'était sans doute l'un des évènements les plus important de sa vie, alors, que la vieille femme se répète, cela n'était pas si grave.

— C'était justifié tout de même ces pleurs, un hasard si improbable !

— Je vois encore mon mari demander, ou plutôt, dire que nous achetions, et après seulement, demander le prix. Le professionnel n'en a pas profité malgré tout, il était même soulagé de vendre cette bâtisse. Cela faisait plus d'un an qu'elle était en vente, les potentiels acheteurs étaient rebutés par les travaux qu'elle nécessitait pour la rendre habitable. Actuellement, il y aurait de la sur-enchère de la part des prétendants, tellement l'endroit est devenu prisé. Nous l'avons très vite rénovée et agrandie, et tu verras bientôt que c'est très agréable.

— C'est ton coin préféré non ?

— Je crois bien, oui, c'est le lieu d'où je garde les meilleurs souvenirs en tout cas. Après cela, nous y allions très régulièrement, l'été bien sûr, mais aussi souvent à Noël, l'intérieur avec pas mal de bois donne à la maison un petit côté chalet de montagne qui correspond tout à fait l'atmosphère que l'on cherche à cette époque de l'année.

— On pourra y aller à la fin décembre ? Cela te ferait plaisir ? Je ferais des décors de fêtes de Noël.

— Plaisir ? Sûrement que cela me ferais plaisir ! Ce serait le bonheur parfait !

Sinon, lorsque j'avais quelques vacances encore et que nous ne venions pas ici dans la région, nous allions en voyage, dans d'autres régions de France. Nous avons visité un peu notre pays et même les départements d'outre-mer, la Martinique et la Guadeloupe. Nous y sommes allés deux fois dans chaque île, là aussi c'est beau, c'est un climat idéal en plus, il pleut la nuit, il fait beau le jour, c'est formidable, et la population est très gentille également. Nous n'avons pas été partout en France, je te rassure. Nous avons visité Paris bien sûr, quelle belle ville ! Certainement la plus jolie du monde, et c'est sans être chauvine que je le dis. Nous avons été également à la montagne, il fallait bien que nous y allions au moins une fois dans notre vie faire du ski et voir les montagnes enneigées. Mais je pense que nous étions trop âgés pour commencer ce sport ou ce loisir, ou bien nous n'étions pas très doués. C'est bien dommage d'ailleurs, je pense que cela nous aurait bien plu.

Mais il y a un endroit que j'ai soigneusement évité, et pourtant René a insisté plus d'une fois, c'est la Bretagne. Ce n'est pas la peine, je ne peux pas. J'ai essayé, je me suis dis qu'il fallait que je passe sur plein de choses, mais non, impossible d'y mettre les pieds. C'est comme ça !

Nous avons visité d'autres pays aussi. Nous avons été en Espagne, en Andalousie, à Grenade, Séville, Cordoue. C'était sans doute l'influence arabe qui nous a attirée vers cette destination, avec tous les vestiges qui sont restés, héritage de la présence mauresque. Nous avons aussi été en Crète, et à Istanbul en Turquie. C'est une ville magnifique également, c'est vraiment très très beau, avec des mosquées superbes comme sainte Sophie.

— Encore l'influence musulmane ! Vous étiez un peu conditionnés après votre vie en Afrique du Nord, non ?

— Sans doute oui, inconsciemment, mais nous avons aussi été dans un pays qui n'avait pas du tout cette culture, nous sommes allés aux Etats Unis. Les années cinquante et soixante, depuis la guerre en fait, la culture américaine a envahi et influencé nos pays européens. René et moi aimions beaucoup voir les westerns au cinéma et nous avons décidé d'aller voir sur place. Nous sommes partis pendant trois semaines en 1965 pour découvrir les vastes espaces sauvages, certains des grands parcs nationaux des USA. Nous avons visité le Grand Canyon, la fameuse route 66, maintenant c'est très touristique, mais à cette époque nous n'étions pas très nombreux à venir de France ou d'Europe pour faire du tourisme dans ces contrées. Nous avons été voir également les parcs de l'Utah, tous plus beaux les uns que les autres, les montagnes de Yosemite avec ses forêts de séquoias, ces arbres immenses, et nous avons été jusqu'à San Francisco. C'est une ville très particulière, très ouverte sur le monde et sur les autres cultures. Les rues montent et descendent tout le temps, partout il y a des collines d'où l'on peut voir la baie et le Pacifique et le fameux pont du Golden Gate. Cela reste un souvenir inoubliable.

Mais ce que je retiendrais en premier de ce voyage, c'est le parc de Monument Valley. C'est là que de nombreux films ont été tournés, des films de cowboys et d'indiens, et lorsque tu te retrouves sur place, c'est vraiment très impressionnant d'être dans le décor. C'est grandiose, très beau, la terre, les rochers sont d'une couleur rougeâtre, et le soir, au coucher de soleil, tu as la sensation que le paysage prend feu. C'est sans doute parmi les plus belles choses que j'ai pu voir de ma longue vie. Il y a en plus un côté assez spécial car nous ne sommes pas complètement aux Etats Unis dans ce parc, nous sommes d'abord sur les terres des indiens Navajo, cela donne une ambiance particulière, empreinte de mystère. Certes, c'est un voyage qui revient assez cher, mais je t'encourage à le faire une fois dans ton existence si tu en as l'occasion, je t'assure, tu ne le regretteras pas.

— Bon, d'accord, on y va quand ? Tu y reviens avec moi Mamie ?

— Malheureusement ce n'est plus possible pour moi, sinon je te garantis que je n'aurais pas hésité une minute. C'est bien trop tard pour moi maintenant, mais j'en garde un excellent souvenir et je t'encourage à le faire aussi ce voyage. Je t'incite d'ailleurs à faire tous les voyages qui se présentent à toi tant que tu peux, si tu as une opportunité, vas y, fonce, profite pour découvrir le monde, il ne faut surtout pas avoir de regret à la fin de ta vie.

Bref, voilà, c'était notre vie jusqu'au début des années 1970. A partie de ce moment là, René a commencé à avoir des soucis de santé. Il avait des problèmes cardiaques, de l'angine de poitrine, tu sais ce que c'est, des douleurs thoraciques, essentiellement à l'effort. Il faisait des crises de plus en plus fréquentes, pour des activités physiques de moins en moins poussées, jusqu'à ce qu'il fasse un petit infarctus à la fin 72. J'ai voulu diminuer mon activité à ce moment là, mais ce n'était pas très facile, j'avais un poste à responsabilités.

Avant l'été 73, René a refait un deuxième infarctus, c'est là que j'ai décidé d'arrêter de travailler, définitivement. J'avais cinquante cinq ans, nous avions largement de quoi vivre même si je ne touchais pas encore de pension de retraite, donc je suis restée à la maison avec mon époux. Nous avons passé tout l'été de cette année là dans notre maison du Cap Ferret, René était en convalescence, il s'est bien reposé, il allait beaucoup mieux, j'étais contente d'avoir pris cette décision. Nous avons poursuivi notre vie ainsi, un peu moins intensive, nous faisions des promenades, de la lecture, encore des petits voyages dans la région mais à un rythme beaucoup plus tranquille.

— Bref, une vie de retraités, mais vous étiez heureux !

— Tout à fait, sans problème particulier dans notre vie matérielle et sans grosse alerte concernant la santé de mon mari, jusqu'en 79. Cette année là aussi avait été tranquille et se terminait, lorsqu'un matin de décembre, le 3, se produisit le drame. Il faisait particulièrement froid, ce n'est pas très recommandé pour les malades cardiaques comme l'était René, de faire des efforts dans ces conditions. Mais il voulait sortir tout de même, il disait se sentir bien, qu'il irait doucement, qu'il prendrait son temps pour remonter la côte pour le retour. Moi, j'étais partie faire des courses, pendant que René, lui, faisait sa promenade vers le port. Lorsque je suis rentrée, je remontais vers chez nous, quand j'ai trouvé mon René au milieu de la côte, assis par terre, se tenant la poitrine, il avait une forte douleur en barre qui irradiait dans le bras gauche et la mâchoire et il avait beaucoup de peine à respirer. J'ai couru jusque la maison pour appeler les secours qui sont arrivés très rapidement. J'avais tout juste eu le temps de retourner auprès de mon mari qu'ils arrivaient, mais hélas, c'était déjà trop tard, René venait d'expirer dans mes bras.
Les médecins ont essayé de le réanimer mais peine perdue, rien n'y a fait, il était mort. Avant de mourir, René a eu le

temps de me dire dans un dernier souffle : pars d'ici, va au Cap Ferret. Il savait que c'est là que j'étais la plus heureuse.

— Décidément, les malheurs se succédaient !

— Oh, nous n'avions pas été touché par les malheurs comme tu dis, depuis notre venue en France, tout de même. Justement, il ne nous était rien arrivé de particulier en dix huit ans. Après, tu sais, je ne me faisais pas d'illusion, René non plus, nous savions pertinemment que la différence d'âge entre lui et moi nous exposait à une issue comme celle là. La probabilité qu'il meurt avant moi était tout de même très importante, d'autant qu'il était cardiaque, et c'est ce qui s'est passé, je me suis à nouveau retrouvée seule. J'avais soixante et un an, je n'étais pas encore très âgée.

J'ai envoyé un message à Louis, à Marseille, mais l'enterrement était passé depuis quelques semaines quand j'ai reçu une réponse, très brève, dans laquelle il me disait d'être forte, encore une fois comme je savais l'être, que lui et sa femme, Maria Tosca était trop fatigués pour pouvoir se déplacer. Tu te rends compte, ils n'avaient même pas soixante dix ans et ne voulaient pas faire l'effort pour venir de Marseille à Nice réconforter la seule famille qui lui restait. Il y a tout juste deux cent kilomètres entre les deux villes.

Je ne sais pas si sur le coup, je n'ai pas trouvé cela plus dur encore que le décès de René lui-même. J'ai eu un profond sentiment d'abandon, un peu comme lorsque je me suis retrouvée sur le quai de la gare à Constantine, seule, terriblement seule. Pourtant je n'aurais pas dû être surprise puisque nous n'avions plus de nouvelles depuis plusieurs années. Mais j'étais naïve, je pensais que c'était peut être des circonstances comme celles-là qui pouvaient faire changer les choses, retisser des liens, et bien non.

Je suis restée quelques mois encore à Nice, jusqu'à l'été suivant, mais cela devenait de plus en plus difficile. J'étais seule dans notre maison et lorsque je n'avais pas trop le moral, j'entendais la voix de René qui me disait de partir pour aller au Cap Ferret. J'avais sa parole dans mon inconscient, elle surgissait de temps à autre et je me suis dis qu'effectivement, il était inutile pour moi de croire que je pouvais rester dans cette demeure dans laquelle nous avions vécu et accumulé des bons souvenirs. J'ai donc commencé à faire du grand ménage, à trier les affaires que je souhaitais garder et à donner celles qui ne me serviraient plus ou qui me rappelaient des moments désagréables. Chez le notaire, la succession de René avait vite été réglée, j'étais la seule héritière, il n'avait plus de famille qui pouvait revendiquer des biens venant de ses parents.

— Ah oui, c'est vrai, son frère avait été assassiné en Algérie, et il n'en avait pas d'autres, des frères ou des sœurs ?

— Non, ils étaient deux garçons seulement, donc au décès de Marc, qui était resté célibataire, ce sont leurs parents qui avaient hérité et après le décès de ces derniers, c'est donc mon mari qui était devenu le seul bénéficiaire. Nous n'avions malheureusement pas d'enfant nous non plus, ce qui fait que tout me revenait quand René a disparu, et cela représentait une belle petite fortune. J'ai mis en vente la maison au début du printemps, deux mois après, la transaction était faite.

— Cela n'a pas été long ! Il faut dire que c'est une ville qui est assez prisée aussi, Nice. Enfin, je pense, d'après ce que j'entends, parce que je n'y suis jamais allée.

— C'est très demandé en effet, surtout le quartier où est située la maison, dans un coin très calme, près du port et à proximité immédiate du centre ville. C'était devenu un quartier chic, alors que lorsque nous avions acheté ce bien en 1962, c'était tout a fait ordinaire. Pour te dire, je crois que j'ai revendu notre maison le triple du prix auquel nous l'avions achetée, tu te rends compte, et pourtant quand nous l'avions acquise nous pensions déjà qu'elle n'était pas donnée. C'est à ce moment là aussi que j'ai pu toucher ma pension de retraite puisque j'avais l'âge, je me suis retrouvée riche, tu vois, très riche même.

Ah, et en plus, j'allais oublier, j'ai encore bénéficié d'une assurance vie. Nous avions souscrit ce contrat depuis longtemps en Tunisie, au moment de notre mariage et il était alimenté tous les mois depuis. Cela faisait donc un bon petit moment et il était assez conséquent. Je ne m'en souvenais même plus, c'est par hasard, en rangeant des papiers que j'ai retrouvé les documents. J'ai fait la demande à la compagnie d'assurance et j'ai encore touché un bon pactole.

— Comme ça tu avais un bon compte en banque, tant mieux pour toi, tu étais à l'abri du besoin au moins, tranquille pour ton avenir, c'est bien.

— Oui, j'étais plus que tranquille même avec la somme que j'avais. Tu vois, je te raconte tout cela parce que j'ai vraiment une très grande confiance en toi. Mais tu vois, j'ai l'impression de parler d'argent tout le temps alors que cela ne compte pas pour ce qui me concerne.

— Oh, ça je sais bien ! Mais tu sais Mamie, je n'ai aucune jalousie, je trouve très bien et je suis très contente pour toi que tu ais tout l'argent que tu as, je ne suis absolument pas envieuse. Cela ne t'est pas tombé du ciel, ta famille et celle de ton mari avez travaillé pour en arriver là. Toi aussi, et René également, vous vous êtes donné de la peine, vous avez fait des études, à une période qui n'était pas évidente, surtout pour toi qui était une fille. Donc, je ne suis pas choquée que tu ais un bon compte en banque, c'est le contraire qui aurait été étonnant.

Simone sourit à Mélanie et rajouta :

— Ce n'est pas dans la culture française de parler librement d'argent, souvent ceux qui en parlent passent pour des gens qui veulent se montrer supérieur et écraser les autres. Pourtant, il n'y a pas de honte à cela, lorsque c'est une fortune gagnée par le travail, il n'y a pas de pudeur à avoir. Et puis, entre nous, finalement, à l'âge que j'ai aujourd'hui, cela n'a plus beaucoup d'importance pour moi. Cela m'a permis de vivre à peu près comme je le voulais après la mort de René, sans me soucier de problèmes financiers, c'est vrai que c'est assez confortable, tant mieux pour moi.

Et si je dis tant mieux pour moi, c'est d'autant plus que si je n'avais pas eu l'argent que j'ai, et bien tu ne serais pas là maintenant à m'écouter, je n'aurais pas pu te payer, et tu avoueras que cela aurait été dommage.

— J'en ai tout à fait conscience, ne t'en fais pas. Mais ce n'est pas sur le plan de l'argent que j'aurais eu le plus de regret, c'est que je ne t'aurais pas connue et nous n'aurions pas vécu la relation que nous avons. C'est ça qui est le plus important pour moi, et de loin.

— Merci, Mélanie, pour moi aussi c'est ce qui compte le plus, mais il me faut cet argent pour vivre cette situation. Bon, et si nous retournions maintenant ?

— Bonne idée, en route, il est l'heure de l'apéro !

Simone et Mélanie se mettent en marche en riant, la vieille dame dit :

— Pourquoi pas un petit verre de rosé, tiens, c'est une bonne idée ça aussi. Il en reste en plus, soyons folles, pour une fois ! Mais avec modération tout de même, il ne faut pas exagérer, mais c'est agréable, un petit verre de temps en temps.

Les deux femmes retournaient en marchant doucement vers l'appartement de Simone. Au bout d'une centaine de mètres, c'est Mélanie qui interrompit le silence :

— Et après, alors, comment es-tu arrivée à Bordeaux, et tu as fait quoi ici depuis toutes ces années ?

— Bon, allez, encore un nouvel épisode à te raconter. Dit Simone en souriant.

— On rentre d'abord, je continuerais ensuite, bien qu'il n'y a plus grand-chose de très excitant par rapport à tout ce que j'ai pu vivre avant.

— Je suis certaine qu'il y a encore bien des évènements qui te sont arrivés depuis que tu t'es installée dans cette ville. Ajouta Mélanie en regardant sa mamie d'un œil attendri.

Chapitre XI

Bordeaux, 1980 à 2014

Simone, la Mamie et Mélanie, la petite fille, cheminent dans les rues de Bordeaux pour retourner à l'appartement, tranquillement, d'un pas serein. Toutes les deux sont heureuses d'être ensemble, visiblement, la présence de chacune apaise l'autre, l'entente est parfaite entre elles, la complicité évidente.

Tout en avançant, la vieille femme continua la discussion :

— J'ai très bien fait de quitter Nice à ce moment là, l'atmosphère de la ville ne me convenait plus du tout. Le maire de l'époque c'était Jacques Médecin, le fils après le père. Il entretenait un climat de clientélisme, à la limite du favoritisme. Comme son père qui avait été pour l'Algérie Française, contre De Gaulle, il racolait les voix des Pieds Noirs qui s'étaient réfugiés dans la ville et aux alentours.

C'était quasiment une mafia avec de la corruption, ce qui lui a valu au bout du compte, d'être poursuivi et obligé de s'exiler en Uruguay, pays dans lequel il est décédé d'ailleurs. Le père lui était mort en 1965. Mais la population l'aimait bien, ce maire, et lui renouvelait sa confiance à chaque élection. Et puis il y avait une forte progression du Front National, le parti d'extrême droite et il était visible dans la vie de tous les jours que ces idées immondes se décomplexaient. Beaucoup de personnes n'avaient plus peur d'exprimer leurs idées xénophobes.

Je ne pouvais cautionner cela, je n'avais aucun mandat, je n'étais qu'une simple citoyenne, mais ma conscience politique ne pouvait supporter cette situation. Tu te souviens, j'étais issue d'une famille de gauche, mon père était syndicaliste, revendicatif et universaliste. J'avais à peu près les mêmes idées. Donc c'était très bien pour moi de vendre ma maison et de quitter la ville. J'ai tout de même eu un petit pincement au coeur car c'était malgré tout une jolie ville et une belle région.

— Nous sommes déjà arrivées Mamie, entrons, tu poursuivras à l'intérieur. Le chemin a été court pour le retour, je n'ai pas remarqué que l'on approchait, et nous sommes déjà chez toi.

Les deux femmes entrent, retirent leurs vestes et leurs chaussures. Mélanie va dans la cuisine et commence à préparer un repas léger avec ce qu'il restait dans le frigo. Simone, elle, met la table, chacune son rôle. Puis elles se rejoignent dans le salon et s'installent confortablement pour apprécier leurs verres.

— Et tu es venue tout de suite sur Bordeaux ?

— Dans la région, oui, à Bordeaux un peu plus tard, il n'y avait pas d'urgences puisque j'avais la maison du Cap Ferret.

— Ah oui, c'est vrai, bien sûr, j'avais oublié, je suis bête.

— En venant de Nice, c'était au début de l'été quatre vingt, c'était parfait d'aller au Cap, j'avais le temps de voir venir, j'ai pris mon temps. Arrivé à l'hiver suivant cependant, j'ai trouvé que la vie était tout de même moins facile, beaucoup de commerces fermaient ces mois là. Cela avait un bon côté aussi, c'était beaucoup plus calme, il n'y avait plus énormément de touriste, l'atmosphère était bien plus tranquille, le temps était moins ensoleillé également, davantage de pluie, de tempête parfois, c'est beau aussi. Ce premier hiver, je l'ai trouvé assez agréable finalement. Cela correspondait tout à fait à ce dont j'avais besoin après la disparition de René et toute l'effervescence qui avait suivi, la vente de la maison, l'agitation estivale.

Je me suis retrouvée face à moi-même, cela m'a fait grand bien, j'ai pu réfléchir sereinement à ma situation et à mon avenir. Je me suis demandée où j'aimerais vivre pour le reste de ma vie. Je ne pensais pas, malgré tout que je vivrais si longtemps. J'ai hésité entre rester au Cap Ferret, tout simplement ou bien changer complètement de mode de vie. Par exemple aller à Paris, c'est une grande ville qui offre énormément de possibilité, même pour quelqu'un qui est seul, la vie culturelle est foisonnante. Certes les logements ne sont pas donnés, mais cela n'était pas un problème non plus, j'avais les moyens de m'acheter un appartement. Cependant, je ne la connaissais pas, cette ville, je n'y avais été qu'en visite.

Autre choix, retourner sur la Côte d'Azur, ailleurs qu'à Nice bien sûr, mais où ? A Marseille, j'y ai songé, je dois le dire, puisque Louis y était toujours. Mais justement, je n'avais toujours pas de relation avec lui et sa femme, alors, aussi bien, je me serais installée dans leur ville pour ne pas les voir, c'était ridicule, cela m'aurait fait davantage de mal que de bien et puis, je ne connaissais pas davantage Marseille que Paris.

Dernière solution que j'ai envisagée, et je t'en ai déjà parlé, aller en Bretagne.

— Ah oui, je me souviens, tu m'avais dit que tu avais hésité entre Bordeaux et la province d'origine de tes parents...

— J'ai hésité un bon moment. Je me suis souvenue que René avais essayé de m'y envoyer plus d'une fois, j'avais toujours refusé, ou trouvé une bonne excuse pour ne pas faire le déplacement, parfois au dernier moment. Je me suis dit qu'il aurait été content que j'y arrive, enfin, à y mettre les pieds, juste comme ça, pour voir, dans un premier temps. Alors en septembre 1981, j'ai décidé d'aller y faire un tour, pour faire une approche, me rendre compte pour savoir comment était la région, voir si j'avais une chance de m'y plaire. J'avais prévu un petit séjour de quinze jours, en me déplaçant le long de la côte sud, jusqu'à Quimper et le pays Bigouden, la région natale de mes parents.

— Ah bien voilà, tu as réussi tout de même, bravo ! Tu ne m'as jamais raconté cette aventure, cela n'a pas dû être facile pour toi, toute seule en plus.

— Attends la suite, tu vas rire. Mais allons manger, je poursuivrais ensuite.

Les deux femmes se mirent à table et mangèrent de bon appétit, en dissertant à nouveau du Palais Gallien où elles avaient fait leur petite promenade dominicale. Puis Mélanie débarrassa la table et elles retournèrent dans le salon. La grand-mère reprit son récit, la petite fille l'écoutant attentivement.

— J'ai donc fait mes bagages, chargé la voiture, c'était une Mercedes déjà à cette époque, et en route. J'ai quitté le Cap Ferret en début d'après midi. Dans la soirée, j'étais du côté de La Rochelle où je pensais faire étape. Finalement, lorsque j'ai vu que j'étais tout proche de l'île de Ré, je me suis décidée à y passer la nuit, et je suis allée jusque Ars en Ré, presque au bout de l'île. C'est un très joli coin, calme au mois de septembre, infernal en plein été avec tous les touristes qui y vont. Je me suis dis, tiens, pourquoi pas sur une île aussi, c'était encore une autre solution. Mais non, trop d'incertitudes et sans doute de solitude. Le lendemain, j'ai repris tranquillement la route, direction Nantes. Là j'ai fait une deuxième étape, j'ai visité la ville, très intéressante d'ailleurs, avec le château de la duchesse Anne, à tel point que j'y suis restée deux jours. A la quatrième journée, je me suis dis, avant de démarrer, que j'arrivais au bout, que j'allais entrer en Bretagne, enfin !

J'ai mis mes affaires dans la voiture, j'étais très sereine, je me suis installée au volant, j'ai démarré et ... je suis rentrée au Cap Ferret directement.

— Ah oui ? Directement au Cap Ferret ? Comme ça ? Demi-tour ?

Simone se mit à rire.

— Je n'ai pas compris moi-même, c'est l'inconscient qui a pris la décision, pas moi. Tout long de la route du retour, je me suis repassée toute l'histoire de mes parents encore une fois. Je me suis demandée aussi comment j'aurais fait, en arrivant à l'Ile Tudy ou à Quimper, si j'avais rencontré des personnes de ma famille. Il était plus que probable qu'il y en ait. Mon père avait des frères et des sœurs, ma mère également, et beaucoup même. Ces oncles et tantes avaient certainement été mariés et ils avaient des enfants, c'étaient des cousins et des cousines. Il aurait bien fallu que je parle à quelqu'un, que je me renseigne pour avoir des éléments concernant mon passé. Comment me serais-je présentée à eux, que leur dire, que leur expliquer. Que ma famille avait quitté le pays en 1916, que personne n'avait jamais donné de nouvelles, et que moi, maintenant, dans les années 1980, plus de soixante après, j'arrivais comme cela ?

— C'est sûr qu'ils auraient été étonnés, ça n'aurait pas été banal. Remarques qu'ils auraient peut être été content de découvrir une cousine venant de nulle part ! Oui mais je ne vois pas bien non plus ce que tu aurais pu leur raconter. Surtout que ton histoire n'est pas des plus simples ! Finalement, je pense que tu as bien fait de faire demi-tour.

— Je pense oui, car comme tu le dis si bien, je venais de nulle part, c'est même ce qui me caractérise.

Aïe, se dit Mélanie, *là, j'ai gaffé !*

Simone ne releva pas et reprit :

— En arrivant à Bordeaux, au retour, je traversais la ville lorsque j'ai vu un grand panneau qui annonçait la construction d'une résidence dans les mois à venir. J'étais dans le quartier de la place des Quinconces, pas très loin. Je me promenais donc jusqu'au lieu indiqué, et ce projet, c'est la construction, dans laquelle nous sommes aujourd'hui.

— Ah bon !

— Oui, il n'y avait pas encore toutes les rocades qui te font contourner la ville comme maintenant. A cette époque, il fallait traverser l'agglomération, avec beaucoup moins de circulation évidemment. Et donc, j'ai vu cette publicité, tout près d'ici. Il n'était pas tard, je me suis arrêtée, j'ai noté le numéro de téléphone et j'ai appelé. Le lendemain, j'avais un rendez-vous avec le promoteur. J'ai donc passé la nuit à Bordeaux dans le quartier, je m'y suis promené un peu, et j'ai trouvé que l'endroit était plutôt bien fréquenté, en centre ville certes, mais calme. C'était déjà un bon point.

— Toujours des opportunités dis donc !

— Je dois dire que dans ce cas, oui, c'est très bien tombé.

Donc, le lendemain, je me suis rendu au bureau du promoteur. Il y avait là un vendeur qui connaissait très bien son métier, mais aussi le produit qu'il proposait. Et en plus, et ici encore tu vas dire que j'ai de la chance, il y avait également l'architecte du projet qui passait justement au bureau ce jour là. Et tu vas voir que cela fut très utile.

— Ah bon, pourquoi ?

— Parce que les logements qui étaient proposés en première intention étaient d'une surface de cinquante à soixante mètres carrés, or, je souhaitais avoir un appartement de cent mètres carrés au minimum. Mais pour cela, il fallait modifier un peu les plans évidemment, et donc il fallait que ce soit l'architecte qui le fasse, s'il était d'accord bien sûr. C'était un homme charmant, très compétent, qui accepta de discuter pour savoir ce que je souhaitais exactement. Il s'appelait Henri Germain et je l'ai retrouvé quelques années plus tard, dans un tout autre domaine.

—Oh, là, ça sent la romance. Tu as eu une aventure avec lui ? Tu était encore jeune, et sûrement désirable !

Simone regarda sa petite fille, surprise dans un premier temps, puis elle prit un air faussement offusqué et répondit :

— Certainement pas Henri, certes il était adorable comme je te l'ai déjà dit, mais d'une part il avait au moins vingt ans de moins que moi et d'autre part, Henri Germain préférait les hommes. Alors tu vois, pas de romance possible ! Non, tu verras tout à l'heure dans quelles circonstances nous nous sommes retrouvés.

En souriant, Simone reprit :

— Oui, j'avais un peu plus de la soixantaine, effectivement, je n'étais pas trop mal conservée je pense, mais je vais te dire quelque chose. Les femmes sexagénaires argentées comme je l'étais, attirent autant les aventuriers fauchés que les Don Juan à la libido anémiée. Donc, pas d'histoire de coeur ni autre d'ailleurs pour ce qui me concerne.

Mélanie ouvrit grand la bouche, muette dans un premier temps puis elle pouffa tout à coup.

— Ah, elle est bien bonne, celle là, je ne l'avais jamais entendu. Tu as un sacré humour dis donc !

La vieille femme souriait toujours, contente de l'effet qu'avait provoqué sa sortie. Elle se redressa sur son fauteuil et reprit :

— Bon, revenons à nos moutons, ou plutôt à nos appartements. Il était prévu deux immeubles presque parallèles, qui suivaient, en plus la pente du terrain pour profiter du soleil au maximum dans la journée. Moi, je voulais un logement en rez de chaussée si possible, suffisamment grand pour être à l'aise. J'avais toujours vécu dans des habitations avec de l'espace. Mais ici, la taille des chambres telle qu'elle était prévue initialement ne me convenait pas.

— Tu avais des exigences !

— On n'achète pas un logement tous les jours, et pour le prix, c'est normal d'avoir des souhaits bien particuliers. Nous avons étudié les plans et nous nous sommes mis d'accord pour fusionner deux appartements en un seul, ceux qui étaient au bout de l'immeuble, donnant directement sur le jardin ce qui finalement arrivait à une surface de cent vingt mètres carrés et ceci dans l'immeuble qui était derrière, pas celui donnant sur la rue.

C'était bien mieux, plus au calme, d'autant qu'il y avait le jardin prévu entre les bâtiments, et ce jardin faisait tout de même plus de cinq cent mètres carrés. Pas trop mal en plein centre ville. Nous avons supprimé des chambres pour n'en garder que deux et un bureau mais de belles superficies comme tu as pu le voir, elles sont grandes, et le salon-séjour aussi est devenu plus spacieux. La chance que j'ai eu surtout, c'est que les cloisons intérieures des immeubles n'étaient pas encore commencées, il s'en est fallu de peu, l'architecte m'a dit que si j'étais passé un mois plus tard, cela n'aurait pas été possible, car les commandes des fournitures nécessaires pour faire les travaux auraient été passé, même si les travaux n'avaient pas encore débuté en dehors du terrassement. Il y avait un grand trou à l'emplacement des deux bâtiments, les fondations étaient faites, c'est tout. J'en ai profité pour demander s'il était possible d'obtenir un rabais. D'une part parce que je leur achetais deux logements, mais aussi parce qu'ils faisaient des économies puisqu'ils avaient un peu moins de cloisons à réaliser, moins de matériaux et moins de main d'oeuvre. L'architecte semblait d'accord et trouvait cela assez logique et le vendeur accepta également. Il m'a cependant avoué quelques mois plus tard, qu'il y avait une autre raison qui l'avait poussé à accepter cette ristourne.

— Ah bon, quoi d'autre ?

— Et bien figures-toi qu'il y avait treize lots à vendre initialement dans ce bâtiment. Or, le lot numéro treize met, en général beaucoup plus de temps à être vendu, les gens sont superstitieux, ils ne veulent pas habiter un appartement numéro treize. Donc, bien souvent, il faut consentir une forte réduction sur le prix de ce dernier lot. Dans le cas présent, il n'y avait plus ce problème, il ne restait que douze lots, j'ai donc profité de cela aussi pour avoir ma remise.

— C'est ridicule, ça ne change rien d'habiter un logement numéro treize. En tout cas, moi je n'ai pas cette superstition.

— Ah oui, tu achèterais un appartement comme cela, avec ce chiffre, sans soucis ? Demanda Simone

— Hum, j'avoue que je réfléchirais, tu as raison et pourtant c'est un peu bête. Mais dans l'inconscient collectif, c'est tellement ancrée que le treize porte malheur, que tout le monde est un peu conditionné.

— C'est d'autant plus bête comme tu dis, que beaucoup de ces gens se ruent chez leur marchand de journaux les vendredi treize pour acheter un billet de loterie ou faire une grille de loto, parce que, là, ça porte chance ! Très paradoxal !

Mélanie hocha la tête en souriant.

— Et bien en tout cas, la chance t'a souri à toi, et sans jouer au loto. Tu as un superbe logement, à ton goût, et au mien aussi, parce que je le trouve vraiment très bien avec de l'espace et la grande terrasse qui se confond avec le jardin.

— Oui, la terrasse donne directement sur le jardin comme tu l'as fait remarqué à l'instant mais, cerise sur le gâteau, sous cette terrasse, il y a deux caves.

— Deux caves ? Ah ben oui, il y avait deux logements au départ, et chacun avait sa cave. Je n'y suis jamais allé, remarque que je n'avais rien à y faire non plus. Il faut passer entre les deux immeubles comme pour aller au parking , c'est ça ?

— Pour les autres appartements, oui, mais pas pour le mien, pas pour moi !

— Comment ça pas pour toi ?

— Là encore, j'ai négocié un peu plus tard avec Henri Germain. Puisque les caves étaient sous ma terrasse, je lui ai demandé s'il était possible de faire un accès directement de mon appartement. C'est la porte qui est juste à droite de la porte d'entrée, tu as dû la voir, elle est tout près de l'extérieur.

— Ah oui, je croyais que c'était un placard, et comme tu ne m'as jamais demandé d'aller prendre quoique ce soit dedans, je n'ai pas eu l'occasion d'ouvrir cette porte. C'est très pratique d'avoir l'accès direct à ta cave.

— Mes caves ! J'ai gardé deux surfaces séparées, et j'ai transformé l'une d'elle en cave à vin, très bien aménagée. Là encore, Henri m'a donné un bon coup de main.

— Il faudra que tu me montre ça, je suis curieuse de découvrir tes secrets.

— Nous irons demain, c'est trop tard ce soir, nous irons plutôt voir nos chambres à cette heure ci.

— Et quelles chambres ! C'est vrai qu'elles sont immenses, je me faisais la réflexion justement hier soir en me couchant. Mais remarques bien qu'il te faut cette taille pour mettre tous les livres qui sont sur les rayonnages de la chambre et du bureau.

— Oui, maintenant, mais à cette époque, je n'avais pas autant d'ouvrages, j'en ai acheté beaucoup depuis. Je lis encore pas mal, mais il y a quelques années, c'était au moins un livre par semaine, et même deux, alors en trente ans, fais le calcul ! Et puis cela laisse de la place pour avoir un couchage pour les gens de passage ! Parce qu'il est tout à fait possible de rajouter un lit dans le bureau si besoin en plus de la chambre que tu as été la première à inaugurer !

Dit la vieille dame en riant de bon coeur.

— Trente ans que ce lit attendait quelqu'un ! Et puis dans le bureau, je me suis acheté un ordinateur il y a déjà plus de dix ans, j'ai même pris des cours pour savoir m'en servir, je ne suis pas aussi douée que vous les jeunes, mais je ne me débrouille pas trop mal. C'est comme ça que j'ai pu faire de la généalogie. Tu te souviens que René, mon mari, avait cette passion, et bien moi aussi je m'y suis mise, moins assidument que lui, mais je restais curieuse de connaître un peu la vie de ma famille et celle de mon époux. Lorsque René s'y était mis, il n'y avait pas encore internet, les recherches étaient beaucoup plus fastidieuses, actuellement c'est bien plus aisé.
C'est comme cela que j'ai appris les origines de sa famille en Algérie, leur venue dès le début de la colonisation.

— Oui, son grand-père ou son arrière grand-père qui était originaire du Poitou, non ?

— C'est ça, je vois que tu suis ce que je te dis. La recherche de ses ancêtres est une question de patience et de persévérance. Et pour ce qui me concerne, j'ai appris, mais cela m'a pris quelques années tout de même, des renseignements sur ma famille à moi. Du côté de mon père Dominique, ils étaient onze enfants, mais il y en a quatre qui sont morts en bas âge, et cinq qui se sont mariés. Malheureusement, les recherches ne sont pas possibles à moins de soixante quinze ans, mais j'ai cependant trouvé quelques cousins et cousines, il en manque certainement. Et du côté maternel …

— Ils étaient douze ! Dit Mélanie.

— C'est exact, bravo. Là, pas de morts prématurés, des mariages encore évidemment, dont deux que j'avais appris très tôt, lorsque nous avions reçu la visite de la tante Phine ! J'avais même fait la connaissance de ma cousine Jeanne, malheureusement je ne l'ai jamais revue ni reçu de ses nouvelles. Phine s'était mariée, et deux fois en plus, et elle nous avait dit aussi pour le frère de ma mère, René celui qui était parti à la guerre. Lui avait épousé une fille de Saint Marine, non loin de l'Ile Tudy.

J'ai trouvé d'autres épousailles après, donc certainement encore de la famille, cousins et cousines à nouveau, mais combien ? Mystère sur le nombre.

Alors, finalement, le fait de ne pas avoir été jusqu'en Bretagne, je me dis que ce n'est pas plus mal. Je n'ai pas trouvé de famille vivante, mais je connais au moins mes origines. Et cela était très important pour moi, tu sais combien j'ai souffert de me retrouver absolument seule après la mort de mes parents, une sensation de vide absolu. Dieu merci, René a été présent, mais après sa disparition, là encore, j'avais ce besoin de pouvoir me raccrocher à quelque chose. De connaître un peu mes ancêtres, où ils vivaient, leurs métiers et d'autres renseignements que j'ai réussi à apprendre, cela me rassure un peu, surtout maintenant à la fin de ma vie.

— Je comprends ça très bien, même si pour ce qui me concerne, je n'ai pas ce besoin. Mais c'est peut être parce que je suis encore jeune, ça viendra plus tard. C'est vrai que malgré tout, parfois, je me pose la question de savoir ce que pouvait bien faire mes grand-parents, d'où ils étaient exactement, surtout que je ne les ai pas connus. Un jour sans doute. Bref !

Et donc tu es venu habiter à Bordeaux, finalement un peu par hasard, tu ne l'avais pas fermement décidé jusqu'ici.

— Complètement par hasard tu veux dire, ce n'était absolument pas prévu à ce moment là en effet, même si je l'avais envisagée, comme une possibilité comme une autre. Si je n'avais pas fait demi-tour à Nantes, si j'avais fait mon petit voyage en Bretagne comme cela était prévu, je n'aurais pas vu cette publicité en passant dans les rues de Bordeaux, je n'aurais pas eu ce rendez vous aussi rapide et je n'aurais pas eu un bel appartement à mon goût comme celui-ci. J'y ai aménagé juste avant l'été 1982, enfin, non, je l'ai réceptionné, et je ne suis venue y habiter qu'au mois de septembre, après l'été passé au Cap Ferret. Il m'a fallu penser toute la décoration, acheter les meubles qui me seraient utiles, ou dont j'avais envie. Je dois te dire que j'ai bien aimé me plonger dans cette activité, et j'ai décidé de renouveler régulièrement mon environnement, c'est devenu un passe temps. Depuis, je change de décor et parfois de meubles tous les sept à huit ans environ.

— Ah bon, tu refais ton appartement tous les sept ans ? Je comprends mieux certaines choses maintenant.

Simone sembla surprise.

— Qu'est ce que tu comprends mieux ? Je ne te suis pas là !

Mélanie se repositionna sur son fauteuil, un peu mal à l'aise, et se lança :

— Ne le prends pas mal, Mamie, c'est même flatteur pour toi !

— Qu'est ce que je pourrais mal prendre ?

— Et bien, repris Mélanie en rougissant un peu, tu sais que depuis des années maintenant, je travaille chez des personnes âgées. J'ai donc été dans plusieurs logements, et souvent, la décoration reste assez , euh, comment dire, euh, ancienne. Les murs ont souvent une tapisserie qui date un peu, pour ne pas dire beaucoup, les meubles ne sont pas non plus de la dernière mode, et je ne te parle pas des couleurs des peintures, rien ne change depuis des années, parfois des décennies. Et tout cela fait qu'il y a bien souvent une odeur particulière. Entre nous, dans notre métier, on dit volontiers que ça sent, euh, euh, le vieux !

— Ah bon, dit Simone avec un œil amusé en voyant l'embarras de celle qu'elle considérait maintenant comme sa petite fille, ça sent le vieux ?

— Oui, mais justement, c'est bien une des choses qui m'a le plus marqué lorsque je suis venue chez toi pour la première fois, et je me souviens très bien m'être fait la réflexion, chez toi, ça ne sent pas le vieux. On a l'impression d'être dans un appartement moderne, à la mode. Je comprends pourquoi, si tu refais régulièrement les peintures et autres, si tu changes tes meubles aussi pour rester au goût du jour.

La grand-mère éclata de rire, elle ne pouvait plus s'arrêter, les larmes lui coulaient sur les joues. Puis, se reprenant, elle dit à Mélanie :

— Ça te dérangeait de me dire que chez les personnes âgées il y avait une odeur de vieux ? Mais c'est la vérité, ils n'y sont pour rien, ils restent dans leurs souvenirs, souvent depuis longtemps effectivement, c'est leur vie qu'ils ont avec eux. Moi, j'ai bougé, ma vie matérielle n'était pas avec moi, elle ne m'a pas suivi, alors je me suis dit que justement, je n'allais tout de même pas devenir comme une petite vieille.

En tout cas, pas une petite vieille ordinaire, d'ailleurs je ne me suis jamais sentie vieille, même encore actuellement.

Je te rassure, je sais pertinemment l'âge que j'ai, mon corps aussi me le rappelle mais mon esprit lui, reste jeune, du moins j'ai la faiblesse de le penser. Je reste curieuse des nouveautés, des faits divers, de la politique, des choses du monde quoi. Alors j'ai tout à fait conscience depuis que je suis ici, qu'il faut que je me renouvelle, que je me remette en question, que je ne reste pas uniquement dans mon passé ou dans mon petit confort. Et je dois te dire que depuis que tu viens ici, j'ai rajeunie encore. C'est même pour cela, je crois, que je ne vieillis pas trop mal. Sans fausse modestie, je vois ce qui m'entoure.

Et puis, Mélanie, ne soit pas embarrassée d'avoir à me dire des choses comme ça. Remarque, tu m'as fait bien rire, je voyais bien où tu voulais en venir, et je te voyais t'enfoncer pour essayer de ne pas me froisser.

En tout cas, tant mieux si mon appartement te plait, du moins sa dernière version, d'ailleurs j'ai commencé à regarder un peu les tendances actuelles, car j'ai programmé les travaux pour l'année prochaine, je pourrais en discuter avec toi, tu me donneras ton avis. Qu'en penses-tu ?

— Mon avis t'intéresse ? Ce sera avec plaisir, j'aime bien moi aussi essayer d'arranger les maisons, trouver les couleurs qui se marient bien ensemble, faire en sorte que tout soit joli.

— Et bien c'est parfait, je suis très contente. Nous regarderons sur internet ce qui est à la mode. Ton avis me sera précieux, c'est toujours bien de confronter ses idées avec d'autres personnes. Comme ça je verrais aussi si j'ai vraiment des goûts de vieille.

— Oh, tu exagères là, je suis sûre que c'est toi qui sera la plus avant gardiste de nous deux. Je pense que tu oseras bien davantage que moi !

Bon, à part ton appartement, tu as fait quoi à Bordeaux depuis que tu es venu y habiter ?

Simone Bertrand se racla la gorge et reprit :

— Je me suis occupée. J'ai donc mis mon logement à mon goût, à plusieurs reprises comme je viens de te le dire, finalement, tu sais, ça prend un peu de temps, prospecter, chercher les harmonies de couleurs et les meubles qui peuvent aller avec. Trouver les artisans pour faire les travaux, et suivre le chantier, ce n'est pas moi qui bricole. Tout cela occupe, tu verras.

Et puis j'ai continué à me promener dans la région. Nous sommes dans la capitale mondiale du vin à Bordeaux. Il faut en savoir tout de même un minimum. Alors j'ai adhéré à une association pour découvrir l'oenologie, apprendre à goûter les différents vins, d'abord de la région évidemment et puis du reste de la France. Nous faisions des réunions tous les quinze jours pour goûter une dizaine de breuvages, des rouges et des blancs. A différentes périodes de l'année, nous faisions des voyages dans les vignobles pour découvrir le travail de la vigne à chaque étape et rencontrer les vignerons directement, qui nous expliquaient leur métier.. J'ai été très agréablement surprise de voir toutes les choses que cela impliquaient de faire du vin, c'est vraiment passionnant, et là encore c'est assez chronophage. Mais pour quelqu'un comme moi qui est en retraite et qui donc n'a pas grand-chose à faire, c'était parfait comme occupation.

— Pourquoi dis-tu : c'était ?

— Parce que tu penses bien qu'à mon âge j'ai arrêté maintenant. J'ai stoppé cette activité lorsque j'avais quatre vingt cinq ans ou quelque chose comme ça. J'étais déjà la plus vieille depuis au moins dix ans. Mais cela m'a permis de garnir ma cave à vin, tu verras demain.

Rajouta Simone en souriant.

— J'ai beaucoup marché aussi pour découvrir mon environnement, je continue encore d'ailleurs. La ville de Bordeaux a énormément changé depuis quelques décennies. C'était une ville qui dépendait de l'économie du vin, c'est toujours le cas bien sûr, mais pour le reste, elle était bien endormie pendant de nombreuses années. Il y avait eu un maire durant longtemps, qui avait aussi des responsabilités au niveau national. C'était Chaban-Delmas. Il gérait sa ville tranquillement, bien, certes, mais pas de manière très dynamique, en bon père de famille comme on dit parfois. Depuis qu'il est décédé, les maires suivant ont réussi à donner un nouvel élan, surtout Juppé, lui aussi a été premier ministre, de droite, pas mon côté politique, mais je dois admettre que pour la ville, il a fait du très bon boulot. C'est lui qui a fait faire la restauration des quais, le tramway. Donc, moi, j'avais beaucoup de plaisir à suivre les différents changements qui modifiaient le visage de la ville. Je me promenait un peu partout, à pied, j'aime voir les nouveautés.

— Tu faisais l'inspection quoi ! Dès qu'il y a quelque chose de nouveau, je constate qu'il faut que tu aille voir, que tu t'y intéresses. C'est bien, c'est comme ça que tu gardes ta jeunesse !

— Oui, c'est ça. Et là encore, j'y passais du temps. Il fallait aussi que je gère la maison du Cap Ferret, j'y passais trois à quatre mois de l'année. Là bas je lisais beaucoup, comme ici, il doit y avoir presque autant de livres dans cette maison d'ailleurs, tu ne seras pas dépaysée lorsque nous nous y rendrons, ta chambre sera aussi garnie que celle d'ici !

La mamie souriait en regardant Mélanie.

— Il va falloir que tu te mettes à la lecture. Rajouta la Mamie.

— Pourquoi pas oui. Finalement, je comprend mieux pourquoi on dit que les retraités sont toujours très occupés.

— Oui, et en plus en ne faisant rien d'utile pour la société.

— Vous avez largement contribué à la bonne marche de cette société durant vos années de labeur. C'est la juste récompense.

— Bon, mais dis donc, tu as vu l'heure qu'il est ? Je pense qu'il est temps d'aller se coucher, dans les grandes chambres de ce bel appartement.

— Ah oui, tout de même, vingt deux heures trente ! Bon, au lit alors, il fera jour demain.

— Je pense, oui. Je poursuivrais mes aventures bordelaises. Il faudra que je sois un peu plus rigoureuse d'ailleurs, j'ai l'impression que je t'ai raconté beaucoup de choses superficiellement, j'approfondirai davantage certains points. Bon, je passe dans la salle de bain avant toi, tu pourras y passer tout le temps que tu désires ensuite. Allez, bonne nuit ma petite fille.

Les deux femmes s'étaient levées et se faisaient face. Mélanie s'approcha de sa Mamie et l'embrassa sur les deux joues. Simone la prit dans ses bras, lui déposa un baiser sur le front et lui dit :

— Dort bien mon enfant, je suis très contente que tu sois ici, tu es chez toi maintenant.

Puis elle se dirigea vers la pièce d'eau, Mélanie, en souriant, déposa les tasses qui avaient contenues la tisane du soir, dans la cuisine.

La nuit fut bonne et réparatrice une nouvelle fois, tout comme la veille. Ce lundi matin encore, Mélanie alla chercher du pain frais et des viennoiseries à la boulangerie. Lorsqu'elle revint, Simone était levée et avait préparé le café et dressé la table. Elles s'embrassèrent avec le contentement de se retrouver et firent honneur au petit déjeuner.

— Bien dormi Mamie ? Moi j'ai passé une excellente nuit encore une fois, je dors mieux chez toi que chez moi !

— J'ai très bien dormi, je te remercie. Et je suis bien contente que toi aussi tu aies passé une bonne nuit. Et si tu dors mieux ici que chez toi, il va falloir que tu déménages !

— Oh, j'aimerais bien, mais il n'en est pas question pour l'instant, j'ai mon appartement et c'est déjà bien de passer quelques nuits par ci, par là.

— Pour l'instant dis-tu ! Tu ne dis pas non ! Moi, ça me plairait bien.

Mélanie se sentit un peu gênée, mais c'était vrai qu'elle aurait bien aimé venir vivre chez sa grand-mère. Elle trouvait cela cependant un peu prématuré.

— Bon, on verra plus tard. Dit Simone en voyant l'embarras de la jeune fille, elle poursuivit :

— Pas de précipitation, laissons faire le temps, je comprend ton embarras, pas de précipitation.

Les deux femmes, chacune à leur tour, passèrent dans la salle de bains et dans leur chambre respective pour se préparer. Lorsque Simone réapparut, Mélanie la félicita pour sa tenue :

— Toujours très classe Mamie, quelle élégance, et tu sent bon.

— Ah oui ? Tant mieux, au moins je ne sens pas la vieille.

Mélanie rougit, Simone sourit et reprit :

— Je te taquine, ne le prends pas mal, je ne voulais pas te mettre mal à l'aise. Excuse moi, mais c'était plus fort que moi lorsque tu m'as dis que je sentais bon. Allez, passons à autre chose. Je crois que nous devions aller voir la cave, non ?

— Ah oui, en effet. Dit Mélanie en retrouvant une meilleure contenance.

— Et bien tiens, comme cela, nous pourrons choisir quelques flacons que nous pourrons prendre avec nous lorsque nous irons au Cap Ferret.

— Je te laisserai choisir toute seule, moi je n'y connais rien. Pour moi, le vin est a mon goût ou pas, c'est tout.

— Et bien ce sera l'occasion de commencer ton éducation vinicole, tu verras, c'est passionnant. Le début est un peu difficile, mais lorsque tu te rends compte que tu progresses finalement assez vite, tu te prends au jeu. Tu sais, moi aussi j'ai commencé comme ça, je n'y connaissais rien non plus. Attends un peu, dit Simone en prenant une chaise, il faut que je t'explique dès le début, assieds toi un instant, nous serons mieux ici pour parler qu'en bas, tu verras pourquoi tout l'heure.

Lorsque je suis venu dans cet appartement, il y a eu une réception au printemps de l'année 1983, avec le promoteur, pour la fin des travaux et le fait que tous les lots avaient trouvé preneur. C'était l'occasion également de faire se rencontrer tous les propriétaires. C'était une très bonne idée, cela permettait de faire connaissance autrement que fortuitement dans un couloir. Cette idée, c'est Henri Germain qui l'avait eu. Il était présent, bien sûr et je dois dire que c'est là que notre amitié a vraiment débuté. Nous nous connaissions évidemment, puisque je l'avais rencontré plusieurs fois pour modifier certaines choses de mon appartement, mais à ce moment là, la relation n'était plus la même, l'ambiance était beaucoup plus détendue.

Chacun échangeait avec ses nouveaux voisins, nous nous découvrions. Certains avaient acheté leur logement pour y vivre eux même, comme moi, d'autres avaient investi pour de la location. Mais tout le monde aurait dû à un moment donné se rencontrer de toute façon lors des réunions de copropriété, donc c'était très bien de se voir avant dans un autre contexte.

Nous discutions, un verre à la main, Henri Germain m'a présentée aux diverses personnes, et nous avons débattu de divers sujets. Et, évidemment, puisque nous sommes à Bordeaux, le vin s'est invité dans la conversation. J'ai très vite avoué mon ignorance, d'autres personnes semblaient avoir des connaissances assez pointues sur la question, et je dois dire que cela me semblait vraiment très intéressant. Henri Germain m'a confié qu'il était dans le même cas que moi, lui non plus n'avait pas une grande culture sur le sujet. Il n'était pas de la région, il venait de Normandie et était venu en Aquitaine par opportunité professionnelle. C'est alors qu'une personne de l'assistance nous a parlé de l'existence d'un club d'oenologie non loin d'ici, vers le quai des Chartrons, quartier historique du vin de Bordeaux qui commençait à être restauré.

— Et donc, Henri Germain et toi, vous vous êtes mis d'accord pour vous inscrire à ce club, c'est ça ?

— Exactement petite futée, avec également un autre propriétaire de l'immeuble d'à côté, qui est décédé depuis malheureusement. C'est ainsi que je suis devenu très bonne amie avec Henri et avec d'autres adhérents du club bien sûr. Nous formions une bonne petite équipe, nous nous retrouvions à une dizaine de personnes environ très régulièrement, souvent moins pour les déplacements, suivant les disponibilités de chacun, certains travaillaient toujours et ne pouvaient pas s'absenter à chaque fois. Mais nous avons réussi à garder le même groupe pendant de nombreuses années, avec assez peu de changement.

Deux ou trois ont arrêté, deux ou trois sont venus nous rejoindre dans les premières années mais ce n'était pas facile d'intégrer l'équipe qui était à peu près homogène dans son savoir. Les nouveaux devaient avoir un niveau équivalent, ça devenait compliqué au fil des années et de notre progression. Bref, lorsque j'ai arrêté, il y a près de dix ans maintenant, nous étions encore sept ou huit personnes depuis le début de notre aventure commune.

Je dois t'avouer néanmoins que ma plus solide amitié est restée avec Henri et son compagnon.

— Son compagnon ?

— Oui, Henri a trouvé l'homme qui est devenu son compagnon parmi le groupe de ce club d'oenologie. Un très gentil garçon également, Camille de son prénom. Ils sont toujours ensemble depuis ces années, ils ont acquis une maison il y a un moment maintenant, sur le quai des Chartrons justement et avant que les prix ne s'envolent. Henri l'a bien fait restaurer, étant dans le métier, tu penses bien. Nous nous voyons toujours, ils sont encore dans ce club et ils m'invitent régulièrement chez eux, et moi ici. Ah, d'ailleurs, ils doivent passer vendredi soir pour un apéritif, ce serait bien si tu pouvais te joindre à nous, je serai très heureuse de leur présenter ma petite fille.

— Vendredi soir dis-tu ? Je n'ai rien prévu puisque je dois partir le lendemain en Bretagne avec ma copine Claire.

Ce sera avec plaisir que je ferais la connaissance d'Henri et ? J'ai perdu le nom de son compagnon.

— Camille, il s'appelle Camille Espéroux.

— Ah oui, c'est ça, Camille. Surtout si tu me dis que se sont tes meilleurs amis, ils ne pourront que me plaire.

— Bon allons y, descendons à la cave. Prends ton sweat, moi je vais prendre une veste dans la penderie de l'entrée.

— Une veste pour aller en bas, mais il ne fait pas froid !

— Non, ici, mais tu vas voir que la température va changer.

Simone enfila sa veste qu'elle boutonna, prit les clés de la porte sur le guéridon, les tendit à Mélanie en lui disant :

— Tiens, pour la porte du haut là, c'est la clé rouge, la clé blanche ouvre la cave. Passe devant moi, si je tombe je tomberais sur toi, j'aurais moins mal. Dit-elle en riant. Mais ne t'inquiète pas, je descend encore très bien les escaliers.

Les deux femmes entament la descente. La Mamie dit :

— Tu vois, les escaliers sont à l'endroit même où était le couloir d'accès lorsqu'il était prévu de passer par le chemin initial à l'étage du dessous. Ce couloir a été diminué puisqu'il était inutile jusqu'à mes caves, et cela a permis de faire cet escalier directement à partir de mon logement. Bien plus pratique, pas besoin de sortir, d'aller dans les communs, tout cela pour se retrouver juste au dessous de la terrasse. Voilà, nous sommes arrivées. Tiens, la porte de droite donne sur la première partie, ouvre la porte, celle là n'est pas fermée à clé, inutile, il n'y a pas grand-chose dedans, quelques chaises, des vieux papiers, rien de vraiment intéressant comme tu peux le voir. En face de toi, prends la clé blanche maintenant et ouvre la porte de la cave à vin.

Mélanie s'exécute, introduit la clé dans la serrure, manœuvre et ouvre la porte. La grand-mère est restée un peu en retrait et sourit. Mélanie pousse un petit cri :

— Ouah ! Oh la vache ! Oh pardon ! Mais c'est fantastique, il y a des bouteilles partout, et on dirait une grotte, euh, non, une cave de château, toute voutée. Elle se mis à rire en se tournant vers sa Mamie. Ouah, je ne m'attendais pas à ça, jamais je n'aurais imaginé une cave à vin comme ceci. Mais, Mamie, comment est-ce possible, il y avait déjà cette cave sous l'immeuble avant qu'il soit construit ? Ce n'est pas petit en plus !

Simone savourait la réaction de sa petite fille et affichait toujours un grand sourire.

— Je pensais bien que tu allais avoir cette réaction ,c'est pourquoi je ne t'avais pas donné davantage de détails sur ce lieu si mystérieux. Non, cette cave n'existait pas avant le bâtiment, elle a été construite en même temps que les autres, mais j'ai demandé à Henri de voir ce qu'il était possible de faire pour avoir un lieu comme cela, qui ressemble à une vrai cave de château comme tu dis.

Lors de nos ballades dans les vignobles, nous en avons vu des caves, tu peux me croire, et en bons amateurs de vins, nous sommes sensibles au décor également. Henri a donc réussi à concevoir ce décor, car finalement ce n'est qu'un décor, je ne sais pas trop comment il a réussi a avoir un tel résultat, mais j'en suis bien contente. Je crois qu'il lui a fallu faire un trou dans la terrasse, si je me souviens bien, pour passer un tuyau qui projetait du béton. Mais il devait aussi isoler et étanchéifier, bref, il s'est très bien débrouillé, c'était son métier, il a depuis travaillé dans plusieurs propriété de la région. En surface, ça doit faire dans les quarante mètres carrés puisque l'on a réussi à gagner un peu sur l'autre partie.

Et je peux te dire que les personnes qui sont venues jusqu'ici ont toutes eues la même réaction que toi. Malheureusement, je connais de moins en moins de monde à emmener dans cette cave.

— Mais toutes ces bouteilles ! il y en a partout ! des deux côtés ! au fond ! Tu en as combien ? Je n'ai jamais vu un endroit pareil. C'est sûr que pour un amateur de vin ça doit être génial, j'ai bien envie de m'y mettre.

— Ça ne m'étonne pas. Oui bien sûr il faut que tu t'y mettes. On commencera à Lège, on viendra prendre quelques bouteilles pour les vacances.Combien y en a t-il ? Je ne sais pas trop. Actuellement, je dirais dans les deux mille cinq cent, pas trois mille je ne crois pas, mais peut être finalement, il faudrait compter ça sur le livre de cave là haut.

— Trois mille bouteilles ! Tant que ça, c'est vrai qu'il y en a beaucoup. Mais qu'est ce que tu vas faire de tous ces flacons comme tu dis ?

— Et bien dépêche toi de t'y mettre et tu en auras quelques uns, j'en laisserai aussi à Henri et à Camille.

— Trois mille bouteilles ! Je n'en reviens pas, trois mille bouteilles ! Ah non, je t'assure Mamie que là vraiment, je n'en crois pas mes yeux.

— Je vois bien ! Tu veux que j'aille te chercher une chaise à côté pour te remettre de tes émotions ?

— Non, non merci. Mais quand même, Ouah !

— Et en plus, les conditions de conservation du vin sont idéales, la température reste constante à douze ou treize degrés toute l'année, et le taux d'humidité varie très peu, la ventilation se fait très bien par les petites ouvertures hautes et basses. Non, vraiment, Henri a fait un excellent travail. Ce n'était pas donné mais je ne l'ai jamais regretté.

J'ai voulu aménager cette cave parce que lorsque j'ai commencé les cours d'oenologie, j'ai aussi commencé à acheter quelques vins évidemment, comme tout le monde. Seulement, plus tu deviens connaisseur, plus le prix des bouteilles augmente. Le bon vin a un coût pour l'amateur qui devient plus exigeant. Il ne faut pas rêver, un vin à dix euros que tu peux trouver correct au départ, te paraitra quelconque lorsque tu auras pris l'habitude de goûter des flacons à vingt, trente, cinquante euros, et même davantage.

Et il y a une raison à ce prix. Cela tu le découvres aussi lors des visites dans les vignobles, lorsque tu vois le travail d'orfèvre que font ces hommes et ces femmes fantastiques. D'autres vins sont chers, tout simplement par leur rareté, il y a très peu de bouteilles de Romanée Conti tous les ans par exemple, et il y a beaucoup de clients intéressés de par le monde, alors le prix est élevé, très élevé même. C'est l'offre et la demande, éternel principe du commerce.

— Tu en as des bouteilles chères toi là dedans, parmi les trois mille ?

— Il y en a oui, en fait il faut te dire que les bouteilles qui sont ici, je les ai achetées il y a déjà longtemps pour la plupart, et il leur fallait un écrin pour les conserver. J'ai arrêté le club il y a dix ans et je n'ai pas acheté beaucoup de vin toutes ces dernières années, un peu parfois remarque, avec Henri et Camille lorsqu'il y avait une occasion sur certains crus, j'avoue que je n'ai pas toujours réussi à résister. Je me suis fait des petits plaisirs, après tout, que mon argent soit dans le vin ou à la banque, ça ne change pas grand-chose. Le placement est même plutôt interessant, c'est une ancienne banquière qui te le dit.

En fait, oui, je me rend compte en réfléchissant qu'il y a pas mal de bouteilles qui ont atteint un bon prix maintenant. Mais ce n'est pas le tarif auquel je les ai eus. Lors des premières années quand j'ai commencé à faire des folies, j'avais parfois des remords, mais ces vins étaient tellement bons que je me disais que finalement j'avais bien fait.
Pourtant c'était déjà des folies à l'époque, mais par rapport à maintenant, ce n'est rien et je regrette même pour certains d'entre eux de ne pas en avoir acheté davantage.

Si tu prends le cas de la Romanée Conti dont je t'ai parlé tout à l'heure, j'ai réussi à en acquérir, et ce n'est pas facile je te l'assure, au prix de cinq ou six cent euro à l'époque.

Mélanie ouvrit de grands yeux et dit :

— Combien, six cent euro ! Pour une bouteille de vin rouge !

Simone riait.

— Et oui, et sais-tu combien elles valent actuellement ? Et bien c'est au moins trois mille euro pièce, alors tu vois, le placement n'est pas mauvais. Le problème c'est qu'un amateur de vin, sa bouteille, il va la boire et je t'assure pour en avoir déjà eu l'occasion, que c'est quelque chose d'extraordinaire, si extraordinaire que cela enlève tous les regrets qui peuvent subsister concernant le prix qu'il avait dépensé. Mais je comprend très bien ton étonnement, je sais que ce n'est pas facile à comprendre et à admettre si l'on est pas passionné.

Bon, nous avons une veste mais tout de même, il ne fait pas chaud. Allez, on remonte !

Mélanie referma à clé la porte de la superbe cave voutée, n'oublia pas non plus de clore l'huisserie de l'autre partie, moins prestigieuse et rattrapa sa grand-mère qui avait déjà entamé la montée de l'escalier pour rejoindre l'appartement. Mélanie reprit la parole la première :

— Tu vas dire que je radote, mais sincèrement, Mamie, j'ai encore du mal à croire ce que je viens de découvrir. C'est Jean, le mari de Dominique, qui est dans le vin, qui serait intéressé par ta cave !

— Certainement, et pas que lui, sois en sûre. Mais tu sais, je pense que c'est d'abord un professionnel du vin, et eux, ils n'ont pas du tout la même approche que les amateurs. Pour nous, c'est une passion, pour eux, c'est un métier. Bon, voilà, nous sommes arrivées, débarrassons nous de nos vestes et allons nous remettre de nos émotions dans le salon quelques instants avant que tu rentres chez toi. Je te rappelle que tu es en repos aujourd'hui.

— Oui, oui, je sais, mais ce que je viens de voir, même sur un temps de repos, ça reste inoubliable, alors, je ne suis pas si pressée. Pourquoi disais-tu que l'approche de Jean risquait d'être différente ?

— Jean est certainement un garçon très gentil, mais le vin est son métier. Il ne voit pas les choses de la même façon, pour lui, c'est un produit pour faire du commerce. Avec la Chine en plus ! Pays de nouveaux riches qui n'y connaissent rien mais qui veulent des vins chers pour prouver qu'ils ont les moyens. Alors les Français leur vendent des vins chers. Evidemment, si ces produits ont ce prix et attirent autant, ce n'est pas par hasard, c'est assimilé au luxe à la française et c'est aussi parce qu'ils ont une très bonne qualité c'est indéniable, mais ce sont surtout toujours à peu près les mêmes, les plus célèbres. C'est l'étiquette qui a surtout de l'importance. Je pense, sans me tromper, que si tu mettais un vin quelconque sous un nom ronflant, les Chinois achèteraient toujours. Cela changera sans doute un jour, mais actuellement, j'en suis quasiment certaine.

Donc, pour revenir à Jean, il vend pratiquement toujours les mêmes vins, ceux que ses clients asiatiques lui réclament, ceux qui sont à la mode dans leur pays. Bien sûr, il a une culture du vin au dessus de la moyenne, il goûte aussi certainement très bien, mais je pense qu'il a toujours l'idée de trouver un vin qui plait à ses acheteurs, et surtout, qui ressemble à ce qu'ils connaissent déjà.

Nous avons d'ailleurs constaté à de multiples reprises dans les vignobles, que les propriétaires accordaient bien plus de crédit aux commentaires de gens comme nous. Amateurs certes, mais tellement passionnés que nous avons finalement une meilleure connaissance du vignoble français que beaucoup de professionnels qui cherchent avant tout un stock à acheter pour pouvoir le revendre avec du bénéfice. Nous, par contre, nous donnons notre avis très franchement, positif comme négatif. Et ça, je t'assure que pour eux, les gens qui font le vin, s'il sont sérieux, c'est très précieux, cela leur permet de progresser ou de rester à leur niveau. Les vignerons accordent néanmoins beaucoup d'attention à certaines personnes du milieu du vin, les sommeliers et les journalistes qui peuvent très vite leur faire une réputation. Voilà ma tirade sur la grande spécialité bordelaise.

Ceci dit, je n'ai rien contre Jean, ce sera certainement très intéressant d'échanger avec lui, mais je n'ai pas nécessairement envie de lui parler de ma cave. Tout comme sa femme, Dominique, que je trouve charmante au demeurant, mais si je lui fais part de mes souvenirs d'enfance et d'Afrique du Nord, c'est d'abord parce qu'elle y a été en vacances, elle connait le pays et puis c'est tout de même drôle de voir toutes les coïncidences nous concernant. Mais je ne la connais pas suffisamment pour lui déballer toute ma vie comme je le fais avec toi.

Mélanie sourit et ajoute :

— Franchement, Mamie, comme je commence à bien te connaître maintenant, je trouvais très étrange que tu te dévoiles ainsi devant Dominique. J'ai été étonnée au début et puis j'ai vite remarqué que finalement, tu ne racontais rien de bien intime, qui te tenais vraiment à coeur. Tu nous faisais la narration de ta vie mais sans donner d'informations très personnelles non plus, et j'ai bien compris, lorsque tu me disais de lui faire un résumé des épisodes qu'elle avait manqué que c'était pour ne pas rentrer dans les détails. J'ai d'ailleurs toujours essayer de faire court, d'aller à l'essentiel.

— Je m'en doute bien ma fille, je savais pertinemment que tu n'allais pas en rajouter, je te connais tout de même, et j'ai confiance en toi. Ce que j'ai divulgué de ma vie jusqu'ici ne prête pas à conséquence, mais, si j'ai bonne mémoire, avec elle je me suis arrêtée avant l'Algérie et ma rencontre avec René Bertrand. Et bien là vois-tu, je pense que je serais bien plus discrète avec Dominique. Je ne sais pas pourquoi, mais pour moi, ils sont plus déchirants les évènements qui me sont survenus là-bas, en tout cas, c'est beaucoup moins léger que mon enfance, alors je ferais plus court, si c'est moi qui reprend ce récit. Si c'est toi Mélanie, je te demanderais de faire de même.

— Tu n'as pas besoin de me demander ça Mamie, de toute façon, ce n'est pas à moi de faire le récit de ta vie, j'avais bien capté les émotions que tu as ressenti lors de ta narration hier. Et puis de savoir ce qui t'est arrivé en Tunisie, pour elle c'est l'essentiel, elle n'a pas vraiment d'utilité à connaître toute ta vie non plus. L'Algérie, la Tunisie à nouveau, ton mariage, ta vie sur la côte d'Azur ou ici à

Bordeaux, franchement, ce n'est pas son affaire. Je ne pense pas qu'elle insistera de toute façon.

Une sonnerie se fit entendre. Mélanie fut la première à réagir et regarda la grand-mère qui se leva en disant :

— C'est mon téléphone portable, et oui, moi aussi j'en ai un ! Tu avais oublié ? Je suis dans le coup ! Ah ! c'est Henri !

Simone décrocha et afficha un grand sourire.

— Henri, bonjour, nous parlions de toi il y a peu de temps, nous sommes descendu jusque dans la cave tout à l'heure. Tu aurais vu la tête de la petite ! La vieille dame riait de bon coeur. Comment, si je me souviens que vous passez vendredi ? mais bien sûr que je m'en rappelle. Et alors, il a un problème pour vous ?

Simone Bertrand écoutait son interlocuteur en secouant négativement la tête.

— Bien sûr que non, Henri, tu sais bien que cela ne pose pas de soucis, c'est même avec beaucoup de plaisir que le reverrais le petit Pierre. Comment ? Ah oui, j'imagine bien qu'il a grandi, ça lui fait quel âge maintenant ? Trente deux ans ? En effet, on ne peut plus dire le petit Pierre ! En tout cas, je te répète que cela ne me gêne absolument pas, au contraire même. Pardon ? Oui, c'est parfait, merci, à toi aussi, bonne journée, embrasse Camille de ma part. A vendredi.

Simone raccrocha et se tourna vers Mélanie.

— C'était Henri, comme tu l'a entendu. Il appelait pour me demander si son neveu pouvait les accompagner vendredi pour l'apéro.

— Le petit Pierre. Dit Mélanie en souriant.

— Oui, le petit Pierre qui a trente deux ans, le même âge que toi tiens ! Enfin, non, il a deux ans de plus.

— Mais comment tu fais pour retenir tout ça, Mamie, je t'ai dis une seule fois mon âge, et tu t'en souviens ? Tu m'épates !

— Je me souviens, en général, de tout ce qui m'intéresse, de tout ce que j'aime beaucoup. Et c'est ton cas !

— Merci Mamie. Mélanie embrassa la vieille femme sur la joue, c'est réciproque. Et c'est qui ce Pierre ?

— Pierre Espéroux est un neveu de Camille, et donc d'Henri. Il vient à Bordeaux pour chercher un appartement car il vient d'avoir un poste pour la rentrée.

— Un poste de quoi ? Demanda la petite fille.

— De professeur d'histoire contemporaine à la faculté de Bordeaux d'après ce que vient de me dire brièvement Henri.

— Prof de fac ! Et ben dis donc, tu ne fréquentes que des gens chics dis donc !

— Des gens chics, je ne sais pas, des gens biens, oui certainement dans ce cas. Mais tu sais, Pierre je l'ai déjà rencontré plusieurs fois, il viens régulièrement chez ses oncles depuis qu'il est petit. Souvent pour une semaine l'été, enfin, pas tous les ans mais c'est arrivé plusieurs fois, donc je le connais depuis un bon moment maintenant. C'est vrai qu'il n'était plus apparu depuis quelques temps, il était Maître de Conférence à Strasbourg je crois, il a dû passer sa thèse s'il a eu ce poste de professeur. Il a dû être heureux de pouvoir obtenir Bordeaux, il se rapproche de sa région.

— Il est d'où, d'origine ?

— Sa famille, donc celle de Camille également, est du Gers, d'un petit village dont je ne me souviens plus le nom.

Tu vois, parfois j'oublie des noms aussi. Bref, ils sont issus d'une famille d'agriculteur, le père de Pierre à toujours une exploitation, il cultive du maïs et il a de la vigne, pour faire de l'Armagnac, enfin je crois, à moins qu'il ne soit à la retraite. Petite exploitation qui ne permettait pas à Camille de rester sur les terres, mais comme il était doué pour les études, il n'y a pas eu de problème entre les frères, l'un est resté agriculteur, l'autre est devenu professeur de fac, déjà, avant son neveu.

— Prof de Fac aussi, tu vois, encore des gens chics ! Fit la jeune fille en faisant un clin d'oeil.

— Des gens biens, Mélanie, des gens biens, tu verras vendredi.

— Oui, tu as certainement raison, si tu les fréquentes depuis si longtemps, se sont sûrement des gens biens.

— Et avec toi, ça en fait une de plus. Tu vois Mélanie, j'ai le sentiment que maintenant que je suis à la fin de ma vie, j'arrive sans doute à mes années les plus sereines. J'ai ce sentiment depuis quelques mois, depuis que nous nous sommes rapprochées, je me sens plus apaisée, bien plus heureuse. En tout cas que les trente dernières années durant lesquelles j'ai été très seule, en dehors de Henri et Camille, il faut le souligner tout de même, mais ta présence est un plus que j'apprécie énormément.

Il y eu un long moment de silence, les femmes se prirent dans bras, sans dire un mot qui serait inutile, puis Mélanie parla la première :

— Bon, au fait Mamie, je vais peut être y aller maintenant. Je vais rentrer chez moi, pour préparer des menus et la liste des courses qui va avec pour le temps de mes vacances, ça va arriver vite, c'est déjà le semaine prochaine. Je repasserai demain pour te soumettre cela, si ça te va, tu me donneras ton avis, comme cela je pourrai faire les courses et commander ce qu'il faut. Je pourrai venir avec Aurore, tu sais, je t'en ai parlé, c'est la copine qui viens d'avoir une petite fille il y a deux mois.

— Quelle organisation ! Oui, tu peux faire comme cela, tu me montreras ça demain. Effectivement, je m'en souviens, tu m'as parlé de cette jeune femme qui a eu un enfant, mais tu ne m'avais pas donné son prénom,. Elle peut venir demain avec toi évidemment, que nous puissions faire connaissance. C'est très bien demain, tu pourras faire les courses mercredi, car jeudi c'est férié, c'est l'Ascension, tu pourras prendre ta journée là aussi pour préparer tes vacances. Mais je te préviens, je tiens à faire quelques achats tout de même, j'aimerais pouvoir croire que je suis encore capable de m'occuper de moi, que je ne suis pas trop dépendante.

Mélanie rougit un peu et se reprit :

— Tu sais très bien que je n'ai jamais pensé ça, je veux faire le mieux possible pour toi, je sais pertinemment que tu veux garder ton indépendance. Je ne veux pas tout régenter.

— Oh, mais dis donc, tu es susceptible on dirais ! Je disais cela sans aucune arrière pensée.

— Excuse moi, Mamie, mais je veux faire le mieux possible pour toi pendant que je serai absente.

— Je sais, je sais ma petite fille. Allez file maintenant et à demain. Pars l'esprit tranquille.

Chapitre XII

Bordeaux 2014 à 2017

La semaine se passa comme prévue :

Mélanie revint le lendemain avec la liste des menus qu'elle avait concoctés pour sa grand-mère. Comme prévu, Simone mit son véto sur certain repas. Soit qu'elle n'aimait pas certains aliments, soit qu'elle souhaitait faire un autre repas ce jour là, car elle aussi y avait réfléchi la veille au soir.

Aurore était venue avec son amie pour faire la connaissance de la vieille femme. Le courant était très bien passé entre elles. Il fut convenu que la jeune maman viendrait deux fois par semaine, le mardi et le vendredi. Vraisemblablement davantage pour rassurer Mélanie que pour être très utile à sa grand-mère.

Le mercredi, en fin d'après midi, la vieille dame et sa petite fille avaient retrouvée Dominique et le petit Alexis au jardin public. L'enfant avait raconté fièrement comment il avait gagné le tournoi du samedi précédent, puis il était reparti avec ses copains pour assouvir sa passion du football.

Simone avais repris son récit mais en abrégeant au maximum, prétextant que c'était une période de sa vie qui ne lui laissait pas toujours un excellent souvenir. Dominique comprit fort bien la situation et n'insista nullement.

La soirée du vendredi quant à elle, avait été un excellent moment partagé par tout le monde, Simone et ses deux amis, Henri et Camille, ainsi que par Pierre et Mélanie.

Vers dix huit heures quarante cinq, la sonnette se fit entendre, Simone se leva et se dirigea vers la porte d'entrée de l'appartement qu'elle ouvrit à ses amis. Mélanie était resté au seuil du salon, un peu en retrait. Henri prit Simone dans ses bras et l'embrassa chaleureusement en lui disant :

— Ma chère amie, je suis très content de venir te voir, cela fait une éternité maintenant !

— Une éternité, mon pauvre Henri ? voilà que tu perds la mémoire, nous nous sommes vu il y a trois semaines, chez vous !

— C'est bien ce que je dis, une éternité, je confirme le terme. Lorsque je ne te vois pas pendant plus d'une semaine, le temps me paraît extrêmement long tu sais. Dit-il en riant.

Camille étreignit tout aussi cordialement la vieille femme et rajouta :

— Henri a tout à fait raison, c'est toujours un plaisir immense de te voir.

Derrière les formules de politesse, transparaissait néanmoins une affection certaine et sincère entre les trois amis de longue date. Puis, Simone aperçu le jeune homme qui était resté en retrait. Elle l'apostropha :

— Mais c'est le petit Pierre ! Comme je suis heureuse de te voir mon enfant. Excuse moi de t'affubler toujours de ce terme de petit, il y a bien longtemps que tu ne l'es plus.

— Bonsoir tata Simone, dit le jeune homme, je suis vraiment content d'accompagner les tontons pour venir te voir ce soir. Moi, cela ne fait pas trois semaines que je ne t'ai vu, il me semble qu'il y a au moins cinq ans, un peu avant que je ne parte sur Strasbourg je crois. Tu m'as l'air en pleine forme, ça fait plaisir.

— Et bien si je suis en si bonne forme que cela mes amis, c'est grâce à Mélanie ici présente qui s'occupe si bien de ma petite personne. Mélanie, je te présente donc Henri, Camille et Pierre, tu as compris qui était qui.

Les trois arrivants firent la bise à Mélanie qui rougissait un peu, surtout quand ce fut le tour de Pierre. Les trois anciens remarquèrent très vite les regards attentifs que se lançaient les trentenaires. Henri enchaîna :

— Ma chère Mélanie, nous ne nous sommes jamais rencontrés, mais je t'assure, tu permettras que l'on se tutoie, tu ne nous es pas inconnue. Nous savons déjà tout de toi. Simone nous a confié tout le bien qu'elle pensait de ta personne, et je puis t'assurer qu'elle ne donne pas sa confiance comme cela, nous la connaissons depuis suffisamment d'années pour savoir que ce qu'elle pense de toi est certainement mérité.

Mélanie se senti mal à l'aise, elle rougit une nouvelle fois.

— Oh la la, vous me gênez, et je vous remercie beaucoup. Moi même j'estime et j'aime énormément Mamie. Nous avons mis un peu de temps à nous connaître, mais actuellement nous avons une confiance absolue et réciproque. Nous sommes comme une grand-mère et sa petite fille.

— C'est vrai dit la veille dame, Mélanie est la fille, ou plutôt la petite fille que je n'ai jamais eu. Elle prit la main de celle-ci et dit :

— Allez, passons au salon. Henri, un petit travail t'attend, il y a une bouteille de champagne à ouvrir. Camille, vient avec moi jusque dans la cuisine chercher les planches de charcuterie et de fromage.

Arrivés à l'office, Camille confia à son amie Simone, en aparté, que Pierre, son neveu, était très content d'être revenu dans la région. Les derniers mois qu'il avait passé en Alsace avait été difficile pour lui. En effet, il sortait d'une histoire d'amour qui s'était très mal terminée. Il fréquentait une fille un peu plus jeune que lui depuis environ un an, tout allait pour le mieux, le mariage était même prévu pour les vacances de Noël, les préparatifs bien entamés. Et puis il a apprit au mois de novembre, qu'elle le trompait depuis plus de six mois. Il a eu beaucoup de mal à encaisser le choc. Bien sûr le mariage fut annulé.

Il lui a fallu terminer l'année universitaire et soutenir sa thèse au printemps. Pendant tout ce temps, il croisait toujours son ancienne copine qui travaillait à la faculté, cela n'avait pas été très simple pour Pierre. Sa nomination pour Bordeaux avait été un immense soulagement.

Lorsque les deux amis revinrent au salon, ils trouvèrent Henri, Pierre et Mélanie en grande conversation. Ils faisaient l'éloge de Simone ! Celle-ci les remercia et leur dit de changer de sujet tout de même, elle se sentait mal à l'aise devant autant de compliments.

La soirée se déroula de la meilleure des manières, la compagnie était bonne, le vin également. Simone avait prévu un vin des coteaux du Larzac, le Mas des Chimères pour accompagner les planches qui suivirent le champagne millésimé 2007 de la maison Hilaire Leroux et fils. Cependant une seule bouteille de vin rouge pour toute la soirée, cela était insuffisant. Mais Camille avait prévu cette situation et il avait apporté un Bourgueil du Domaine de la Chevalerie tenu par la famille Caslot, la cuvée Galichets.

Mélanie n'avait jamais bu de vins aussi bons, elle en fit la remarque aux autres convives. C'est sa grand-mère qui répondit :

— Tu vois, ce sont de bons vins, et pourtant ce sont des crus accessibles, hormis le champagne, les deux vins rouges coûtent à peine quinze euro, et cela permet déjà de se faire plaisir. Je suis très contente que tu te rendes compte de leur qualité, c'est un bon début, tu vas t'y mettre, tu vas voir, tu y prendras goût et je pense que tu progresseras rapidement. Et toi, Pierre, il faudra que tu l'accompagnes, Mélanie, au club d'oenologie, cela te sera très profitable, et tu feras de nouvelles connaissances maintenant que tu viens t'installer dans une nouvelle ville.

— C'est une très bonne idée, tata Simone, j'y ai déjà songé car les tontons me rouspètent tout le temps parce que je ne connais pas trop le vin. En plus si Mélanie y va aussi…

Le jeune homme rougit un peu et reprit son verre pour se donner une contenance. Les trois anciens se jetèrent un coup d'oeil complice.

Lorsque les invités furent partis, Mélanie s'occupa de débarrasser la table pendant que la vieille dame passait dans la salle de bain. Il avait été convenu que la petite fille passerait la nuit chez sa grand-mère. Mélanie avait préparé ses affaires pour son départ en vacances du lendemain, Claire, son amie passera la chercher chez elle vers dix heures.

Avant de partir, les jeunes gens avaient convenu de se revoir pour aller boire un verre dès le retour de congé de Mélanie, quinze jours plus tard, avant le grand départ pour le Cap Ferret.

Les vacances en Bretagne de Claire et Mélanie se passèrent très bien, comme souvent au mois de juin, le temps avait été très beau. Les deux amies étaient revenues ravies et bronzées. Comme Simone le lui avait demandé, Mélanie avait été visiter les endroits que sa grand-mère lui avait indiqués. Elle avait prit une multitude de photos qu'elle allait lui montrer durant leur séjour sur le bassin d'Arcachon.

Pendant la quinzaine de vacances de Mélanie, Simone Bertrand en profita pour prendre rendez vous auprès de son médecin et de son notaire. Il était temps de faire le point sur ses affaires pensait-elle.

Le quatorze juin, lorsque Mélanie revint de Bretagne, dans l'après midi, elle ne pu s'empêcher de venir voir sa grand-mère dans la soirée. Les deux femmes étaient très contentes de se retrouver et la jeune fille pu constater que tout allait pour le mieux. Elle ne resta pas très longtemps, elle avait sa valise à préparer pour un nouveau départ le lendemain en début d'après midi, mais surtout, il y avait le rendez vous avec Pierre !

Durant les années qui suivirent, la vie se passa merveilleusement bien, l'entente entre les deux femmes était sans nuage. Simone était heureuse comme elle ne l'avait pas été depuis très longtemps, jamais même peut être depuis qu'elle était venue à Bordeaux il y a plus de trente ans.

Comme il avait été prévu, la décoration de l'appartement avait été refaite, suivant les goûts de Simone bien sûr mais surtout ceux de Mélanie, la grand-mère s'effaçant, sans en donner l'impression néanmoins, devant les souhaits de sa petite fille.

Pierre et Mélanie avaient effectivement commencé les cours d'oenologie, et tous les deux y prenaient beaucoup de plaisir. Petit à petit, ils se rapprochaient mais le jeune professeur restait néanmoins timide et Mélanie comprit assez vite qu'il lui faudrait sans doute prendre les devants.

Car même durant la période de Noël passée au Cap Ferret comme cela avait été prévu, Pierre qui avait été invité, logeait sagement dans la chambre mitoyenne de celle de Mélanie. Pourtant visiblement, les sentiments grandissaient et c'est finalement la jeune femme qui proposa à Pierre, un soir du mois de janvier, de venir chez elle.

A partir de ce moment, les deux tourtereaux furent inséparables, même chez la grand-mère, où Pierre était le bienvenu lorsque Mélanie y passait la nuit. La vieille femme les couvait du regard à chaque fois qu'elle les voyait ensemble, elle était ravie pour Mélanie et pour Pierre qu'elle trouvait très bien assortis et fait l'un pour l'autre.

A la fin de l'année 2016, au mois de décembre, Simone se sentait extrêmement fatiguée. Elle avait fait une grippe le mois précédent malgré la vaccination qu'elle avait reçu en début d'automne. Depuis, elle ne parvenait pas à reprendre le dessus, une toux persistante la fatiguait beaucoup, sa marche devenait plus hésitante, elle perdait du poids.

Les fêtes de Noël se passèrent malgré tout tant bien que mal. Au début du mois de janvier, la vieille femme semblait même aller un peu mieux, Mélanie parvenait à la faire sortir un peu de son appartement, quelques petits tours dans le jardin de la résidence, mais pas question encore d'aller dans la rue. Cependant, le moral des deux femmes revenait au beau fixe.

Le suivi médical de Simone était rigoureux depuis plusieurs décennies, depuis qu'il avait fallu lui poser un pacemaker il y a plus de vingt ans, mais les années s'accumulaient, le temps faisait son œuvre inexorablement.

A la fin février malheureusement, Mélanie trouva sa grand-mère à terre à son retour des courses. Immédiatement, elle appela une ambulance qui prit en charge la vieille femme et la conduisit à la clinique de la rue du Tondu. Là, le cardiologue diagnostiqua une défaillance cardiaque, sans savoir si cela provenait de son appareillage. Des examens complémentaires seraient nécessaires. Simone Bertrand avait retrouvé toute sa conscience et elle s'adressa à Mélanie :

— Voilà ma petite fille, je crois que me voilà arrivée au bout de mon chemin. Ne me dis pas le contraire mon enfant, je sens bien ce qui arrive, mais ne t'inquiète pas, je n'ai pas peur, j'attends même cet instant depuis un bon moment, je me demandait presque s'il allait arrivé un jour, tu te rends compte de l'âge que j'ai, presque un siècle ! En tout cas, depuis que nous nous sommes rencontrées, j'ai passé parmi les plus belles années de toute ma vie, alors je te remercie pour tout ce que tu as fait pour moi. Malgré tout je savais bien que cela allait avoir une fin, toi aussi tu voyais ce moment arriver n'est ce pas ?

Je ne veux pas souffrir Mélanie, alors je ne vais pas me battre pour vivre encore deux ou trois mois de plus. Je suis bien là, je peux et je veux partir tranquillement.

Mélanie ne pu contredire sa grand-mère, la vieille femme avait raison, elle sentait que son heure arrivait et lui dire le contraire serait inutile.

— Oui, Mamie, je pense que tu as raison, il est certain qu'à quatre vingt dix huit ans, je ne vais pas te dire que tu vas aller mieux si tu le ressens ainsi. L'essentiel étant que tu ne souffres pas.

— Non, je n'ai mal nul part, je me sens par contre extrêmement fatiguée, épuisée. D'ailleurs je crois que je vais m'assoupir un peu.

— Dors si tu en a besoin, je reste avec toi, je suis bien installée dans ce fauteuil.

Pendant trois jours, Mélanie passait le plus clair de son temps au chevet de sa grand-mère. Celle-ci était de plus en plus exténuée. Le premier mars le médecin décida de poser une perfusion pour hydrater la patiente qui ne pouvait plus boire normalement. Certes, elle allait s'en aller, mais il était hors de question de laisser la malade mourir de soif.

Lorsque Mélanie s'absentait, c'est Pierre qui venait auprès de tata Simone, mais bien souvent, les deux jeunes gens passaient des heures ensemble dans la chambre de la grand-mère.

Le deux mars 2017, Mélanie était arrivée de bonne heure, vers onze heures, tout de suite après les soins. Ces derniers avaient beaucoup fatigué la vieille femme qui s'était assoupie. Mélanie se fit discrète, pris le livre qu'elle avait emprunté dans l'appartement. Le goutte à goutte hydratait la patiente, malgré elle. Il était prévu que Pierre rejoigne sa petite amie en fin d'après midi, après les cours.

Vers dix sept heures, Simone ouvrit les yeux et regarda sa petite fille. Mélanie sentit le regard de sa grand-mère, lui sourit et prit sa main.

— Tu dormais bien, je n'ai pas voulu te réveiller.

Simone ne répondit pas mais lui adressa un grand sourire à son tour. Son visage reflétait une sérénité que Mélanie n'avait jamais remarqué. Sa grand-mère lui parut heureuse, ses traits étaient détendus. Mélanie lui dit :

— Je reste encore avec toi, Pierre va nous rejoindre lorsqu'il aura terminé ses cours de la journée, il viendra avec un casse-croûte et nous resterons encore la soirée.

La grand-mère hocha la tête affirmativement, le sourire toujours affiché puis, elle referma les yeux. Environ un quart d'heure plus tard, elle bougea un peu, prit la main de sa petite fille qu'elle caressa doucement avant de la garder dans la sienne. Mélanie fixait sa Mamie qui voulu lui dire quelque chose. La jeune fille se pencha et Simone murmura :

— Merci encore mon enfant ! Prends soin de toi et de Pierre.

Simone serra la main de Mélanie, afficha à nouveau un sourire rayonnant puis la petite fille sentit la pression diminuer progressivement et le corps de sa Grand-mère se relâcher complètement. Simone Bertrand, née Gouzien venait de mourir.

Mélanie regardait le corps sans vie, sans réagir. Elle restait surprise de voir l'expression du visage de sa Mamie qui exprimait une joie intense, la majorité de ses rides s'étaient estompées.

— Je ne l'ai jamais vu aussi heureuse, se dit Mélanie, ah si, peut être au Cap Ferret.

Puis l'émotion prit le dessus, les larmes coulaient sur les joues de la jeune femme, mais sans sanglots, juste des larmes, intarissables, sans fin. Au bout de dix minutes, Mélanie se ressaisit et se dit, parlant à haute voix :

— Bon, il faut que je prévienne, je vais sonner. Il faut que j'appelle Pierre aussi.

Peu de temps après, l'infirmière entra dans la chambre, constata le décès et demanda à Mélanie de sortir un instant.

Dans le couloir, celle-ci prit son téléphone et composa un message pour son petit ami. Elle lui annonça le décès de sa tata Simone et lui demanda de passer à l'appartement pour prendre les affaires que la vieille dame avait déjà préparé depuis un bon moment pour cet instant. Vers dix huit heures trente, Pierre fit son apparition, il embrassa Mélanie et demanda à voir Simone. Ils retournèrent dans la chambre où la grand-mère avait toujours ce même visage heureux. Pierre déposa les vêtements qu'il avait apporté et tendit une enveloppe à Mélanie en lui disant :

— Tiens ma chérie, il y avait cela avec le linge que j'ai pris, un courrier à ton nom.

La petite fille s'assit sur le fauteuil, ouvrit le pli, le déplia et commença la lecture de cette double page manuscrite de la fine écriture de Simone Bertrand.

Mélanie, ma petite fille,

Lorsque tu liras cette lettre, je ne serais plus de ce monde. Je tenais à te dire que tu as éclairé les dernières années de ma longue vie, et pour cela, je te remercie. Depuis plusieurs années maintenant, je voyais le temps passer, et j'étais seule, terriblement seule. Il me semblait parfois revenir au pire moment de mon existence, je me revoyais sur le quai de la gare de Constantine, perdue, regardant le vide le plus absolu de mes yeux grands ouverts. A cette époque, la main de René, mon mari, était venue me conforter.

Ta présence auprès de moi m'a fait le même effet. Grâce à toi, j'ai eu un soutien pour les dernières années de mon parcours sur cette terre. Tu as été le soleil qui a éclairé et réchauffé mes ultimes instants.

Ma vie, je te l'ai racontée, pour l'essentiel. Tu pourras d'ailleurs revenir sur toutes mes histoires car j'ai rédigé un petit récit de ma vie que tu trouveras dans mon bureau si l'envie te prend d'y revenir un jour. Ce que je ne t'ai pas confié, tu le découvriras bientôt, chez mon notaire. Tu sais, mon existence ... c'est la déambulation d'une vie sans racines, pas toujours facile.

Je dois te dire une dernière chose pour que tu ne sois pas trop surprise ce jour là et que tu aies le temps de te faire à l'idée et aux conséquences que cela aura pour toi.

J'ai décidé depuis un petit moment maintenant de rédiger un testament dans lequel je fais de toi ma légataire universelle. Cela signifie que tu hérites de tous mes biens. Je sais que tu vas être surprise car ce n'est pas ce que tu cherchais, je n'ai d'ailleurs jamais eu une telle pensée.
Cependant, je n'ai pas d'héritiers ni d'héritières proches, ni même connus donc tous mes biens iront à l'État si je ne décide rien. Je sais bien que tout ne te reviendra pas, tu ne bénéficieras que de quarante pour cent, cependant, cela te laissera suffisamment.

La seule chose que j'aimerais, c'est que tu conserves l'appartement dans lequel tu pourrais t'installer avec Pierre avec qui tu formes un très joli couple. Mais par dessus tout, je voudrais que tu gardes la maison du Cap Ferret. Tu connais mon attachement à ce lieu et à cette bâtisse. Le reste, tu en feras ce que tu veux, j'ai entièrement confiance en toi.

Tu trouveras tous les documents nécessaires concernant les biens que je te lègue, dans les tiroirs de mon bureau. Tout est classé par catégorie : mon logement de Bordeaux, la maison de vacances, les différents comptes en banque et autres placements, ainsi que les autres appartements de Nice, de Bordeaux, de Royan et d'ailleurs dont je ne t'ai pas parlé avant. Tu pourras demander de plus amples renseignements à Camille et Henri qui sont au courant de mon patrimoine pour m'avoir aidé à le constituer de par leur métier et surtout leur amitié profonde à mon égard. Le notaire te sera aussi de bons conseils.

Voilà ma chère enfant, je te quitte en te disant combien je t'aime tendrement.

Ta Mamie Simone.

Mélanie lâcha le courrier qui vola doucement jusqu'au sol et se mit à pleurer.

— C'est pas possible ça ! C'est pas possible !

— Qu'est ce qui n'est pas possible Mélanie ? Demanda Pierre en prenant la main de sa compagne.

— Tiens, lis, tu verras. Je ne m'attendais pas du tout à cela. Je ne sais pas quoi faire.

Pierre pris le courrier sur le sol et le lu à haute voix. Lorsqu'il eu terminé, il regarda Mélanie et lui dit :

— Oui, c'est très touchant et surprenant bien sûr au premier abord, et cela doit franchement t'étonner, je le comprends. Mais connaissant tata Simone, sa manière de tout prévoir, d'organiser, de ne rien laisser au hasard, finalement, c'est assez logique. Comme elle le dit, tu as été pour elle plus qu'une présence durant les dernières années de sa vie, elle a trouvé en toi ce qu'elle n'avait pas eu depuis le décès de son mari : un soutien, une présence de chaque jour. N'oublies pas qu'elle te considérait réellement comme sa petite fille, ce n'était pas que des paroles en l'air. Vous aviez une complicité tout de même assez étonnante, vous étiez bien plus proche que beaucoup de vraies familles le sont.

En tout cas, une fois de plus, elle t'aura préparé pour que tu ne sois pas trop surprise lorsque tu te retrouveras chez le notaire, c'est bien digne de son intelligence.

Et puis, tu as un peu de temps pour y réfléchir, le moment viendra bientôt où tu auras tous les détails, à l'ouverture du testament. Je ne voudrais pas t'influencer, ma chérie, mais je pense que tata Simone serait tellement heureuse de te voir poursuivre ce qu'elle avait commencé et de savoir que tout ce qu'elle a fait au cours de sa longue vie, et tu la connais bien mieux que moi, et bien il en reste encore quelque chose. Elle aurait très bien pu déjà distribuer son patrimoine, mais non, elle voulait que cela te revienne à toi. Tu sais pertinemment combien elle était attachée à sa maison du Cap Ferret par exemple.

Les obsèques de Simone Bertrand eurent lieu en présence de quatre personnes seulement, ses amis Henri et Camille ainsi que Pierre et Mélanie. Dominique envoya cependant un message de condoléances.

Bien évidemment, Mélanie accepta l'héritage de sa grand-mère, elle changea de métier car il était impossible pour elle de retourner s'occuper d'une personne âgée après la relation qu'elle avait eu avec sa Mamie.

Pierre épousa Mélanie moins de six mois plus tard.

Ils ont aménagés définitivement dans l'appartement de la grand-mère, redécoré il y a peu.

Au début de l'année suivante, une petite Simone fit son apparition dans le foyer.

Table des matières

Chapitre I	Bordeaux Mai 2014
Chapitre II	Ile Tudy, années 1900
Chapitre III	Ferry ville 1916
Chapitre IV	Cap Ferret, années 1920
Chapitre V	Tunisie 1925
Chapitre VI	Louis Gouzien
Chapitre VII	Au Pub
Chapitre VIII	Algérie, années 1930
Chapitre IX	René Bertrand
Chapitre X	La vie en France
Chapitre XI	Bordeaux, 1980 – 2014
Chapitre XII	Bordeaux, 2014 – 2017